Ulrike Gerold / Wolfram Hänel

Haarmanns Erbe

Ulrike Gerold / Wolfram Hänel

HAARMANNS ERBE

Kriminalroman

zuKlampen!

info@zuklampen.de · www.zuklampen.de

Umschlaggestaltung: HildenDesign, München
Umschlagmotiv: Timm Ulrichs: Kopf-Stein-Pflaster, Foto: Gero Brandenburg/©Wikipedia
Satz: Melanie Beckmann, design-beckmann.de
Druck: CPI - Clausen & Bosse, Leck

ISBN 978-3-86674-511-7

Bibliografische Information der Deutschen Nationalbibliothek
Publikation in der Deutschen Nationalbibliografie;
detaillierte bibliografische Daten sind im Internet über ‹http://dnb.dnb.de› abrufbar.

Vorspiel

Als der Henker kommt, um mit einem Messer den Jackenkragen abzutrennen, versucht Haarmann es ein letztes Mal. »Köppen ist in Ordnung«, sagt er freundlich. »Köppen und damit fertig. Aber können wir das nicht auf dem Klagesmarkt machen? Dass mich viele Leute sehen, das wäre doch schön. Hier auf dem Hof vom Gefängnis ist ja nichts los. Da kriegt keiner was mit!«

Der Henker gibt keine Antwort. Scheint überhaupt ein schweigsamer Kerl zu sein. Kein Jüngelchen mehr. Hat schon viel gesehen. Da gibt es nichts Neues mehr für ihn. Macht nur seine Arbeit, als wäre Haarmann einer wie alle anderen. Nichts Besonderes weiter.

Das Geräusch, mit dem das Messer die Nähte durchtrennt, lässt ihn frösteln. Unwillkürlich zieht er die Schultern hoch. Der Henker packt ihn mit hartem Griff am Oberarm.

Er versteht es nicht. Er ist doch berühmt! Die Leute kennen ihn. Sie haben Angst vor ihm. Und sie reden über ihn, nicht nur in Hannover. Alle großen Zeitungen haben über ihn geschrieben.

Auf den Fotos sieht er gut aus. Mit ordentlich gekämmtem Seitenscheitel und einem forschenden Blick, als wollte er seinem Gegenüber bis in die tiefsten Abgründe der Seele schauen. Nur die Jacke spannt ein wenig vor dem Bauch. Er muss daran denken, den untersten Knopf zu schließen, wenn sie ihn zur Fallschwertmaschine führen.

Aber er will ein großes Publikum für seine Hinrichtung! Das hat er ja wohl verdient. Er hat 24 Morde gestanden, ohne der Polizei irgendwelche Schwierigkeiten zu machen. Hat bei jedem neuen Namen nur gesagt: »Ja, schreiben Sie man dazu.« Was wollen sie denn noch? Da könnten sie ihm doch wohl wirklich einen letzten Gefallen tun. Damit er den Leuten wenigstens noch einmal sagen kann, was sie hören wollen. Dass Menschenfleisch nicht aussieht wie Schweinefleisch. Oder wie Kalbfleisch. Auch nicht wie Pferdefleisch. Nee, das sieht viel schwärzer aus! Er muss es wissen, er hat ja immer die Hände voll davon gehabt.

Eine Taube flattert auf den Hof. Als sie in den Spalten und Rissen des Pflasters nach Krümeln pickt, sieht er, dass sie nur ein Bein hat. Vielleicht haben die Jungen mit Steinen nach ihr geworfen, denkt er. Auf dem Pausenhof des Kaiser-Wilhelm-Gymnasiums auf der anderen Seite der Mauer. Es ist lange her, dass er dort vor dem Tor gestanden und sie heimlich beobachtet hat. Die bunten Mützen, die sie trugen, fand er schön. Er weiß nicht, warum er sich ausgerechnet jetzt daran erinnert.

Der Henker stößt ihn vorwärts. Dann war es das also, denkt er, als er die Stufen zu dem hölzernen Gerüst hinaufsteigt. Kein großes Publikum. Eine Hinrichtung wie jede andere auch. Gerade mal fünf Männer kann er zählen, die gekommen sind, um zu sehen, wie sein Kopf gleich für immer in die bereitgestellte Kiste fallen wird. Und ein Fotograf. Wenigstens das.

Auf der Mauerecke wächst eine kleine Birke, die in den Fugen zwischen dem roten Klinker seltsamerweise Wurzeln geschlagen hat. Die Taube hüpft unbeholfen davon. Vom Pausenhof schallt schrilles Knabenlachen herüber. Eine Straßenbahn rattert vorbei. Das ist die Linie 7. Die von Buchholz kommt. Ein Lastwagen spuckt Qualmwolken über die Mauer. Vielleicht zieht jemand um. Er selber zieht ja auch gleich um. Aber er braucht keinen Laster dazu.

Der Knopf! Er muss den Knopf schließen. Seine Hände fummeln ungeschickt. Der Griff des Henkers zwingt ihn in die Knie.

Aber ohne einen letzten Satz kann er nicht abtreten. Nicht einfach so. Das ist er sich und seinem Publikum schuldig. Auch wenn es viel zu wenige sind. Er räuspert sich, damit sie auch wirklich hinhören ...

»Rutsch, fällt das Messer runter, wutsch, bin ich weg!«

Gut so. Daran werden sie sich auch nach seinem Tod noch erinnern. Ebenso wie an die Knochen und Schädel an den Ufern der Leine.

Als er das Beil kommen hört, zwingt er sich, die Augen offen zu halten.

Für einen Moment zweifelt der Henker hinterher daran, ob er es sich nur eingebildet hat oder ob es wirklich so war. Doch, er ist sich sicher! Er hat es ganz deutlich gehört. Gleich darauf war dann der Kopf mit den weit aufgerissenen Augen dumpf in der Kiste aufgeschlagen – und er hatte sich beeilen müssen, um den Rumpf zu Boden zu drücken, der sich kopflos aufrichten wollte wie ein Hahn, der noch einmal durch die Scheune flattert, während ihm das Blut aus dem Stumpf des Halses schießt. Aber das kannte er, das waren nur die Muskeln, die sich in einem letzten Aufbegehren zusammenzogen. Das andere war schlimmer. Diese beiden Worte, die Haarmann noch hervorgestoßen hatte, kurz bevor das blanke Beil schmatzend auf den ungeschützten Nacken traf: »Auf Wiedersehen!«

1. Buch

Man kann ja nie wissen –
(Inschrift auf dem Grabstein von Kurt Schwitters)

Samstag, 26. September. 20.30 Uhr.

Die Party fand in der großen Wohnküche statt. Tabori hatte sich nach einigem Überlegen für Spaghetti mit Hackfleischsoße entschieden, das Rezept stammte aus einem zerfledderten Kochbuch, mit dessen Hilfe ihm schon vor bald dreißig Jahren mehr oder weniger komplizierte Gerichte meist erstaunlich gut gelungen waren. Der Titel wies deutlich genug auf jene Zeit hin, als Tabori sich noch um nichts in der Welt hätte vorstellen können, irgendwann den Kochtopf gegen eine Dienstwaffe einzutauschen: »Kochbuch für Kooperativen, Wohngemeinschaften und Kollektive sowie isolierte Fresser«. Mit dem Knoblauch hatte er es genau wie früher wieder mal eindeutig übertrieben, aber der schwere Eisentopf, in dem die Sugo vor sich hin köchelte, war dennoch schon so gut wie leer.

Sie waren alle gekommen, auch die, die er nicht eingeladen hatte. Er hatte Lepcke im Verdacht, nicht nur dem gesamten Kommissariat, sondern zu allem Überfluss auch noch Heinisch Bescheid gesagt zu haben. Dem alten Oberstreber mit der schwarzen Buddy-Holly-Brille, mit dem er zusammen auf der Schule gewesen war. Der erst die falsche Musik gehört hatte, dann natürlich Jura studiert und plötzlich als Polizeipräsident wieder aufgetaucht war – aber schon wenige Monate später über einen womöglich fingierten Skandal im Rotlichtbezirk stolperte und seinen Abschied einreichen musste. Es passte zu Lepckes Humor, ihm ausgerechnet den dicken Heinisch in die Küche zu setzen, dachte Tabori.

Heinisch verteilte gerade großzügig Zigarren, gleichzeitig rief er Tabori zu, dass die Runde am Tisch nichts mehr zu trinken hatte.

»Lassen Sie mal die Luft aus den Gläsern, Herr Hauptkommissar!« Gefolgt von einem dröhnenden Lachen, das sein Doppelkinn beben ließ.

Die Flasche schottischen Whiskys, die Heinisch mitgebracht hatte, war längst ausgetrunken, ebenso wie der Kasten Herrenhäuser. Tabori hatte mit vier oder fünf alten Kollegen gerechnet, nicht mit der vollzähligen Mannschaft. Schweren Herzens bückte er sich, um den Karton mit dem Rotwein aufzureißen, den der Gerichtsmediziner angeschleppt hatte. Mit Sicherheit kein billiger Tropfen, Professor Dr. Ulrich C. Bohnenkamp wusste, was gut war.

So ähnlich hatte er es auch formuliert, damit Tabori gar nicht erst etwas anderes mutmaßen konnte: »Ein echter Barolo«, hatte er zur Begrüßung gesagt, »lass es langsam angehen damit, das ist nichts, was du an der nächsten Tanke kriegst.« Um gleich darauf auch noch hinzuzusetzen: »Ich weiß, dass wir unsere Schwierigkeiten miteinander hatten. Aber vielleicht ist es an der Zeit, noch mal ganz von vorne zu beginnen. Auch wenn du mich nicht magst, aber du irrst dich, wenn du denkst, dass das auf Gegenseitigkeit beruhen würde. Ich bin nicht unbedingt ein Freund deiner ja wohl eher unorthodoxen Ermittlungsmethoden, mal ganz zu schweigen davon, wie du rumrennst, aber ich habe dich trotzdem immer für einen der fähigsten Ermittler gehalten, die wir je hatten.«

Tabori hatte nicht gewusst, was er darauf antworten sollte, und war froh gewesen, als ihn Sommerfeld erlöste. Ihm den Arm um die Schultern legte und aus seinen fast zwei Metern Höhe brüllte: »Mann, du glaubst gar nicht, wie oft ich dich in diesem letzten Jahr vermisst habe! Keiner, der mir einen Haufen Sand auf den Schreibtisch kippt und wissen will, wo der herkommt, und vor allem keiner, der mich abends mal auf ein konspiratives Treffen in die Kneipe einlädt und mir mein Bier bezahlt, damit ich ihm unter der Hand ein paar Infos besorge. Das hat mir echt gefehlt, und ich hoffe doch sehr, dass es mit der Langeweile jetzt auch mal vorbei ist, wenn du wieder mitmischst!«

»Ich tue mein Bestes«, hatte Tabori gegrinst und gleichzeitig gedacht, dass der alte Spurensicherer tatsächlich jemand war, bei dem er sich auf die erneute Zusammenarbeit freute. Eigentlich sollte Sommerfeld längst pensioniert sein, aber aus irgendeinem Grund war sein Arbeitsvertrag nochmals verlängert worden. Wahrscheinlich weil niemand zu finden gewesen war, der Sommerfeld ersetzen konnte. Die Polizei hatte nicht nur bei den uniformierten Kollegen Schwierigkeiten, Nachwuchs zu finden …

Tabori stellte gleich drei Flaschen auf den Tisch und schob Heinisch den Korkenzieher hin. Bohnenkamp rauchte jetzt ebenfalls

Zigarre und ließ sich umgehend über den besonderen Tropfen aus, den sie da gleich im Glas haben würden.

»So ein zehn Jahre alter Barolo hat ein nahezu groteskes Aroma, mit einem würzigen, herbstlich anmutenden Duft nach toten Blättern und Pilzen, obwohl der Wein selber alles andere als tot ist, ihr werdet es gleich merken!«

Er klang kaum anders, als wenn er am Seziertisch stand, dachte Tabori unvermittelt. Aber vielleicht war es auch nur die offensichtliche Begeisterung für das Wörtchen »tot«, die ihn an Bohnenkamps langatmige und mit Fachbegriffen gespickte Vorträge in der Pathologie erinnerten.

Die Luft im Raum war zum Schneiden dick, obwohl die Fenster bereits auf Kipp standen. Und wenn Lepcke weiterhin Taboris alte Schallplatten auf voller Lautstärke laufen ließ, würde es sicher nicht mehr lange dauern, bis die Nachbarn sich beschwerten und die Polizei riefen. Tabori musste grinsen, als er sich die Gesichter der Streifenwagen-Besatzung vorstellte, wenn sie plötzlich die eigenen Kollegen zu Ruhe und Ordnung ermahnen sollten – einschließlich des ehemaligen Polizeipräsidenten, den sie zumindest aus den Pressemeldungen kennen mussten. Die Zeitung hatte ausführlich genug über Heinischs Aufstieg und vor allem seinen spektakulären Absturz berichtet.

Durch den Zigarrennebel hindurch konnte er sehen, dass Lepcke zwei Schallplattenhüllen in die Höhe hielt, »Exile on Main Street« und Led Zeppelin, »Stairway to Heaven«. Tabori schüttelte den Kopf und drängte sich zwischen irgendwelchen Kollegen bis zum Plattenspieler durch. Dass die Kollegen ihm dabei ausnahmslos auf die Schultern klopften, machte die Sache nicht unbedingt besser.

»Was willst du hören?«, brüllte Lepcke ihm über den Lärm hinweg zu.

»Ton Steine Scherben«, brüllte Tabori zurück. »›Wir müssen hier raus, das ist die Hölle‹!«, zitierte er den Song, der die Situation für ihn in einer einzigen Zeile zusammenzufassen schien.

Lepcke grinste. »Mann, was ist los mit dir? Das ist dein Abend heute, freust du dich nicht?«

»Geht so.«

Lepcke winkte ihn mit dem Zeigefinger näher zu sich. »Wo ist Lisa überhaupt? Kommt sie noch oder …?«

Er ließ die Frage offen, Tabori wusste auch so, was er meinte.

»Oder«, sagte er. »Sie hat die Hunde genommen und ist an die Ostsee. Irgendwelche Leute besuchen, die sie von früher kennt. Ich schätze mal, sie wird für einige Zeit wegbleiben. Sie hat mir eine ziemliche Szene gemacht, als ich ihr meinen Entschluss gebeichtet habe.«

»Womit du jetzt nicht die Party meinst?«

»Womit ich jetzt nicht die Party meine«, bestätigte Tabori. »Aber du kennst sie, du weißt, was sie von dem Polizeiapparat hält. Kurz zusammengefasst hat sie eigentlich nur erklärt, dass sie noch nicht weiß, ob sie es ertragen kann, weiterhin mit einem Bullen unter einem Dach zu wohnen.«

Lepcke nickte. »Passt zu ihr. Sie wird es nie begreifen. Irgendwas bei ihr da oben stimmt nicht, das ist mir schon länger klar.«

Er tippte sich an die Stirn und stand auf, um sich von einer Kollegin eine Zigarette zu schnorren. Als er das Feuerzeug aufflammen ließ, sah Tabori, dass seine Hände zitterten.

»Sie hat nichts zu dir gesagt?«, fragte Tabori.

Lepcke lachte auf. Es klang nicht fröhlich. »Kein Wort. Aber das ist ja nichts Neues.«

Lisa war Taboris Mitbewohnerin. Oder zumindest war sie es bis gestern noch gewesen. Eine Hundeausbilderin, mit der sich Tabori die alte Fabrikantenvilla mit dem hoffnungslos verwilderten Garten im Gewerbegebiet von Bothfeld teilte. Mit ihr und ihrem Rudel Border Collies. Wobei die Border Collies ganz eindeutig die einfacheren Hausgenossen waren. Lisa war speziell. Und ihre kompromisslosen Einschätzungen vor allem von Taboris Arbeit bei der Mordkommission waren nicht nur gewöhnungsbedürftig, sondern in höchstem Maße anstrengend. Die wenigen Freunde, die Tabori hatte, hielten Lisa ohnehin für schlichtweg unmöglich. Dennoch hatte Lepcke eine kurze Affäre mit ihr gehabt, die nie ganz beendet worden war und von Zeit zu Zeit unerwartet heftig wieder aufflammte.

Seine Enttäuschung über Lisas Verschwinden stand ihm jetzt deutlich ins Gesicht geschrieben. Aber so war es, wenn man sich mit Lisa abgab, dachte Tabori, und irgendwann würde auch Lepcke begreifen, dass es ihr vollkommen egal zu sein schien, was andere von ihr dachten. Oder wen sie mit ihren Reaktionen vor den Kopf stieß. Tabori wusste das nur zu gut aus eigener Erfahrung.

Er legte Lepcke die Hand auf die Schulter und wollte gerade irgendetwas sagen, als Lepckes Handy schrillte.

Lepcke warf einen Blick auf das Display und verdrehte die Augen. Bevor er das Gespräch annahm, konnte Tabori gerade noch das Wort *Waterloo* lesen. Also ein Anruf von der Leitstelle, Waterlooplatz 11 ...

»Ich bin nicht im Dienst!«, blaffte Lepcke, ohne sich erst mit Namen zu melden. Um dann aber doch mit zusammengezogenen Augenbrauen zuzuhören, während er mehrmals unwillig den Kopf schüttelte und schließlich mit einem Blick auf Tabori sagte: »Keine Ahnung, wahrscheinlich hat er sein Handy ganz einfach ausgeschaltet! Offiziell ist er ja auch noch gar nicht wieder dabei. Er fängt erst am Montag an. – Ja, doch, er ist hier, aber wir sind auf einer Party, und es passt gerade wirklich nicht. Können Sie den Anrufer nicht abwimmeln? – Ja, schon gut, ich hab's ja kapiert. Stellen Sie das Gespräch durch, ich geb' ihm mein Handy.«

Lepcke streckte Tabori das Handy hin.

»Für dich. Tut mir leid, ich weiß nicht, worum es geht. Aber es scheint wichtig zu sein.«

Im ersten Moment konnte Tabori außer Knacken und Rauschen kaum etwas verstehen. Mit dem Handy am Ohr schob er sich durch die Küche, kurz bevor er die Haustür öffnete, um nach draußen zu gehen, hörte er hinter sich noch mal Heinischs Lachen, gleich darauf dröhnte ein neuer Song aus den Lautsprechern, Rio Reiser, »Ich bieg dir 'n Regenbogen«, die eher poetische Seite des früheren Ton-Steine-Scherben-Sängers.

Es nieselte leicht. Tabori zog die Haustür ins Schloss und drückte sich mit dem Rücken an die Wand unter dem vergitterten Toilettenfenster, so dass das schmale Vordach ihn vor dem Regen schützte.

»Hauptkommissar Tabori?«

Die Stimme klang so verzerrt, dass er unmöglich entscheiden konnte, ob er mit einem Mann oder einer Frau sprach.

»Kennen wir uns?«, fragte er zurück.

»Nein, aber ich habe über Sie in der Zeitung gelesen. Letzte Woche, in dem Artikel, in dem auch stand, dass Sie mal eine ziemlich große Nummer waren. Der ›Schimanski von Hannover‹, so sind Sie doch genannt worden, richtig? Stand da jedenfalls ...«

»Das ist lange her«, antwortete Tabori ausweichend.

»Und jetzt sind Sie jedenfalls wieder dabei, habe ich gelesen. Bei der Mordkommission.«

Tabori war sich inzwischen sicher, dass es sich um einen Mann handeln musste. Und irgendetwas in der Stimme ließ ihn zögern, das Gespräch einfach zu beenden.

»Montag ist mein erster Arbeitstag. Im Moment bin ich ...« Noch nicht zuständig, wollte er eigentlich sagen. Für was auch immer. Aber die Stimme unterbrach ihn.

»Bis Montag kann das nicht warten. Sie müssen jetzt kommen und sich das ansehen, sofort! Ich habe hier gerade eine Leiche gefunden. Also eigentlich ist es gar keine ganze Leiche, sondern nur der Kopf! Aber er ist echt, das können Sie mir glauben, das habe ich sofort gesehen. Ein abgeschlagener Kopf. Und der steckt in so einem Glasbehälter, wie in irgendeinem Labor oder so was.« Die Stimme überschlug sich jetzt fast, Tabori hatte Mühe, die einzelnen Worte voneinander zu trennen. »Unten an dem Glas ist auch noch ein Schild angebracht! ›Fritz Haarmann‹ steht da drauf, Sie wissen schon, dieser Massenmörder aus den dreißiger Jahren. Und ich glaube, er ist es wirklich!«

Serienmörder, korrigierte Tabori im Stillen, nicht Massenmörder.

»Wo sind Sie?«, fragte er laut. »Wo haben Sie diesen Kopf gefunden?«

»Am Schiffgraben. Neben dem Finanzministerium, wo auch die anderen Köpfe liegen.«

»Wie bitte? Welche anderen Köpfe?«

»Diese Dinger aus Beton, von dem Künstler! Und mittendrin ist das Glas mit Haarmanns Kopf!«

Vielleicht war es die präzise Beschreibung des Fundortes, vielleicht auch der Fundort selbst, jedenfalls zweifelte Tabori keinen Moment daran, dass der Anrufer die Wahrheit sagte.

Er blickte auf die Uhr. Kurz nach neun erst. Und nach dem Lärm, der aus der Küche drang, würde die Party noch eine ganze Zeitlang so weitergehen. Seine Party, zu der er spätestens, als Heinisch auftauchte, schon keine Lust mehr gehabt hatte. Von Bohnenkamp und noch ein paar anderen mal ganz zu schweigen.

Er räusperte sich. »Ich komme«, sagte er zu dem unbekannten Anrufer. »Ich mache mich sofort auf den Weg. Geben Sie mir eine Viertelstunde. Und fassen Sie nichts an, lassen Sie alles so, wie Sie es gefunden haben.«

Er unterbrach die Verbindung, ohne eine Antwort abzuwarten. Seine Lederjacke hing in dem kleinen Vorraum gleich hinter der Tür. Zwei junge Polizistinnen tanzten eng umschlungen, beide hatten lange blonde Haare, die zu einem Pferdeschwanz gebunden waren – und beide trugen ihre Uniformmützen, hatten sie allerdings so weit zurückgeschoben, dass sie ihnen auf den Hinterköpfen zu kleben schienen. Das Bild erinnerte Tabori an Fotos aus den anrüchigen Bars im Berlin der Zwanzigerjahre.

Lepcke konnte er nirgends sehen, »ist auf dem Klo«, lautete die Auskunft eines älteren Beamten, der gerade mit seinem Feuerzeug eine Flasche Bier öffnete.

Tabori drückte ihm Lepckes Handy in die Hand. »Ich muss noch mal kurz zur Tankstelle und Kippen holen. Sag ihm nur ... vergiss es, ich bin ja sowieso gleich wieder da.«

Er schaffte es, aus dem Haus zu kommen, ohne die Aufmerksamkeit von Heinisch und der zigarrenvernebelten Tischrunde hervorzurufen. Den Autoschlüssel hatte er in der Hosentasche. Und mehr als ein oder zwei Gläser Wein hatte er nicht getrunken.

Erst als er schon die Stufen zum Gartenweg hinunter war, sah er den VW-Bus, der quer vor der Einfahrt parkte. Ein älteres Modell, ein roter T4, selbst im spärlichen Licht der Straßenlaterne konnte Tabori erkennen, dass der Lack ausgeblichen und stumpf war. Die hinteren Scheiben waren mit blickdichter Folie abgeklebt, das Fenster der Fahrertür war halb geöffnet, Tabori sah eine Zigarette aufglimmen.

»Euer Wagen fällt ja mal wieder gar nicht auf«, sagte er spöttisch. »Warum seid ihr nicht reingekommen?«

»Die Macht der Gewohnheit«, antwortete der Fahrer. »Du weißt ja, wir sind die, die draußen vor der Tür stehen und heimlich lauschen.« Er streckte Tabori die Hand hin. »Schön, dass du wieder dabei bist.«

»Das haben mir heute schon einige gesagt. Aber bei dir glaube ich sogar, dass du es ernst meinst. – Wo ist Ulrike?«, fragte er, während er gleichzeitig versuchte, ins Wageninnere zu blicken.

Der Fahrer zeigte auf die Reihe geparkter Wagen am Straßenrand. Zwei oder drei Streifenwagen, das Mercedes-SUV von Bohnenkamp, Heinischs Phaeton, Lepckes Dienst-Passat. »Schreibt ein paar Nummern auf.«

Tabori tippte sich an die Stirn. »Ihr spinnt doch vollkommen. Was soll das?«

Der Fahrer grinste nur, ohne eine Antwort zu geben.

Carlos und Ulrike waren zwei Undercover-Beamte, die vor allem die gewaltbereite linksradikale Szene im Auge behalten sollten, die dem Staatsschutz schon länger zunehmend Sorge bereitete. Das Problem war allerdings, dass Carlos und Ulrike offensichtlich nur wenig Interesse an ihrer Aufgabe hatten und eher geneigt schienen, das gesamte System des auf dem rechten Auge vollkommen blinden Überwachungsstaates mit höchst merkwürdigen Aktionen ad absurdum zu führen. Das fing mit der Wahl ihrer lächerlichen »Tarnnamen« an und endete noch lange nicht damit, bei einer Privatparty die KFZ-Nummern der Gäste zu notieren, die ausnahmslos aus den eigenen Reihen kamen. Und soweit Tabori wusste, hatten sie bislang auch noch kein einziges Mal eine auch nur im Ansatz brauchbare Information weitergegeben. Aber vielleicht war es genau das, was ihm an den beiden Kollegen gefiel. Er wusste, dass sie in Wirklichkeit alles andere als unfähig waren, und hatte sich bereits früher schon mehrfach gewünscht, sie in seinem Ermittlungsteam zu haben.

»Ich habe einen Job für euch«, sagte er jetzt. »Ein komischer Anruf, aus dem ich nicht ganz schlau geworden bin. Aber ich will das mit eigenen Augen sehen, um mir einen Eindruck machen zu können. – Habt ihr genug Zeit, um mich in die Stadt zu bringen?«

»Aber immer doch«, grinste Carlos. »Solange es der Staatssicherheit dient, sind wir dabei.«

Ohne eine weitere Frage startete er den Motor. Tabori rutschte auf die Doppelsitzbank auf der Beifahrerseite, nach ein paar Metern trat Ulrike aus dem Schatten zwischen den geparkten Wagen und stieg ebenfalls ein.

»Keine Lust auf deine eigene Party?«, fragte sie anstelle irgendeiner Form von Begrüßung und ohne sich auch nur im Geringsten überrascht zu zeigen, dass Tabori im Wagen saß.

»Du hast selbst gesehen, wer meine Gäste sind«, antwortete Tabori mit einem Schulterzucken.

In knappen Sätzen informierte er die Kollegen über den Anruf, der ihn von der Leitstelle erreicht hatte. Als er von dem Glas mit Haarmanns Kopf berichtete, sagte Ulrike: »Kann nicht sein. Der Kopf ist letztes Jahr eingeäschert worden, nachdem er jahrzehntelang in der Gerichtsmedizin in Göttingen gelagert war. Vergiss es, Tabori, es klingt eher, als hätte sich da jemand einen dummen Scherz mit dir erlaubt.«

Carlos fuhr auf kleinen Nebenstraßen durch den alten Dorfkern von Groß-Buchholz, vorbei am Gasthaus »Zur Eiche«, der Buchhandlung »Sternschnuppe« und dem alten Kurzwarengeschäft von Karla Schmidt, in dem Tabori als Junge immer seine Turnhemden gekauft hatte, schwarz und gerippt, mit engem Hals und breiten Schultern.

Als sie die Kirche passierten, konnte er für einen kurzen Moment das Banner am Turm erkennen, das die neue Produktion der kirchlichen Theatergruppe ankündigte. »Pension Schöller«. Ein Komödien-Klassiker, mit dem üblichen Tür-auf-, Tür-zu-Spiel und ein paar durchaus witzigen Dialogen, die sich durch eine allerdings vorhersehbare Handlung zogen. Tabori war in der Premiere gewesen, ein Freund von ihm spielte die Hauptrolle. Es war egal, was für ein Stück sie auf den Spielplan setzten, hatte der Freund erzählt, sie würden wieder für Wochen ausverkauft sein, das Staatstheater konnte von solchen Besucherströmen nur träumen.

Als Carlos kurz darauf in die Gehägestraße einbog, erinnerte ihn Tabori: »Wir haben Wochenende, die Straße durch den Wald ist gesperrt!«

Carlos schüttelte nur den Kopf und fuhr unbeirrt weiter. Nach der Doppelkurve am Anfang des Stadtwaldes versperrte ihnen ein Schlagbaum den Weg. Carlos schaltete zurück und lenkte den Bus zwischen zwei Begrenzungspfosten hindurch auf den Radweg und hinter der Schranke zurück auf die Fahrbahn.

Tabori sagte nichts, sondern legte den Kopf zurück und sah die Bäume wie schwarze Schatten in der Dunkelheit vorbeiwischen.

Am Zoo wiederholte sich das Manöver, von der Fahrbahn auf den Radweg und hinter der Schranke zurück, als wäre es selbstverständlich, dass die üblichen Regeln oder Verbote für sie nicht galten.

Unter der Bahnüberführung am Schiffgraben standen ein paar Jugendliche. Schwarze Kapuzenshirts und Rucksäcke.

Die frische Farbe auf der Mauer hinter ihnen glänzte noch.

»Nicht unsere Klientel«, erklärte Carlos, ohne den Fuß vom Gas zu nehmen. Im Rückspiegel sah Tabori, dass die Jugendlichen bereits wieder ihre Spraydosen gezückt hatten.

Als sie über die Kreuzung waren, bat er Carlos, ihn rauszulassen.

»Ich will erst mal alleine mit dem Mann reden. Ich rufe euch, wenn ich Unterstützung brauche.«

»Kein Ding«, nickte Ulrike. »Wir warten.«

Tabori überquerte die Straße und lief mit langen Schritten an der nachgeahmten Renaissancefassade des Finanzministeriums vorüber, bis er im Halbschatten neben dem Gebäude eine wartende Person ausmachen konnte. Groß, sehr groß sogar. Eher kräftiger gebaut als hager. Eine Brille, in der sich die Straßenlampen spiegelten. Als er ins Licht trat, registrierte Tabori unwillkürlich die festen Schnürschuhe, die graue Cargohose, die dunkle Windjacke mit dem Emblem der städtischen Verkehrsbetriebe. Und einen prallgefüllten Rucksack, der über seiner linken Schulter hing. Das Alter des Mannes war schwer zu schätzen, vielleicht Ende vierzig, dachte Tabori, ein einsamer Wolf, der nachts durch die Stadt streift, wenn das Partyvolk sich in den Bars und Diskotheken amüsiert. Auf seiner bleichen Stirn glänzte es feucht, obwohl es nicht mehr regnete. Tabori tippte auf einen Schweißfilm. Der Mann stand kurz vor einem Kreislaufzusammenbruch. Oder er hatte ganz einfach Angst!

Seine Stimme allerdings war verblüffend kräftig, als er jetzt mit einem Kopfnicken zu dem VW-Bus von Carlos und Ulrike hinüber sagte: »Den Bus kenne ich. Der steht auf jeder Demo. Entweder zwischen den Mannschaftswagen oder in einer Seitenstraße.«

Soviel zur perfekten Tarnung der Kollegen, dachte Tabori, während er gleichzeitig laut sagte: »Kümmern Sie sich nicht drum. Ich brauchte jemanden, der mich herfährt. Ich hab schon was getrunken, Sie haben mich gerade von einer Party weggeholt. – Darf ich Ihren Namen wissen?«

»Paust. Joachim Paust.«

»Sie sind bei der Üstra?«

»Was? Ach so, Sie meinen, wegen meiner Jacke? Nein, ich war mal Straßenbahnfahrer, aber das ist schon eine ganze Weile her. Ich hab nur die Jacke behalten, weil ... ist praktisch, vor allem bei so einem Wetter wie heute.«

Tabori nickte, als wären damit alle offenen Fragen geklärt.

»Gut, dann zeigen Sie mir doch bitte mal, was Sie gefunden haben.«

Paust wies mit dem Kopf zu der Einfahrt in die Tiefgarage des nächsten Gebäudes hinüber, vier Neonröhren warfen ein fahles Licht auf den Durchgang, eine der Röhren flackerte. Irgendwo hatte Tabori mal ein Foto des Weges gesehen, der mit den in Beton gegossenen Köpfen des hannoverschen Künstlers Timm Ulrichs gepflastert war. Als er die Installation jetzt direkt vor sich hatte, zog er scharf die Luft durch die Zähne – die Wirkung dieses aus Hunderten von bleichschimmernden Betonköpfen bestehenden Pflasters war gespenstisch. Erst auf den zweiten Blick sah er am Ende des Weges das gläserne Behältnis, von dem Paust am Telefon gesprochen hatte.

Tabori zog die kleine Maglite aus der Innentasche seiner Jacke und schob sich an Paust vorbei. »Warten Sie bitte hier, ja?«

Er blieb auf der Grasnarbe neben dem Kopfsteinpflaster, bis er auf Höhe des Glases war. Der Lichtstrahl der Taschenlampe ließ die Konturen des eindeutig menschlichen Kopfes scharf hervortreten. Die wie angeklatscht wirkenden schwarzen Haare mit dem sorgfältig gezogenen Seitenscheitel, die Bartstoppeln auf den leicht pausbäckigen Wangen, die blicklosen Augen.

Am unteren Rand des Behälters war das schmale Schild, das Paust erwähnt hatte, und das mit sorgfältig ausgeführten Scriptol-Buchstaben den Namen *Fritz Haarmann* zeigte. Und eine Jahreszahl, 1925, mehr nicht.

Trotz seiner Aufforderung zu warten, war ihm Paust gefolgt. Als er anfing zu reden, zuckte Tabori unwillkürlich zusammen.

»Er ist hier in Hannover auf dem Hof des Gerichtsgefängnisses enthauptet worden. Im April 1925. Der präparierte Kopf war die ganze Zeit über in der Göttinger Rechtsmedizin gelagert, als Forschungsobjekt, um herauszufinden, ob Verbrecher sich anhand bestimmter Anomalien im Gehirn erkennen lassen. Dazu wurden mehrere Querschnitte aus dem Gehirn entnommen und an das Max-Planck-Institut in München geschickt. Allerdings sind die Proben irgendwie verloren gegangen. Und der in Formalin eingelegte Kopf wurde dann bis in die Sechzigerjahre noch öffentlich gezeigt, als besondere Attraktion, danach bekamen ihn nur noch kleinere Gruppen von Medizinstudenten zu sehen. Schließlich wurde er irgendwo zwischen anderen Präparaten im Keller der Gerichtsmedizin verstaut. Da er jedoch keinen wissenschaftlichen Wert hatte, wurde er letztes Jahr eingeäschert und die Urne angeblich anonym auf irgendeinem Gräberfeld beigesetzt. – Angeblich, ich meine, ganz offensichtlich ist das ja nicht passiert! Das da vor Ihnen *ist* Haarmanns Kopf, ich hab genug Fotos von ihm gesehen, das ist er. Also entweder haben die in Göttingen gar nichts eingeäschert oder – einen anderen Kopf!«

»Warten Sie, nicht so schnell.« Tabori richtete sich auf. »Woher wissen Sie das alles? Was Sie mir da gerade erzählt haben! Das waren deutlich mehr Details, als irgendjemand ...«

»Ich lese Zeitung«, unterbracht ihn Paust. »Ganz einfach. Und es gab einen großen Bericht darüber.«

»Sie wollen sagen, Sie haben in der Zeitung einen Artikel gelesen und ...«

»Und was ich einmal gelesen habe, merke ich mir.«

»Ich muss zugeben, dass mich das verblüfft. Ich habe die meisten Sachen schon am nächsten Tag wieder vergessen!«

Paust blickte ihn an. Tabori hatte augenblicklich das Gefühl, dass sein Gegenüber ihm nicht glaubte.

»Aber es geht ja auch nicht um mich«, sagte Tabori. »Sie haben das also gelesen, Sie haben sich die wesentlichen Fakten gemerkt und sagen, dass das nichts Ungewöhnliches für Sie ist. Was Sie irgendwo aufgeschnappt haben, speichern Sie zuverlässig ab und können es bei Bedarf wieder hervorholen. Habe ich das richtig verstanden?«

»Das ist so, ja. Vor allem bei Sachen in Zusammenhang mit Hannover. Das ist ... vielleicht so eine Art Hobby von mir. Es interessiert mich einfach, das ist die Stadt, in der ich lebe und ...«

»Können Sie mir ein paar Details ... zum Beispiel zum Gartenfriedhof nennen?«, unterbrach ihn Tabori.

Er sah, wie Paust irritiert die Augenbrauen zusammenzog, bevor er mit den Schultern zuckte und antwortete. »Sie wollen mich testen. Also der Gartenfriedhof, gut. Verschiedene Gräber, die von Bedeutung sind, unter anderem Caroline Herschel, eine der ersten Frauen in der Wissenschaft, die immerhin neun Kometen entdeckte. Dann natürlich Charlotte Kestner, geborene Buff, die Goethe als Vorbild für die Leiden des jungen Werther diente, außerdem die

Erbbegräbnisstätte der Henriette von Rühlig, das geöffnete Grab, das von einer Birke gesprengt wurde, und am bekanntesten wahrscheinlich das Menschenfressergrab, bei dem der Steinmetz sich mit dem Platz für die Buchstaben vertan hatte und deshalb den Namen Heinrich Andreas Jacob Lutz zu Heinrich Andre as Jacob Lutz trennte ...«

Tabori hob die Hände, um den Redefluss zu stoppen.

»Was ist?«, fragte Paust. »Sie wollten das wissen. Aber vielleicht sollte ich noch sagen, dass ich auch eine Zeitlang als Stadtführer gearbeitet habe. Und außerdem habe ich Geschichte studiert, reicht Ihnen das als Erklärung?«

»Moment, und wie passt dann der Straßenbahnfahrer dazu?«

»Andere Leute sind nach dem Studium Taxi gefahren, weil sie keinen Job bekommen haben. Wo ist da der Unterschied?«

»Kein Unterschied«, gab Tabori zu, während er gleichzeitig versuchte, die verschiedenen Informationen zu sortieren: Geschichtsstudium, Straßenbahnfahrer, Stadtführer. Und ein aufmerksamer Beobachter, der bei irgendwelchen Demos den Wagen von Carlos und Ulrike als schlecht getarntes Einsatzfahrzeug erkannt hatte. Auf linken Demos, woanders tauchten Ulrike und Carlos nicht auf ...

»Und heute Abend?«, schoss Tabori unvermittelt seine nächste Frage ab. »Warum sind Sie ausgerechnet hier gewesen? Das ist nicht unbedingt die Gegend für einen Abendspaziergang.«

Paust klopfte auf den Rucksack über seiner Schulter.

»Ich hab die Kamera dabei, ich wollte Fotos machen. Dunkelheit und Nieselregen, ein bisschen was jenseits des Üblichen. Sie können sich das gerne auf dem Display ansehen, sind schon ein paar ganz schöne Bilder dabei. Das Theater am Aegi, das Künstlerhaus mit dem Kronleuchter über der Straße, und dann dachte ich, dass vielleicht auch das Kopfsteinpflaster ein Motiv wäre ...«

»Und dabei haben Sie das Glas entdeckt«, sagte Tabori mehr zu sich selbst. Pausts Erklärung erschien ihm schlüssig, obgleich er das merkwürdige Gefühl nicht los wurde, dass irgendetwas ganz und gar nicht passte.

»Sie stimmen mir also zu«, unterbrach Paust seine Gedanken. »Das ist der Originalkopf von Haarmann, oder?«

»Das kann ich so nicht entscheiden, das muss im Labor untersucht werden. – Warum haben Sie unbedingt mich verlangt? Ich meine, ein Streifenwagen hätte es doch wohl auch getan.«

Paust schüttelte den Kopf. »Meine Erfahrungen mit uniformierten Beamten sind nicht unbedingt dazu angetan, um Vertrauen zu erwecken. Und ich habe Ihnen ja schon am Telefon gesagt, woher ich Ihren Namen kenne. – Wenn das jetzt wirklich Haarmann ist, dann muss das doch so was wie ein Geschenk für Sie sein!«, setzte er gleich darauf hinzu. »Ich meine, zum Wiedereinstieg in die Kripo, was Besseres können Sie sich doch gar nicht wünschen.«

»Tut mir leid, ich kann Ihnen nicht ganz folgen ... Irgendwie scheinen Sie da bei meinem Job etwas falsch zu verstehen.«

»Aber Sie sind gekommen! Also liege ich ja wohl nicht so ganz daneben in meiner Annahme, dass Sie ...«

»Ich sag Ihnen, was wir jetzt machen«, überging Tabori den Einwurf, der ihm alles andere als angenehm war. »Ich stelle Ihnen die Kollegen in dem Bus vor, den Sie ja bereits kennen, und die nehmen erst mal Ihre Personalien auf. Wir werden Sie ganz sicher auch noch mal zu einem Gespräch ins Polizeipräsidium bitten, um Ihre Aussagen zu protokollieren. Aber bevor ich jetzt die Spurensicherung rufe, die sich um den Kopf kümmert, habe ich noch eine Frage: Gibt es irgendetwas, was Ihnen vielleicht aufgefallen ist, als Sie hier ankamen? Haben Sie jemanden gesehen, waren da noch andere Leute oder ein Auto ...«

»Nur ein paar Jugendliche, die in Richtung Bahnunterführung gelaufen sind. Aber die kamen direkt vom Aegi und waren auch auf der anderen Straßenseite. Klar, und ein paar Autos sind vorbeigefahren, aber ...«

Taboris Handy klingelte. Das Display meldete »Lepcke« als Anrufer.

»Moment bitte ... Ja, Lepcke, was ist los?«

Lepckes Stimme war nur undeutlich zu hören, der Partylärm schien noch zugenommen zu haben.

»Sag mal, wo bist du eigentlich? Ein Kollege hat behauptet, du wärst zur Tanke, um Kippen zu holen. Aber das war schon fast vor einer Stunde! Hat das was mit diesem Anruf von der Leitstelle für dich zu tun?«

»Ja, hat es. Ich erkläre es dir später, im Moment ist es gerade ein bisschen schlecht. Ich stehe hier ...«

»Ich glaube, ich will es gar nicht wissen! – Mann, Mann, kaum bist du wieder dabei, wird es auch schon merkwürdig. Erst kriegst du diesen Anruf, dann verschwindest du ohne Erklärung und eine knappe Stunde später steht hier der Pizzabote mit seiner Lieferung für dich vor der Tür.«

»Was? Ich hab keine Pizza bestellt!«

»Dachte ich mir schon. Vor allem ganz sicher keine mit dieser Beilage.«

»Wovon redest du, Lepcke? Jetzt rück endlich raus damit.«

»Ich rede von einer Pizza mit dickem Käserand, Champignons und Artischocken sowie einem abgeschnittenen Mittelfinger als Beilage. Ach ja, und einem fettgetränkten Zettel mit der handschriftlichen Botschaft: *Es ist noch lange nicht vorbei, es fängt alles gerade erst an ...*«

Sonntag, 27. September. 10.50 Uhr.

»Er ist gerade noch im Kunstmuseum in Celle«, sagte Ulrike am Telefon. »Irgendeine Ausstellung, an der er beteiligt ist und die morgen eröffnet wird. Aber ich habe euch für zwölf Uhr heute Mittag verabredet. High Noon, das passt doch.« Tabori hörte, wie sie sich eine Zigarette anzündete. Er hatte nicht gewusst, dass sie rauchte, und hatte sie auch noch nie mit einer Zigarette gesehen. Sie inhalierte tief, bevor sie weitersprach. »Um zwölf also, und zwar im Café Bar Celona am Weißekreuzplatz.«

»Kenn ich, ja. Aber ganz ehrlich hätte ich ihn lieber in seinem Atelier getroffen«, wandte Tabori ein. »Ich brauche einen klaren Eindruck von ihm. Ich will sein Arbeitsumfeld sehen, verstehst du? Nicht nur ein bisschen Small Talk beim Kaffeetrinken!«

»Vergiss es, Tabori! Er hat gar kein Atelier. Bestenfalls eine Art ... Lagerraum, in dem er arbeitet. Schwerlastregale an den Wänden, und jede Menge alte Kartons und übereinander gestapelte Bananenkisten, die mit irgendwelchem Kram vollgestopft sind. Auf den ersten Blick ein unvorstellbares Chaos, bei dem ich mich ernsthaft frage, wie er es überhaupt schafft, bis zu seinem Arbeitstisch durchzukommen. – Aber das ist in der Sodenstraße«, setzte sie dann hinzu. »Gleich um die Ecke, ihr könnt da also problemlos rüber gehen, wenn du es immer noch für nötig hältst. Ich dachte nur, es macht vielleicht Sinn, dass ihr euch erst mal auf neutralem Boden begegnet. Ich habe keine Ahnung, wie der Typ tickt, und die Kneipe hat er selber spontan vorgeschlagen. Scheint so was wie ein zweites Zuhause für ihn zu sein.«

»Woher weißt du so genau, wie es da in der Sodenstraße aussieht?«, fragte Tabori irritiert.

Es dauerte einen Moment, bis Ulrike antwortete. Und ihre Antwort hatte nichts mit seiner Frage zu tun.

»Ich habe eben mal aufgerufen, was wir über ihn gespeichert haben. Ist vielleicht ganz gut für dich zu wissen. Also, kurzes Briefing gefällig?«

Tabori nickte, bevor ihm klar wurde, dass sie ihn ja nicht sah.

»Ja, ich höre«, beeilte er sich hinzuzusetzen.

»In Berlin geboren, Architekturstudium in Hannover, gründet 1961 eine ›Werbezentrale für Totalkunst‹ und stellt sich von da an immer wieder als ›Erstes Lebendes Kunstwerk‹ in den verschiedensten Formen selbst aus. Er hat einen Steifftier-Knopf im Ohr und eine tätowierte Zielscheibe auf der Brust ...«

»Ich erinnere mich, dass ich ihn irgendwann in den siebziger Jahren im Kunstverein gesehen habe. Da ist er endlose Runden in einem überdimensionalen Hamsterrad gelaufen. Hat mich damals ziemlich fasziniert, weil es so völlig anders war als die Kunst in den Museen, in die wir als Schüler so geschleppt wurden. Ein bisschen wie ein Aha-Erlebnis, dass es also etwas gab, was mit dem ganzen verknöcherten Bildungsscheiß aufräumte.«

Er meinte, Ulrike zustimmend auflachen zu hören, bevor sie weitersprach.

»Erschrick übrigens nicht, falls er während eures Gesprächs mal kurz die Augen zumacht, auf seinem rechten Augenlid sind nämlich die Worte ›The End‹ tätowiert! Und seinen Grabstein gibt es auch schon, steht auf einem Künstlerfriedhof in Kassel und hat die schöne Inschrift: ›Denken Sie immer daran, mich zu vergessen‹ ...«

Unwillkürlich musste Tabori an den Grabstein von Kurt Schwitters denken, ›Man kann ja nie wissen‹, aber der Satz von Timm Ulrichs gefiel ihm fast noch besser. Ein Sprachspiel, das ihm in seiner Absurdität entlarvend für jede Form von hohlem Geplapper zu sein schien ...

»Ich überspringe mal eben die Liste der verschiedenen Kunstaktionen, die Ulrichs über die Jahre gemacht hat«, unterbrach Ulrike seine Gedanken. »Wichtig für dich ist vielleicht noch, dass er lange Zeit eine Professur an der Kunstakademie in Münster hatte, bis zu seiner Pensionierung 2005. Warte, was hab' ich noch ... ah, ja, hier, er lebt meistens in Hannover, manchmal auch in Antwerpen oder Berlin. Da hat er übrigens auch gerade seinen 75. Geburtstag gefeiert, in Berlin, meine ich, aber offensichtlich nur im kleinen Kreis, mit Essen vom Catering-Service und so. Und er scheint mit Armin Rohde befreundet zu sein, dem Schauspieler, jedenfalls hat der ihm ›Happy Birthday‹ aufs Handy gesungen. Das war's mehr oder weniger.«

Tabori holte tief Luft. »Ich verstehe nicht, wieso ihr …«

Noch bevor er seine Frage zu Ende formuliert hatte, kam Ulrikes Reaktion. »Weil wir es hier mit jemandem zu tun haben, der auffällig ist.«

»Aber wieso?«

»Ist das nicht offensichtlich? Wir haben ihm zwar nie eine konkrete Verbindung zum linken Spektrum nachweisen können, aber glaub mir, es gab und gibt genug Anhaltspunkte, um ihn zumindest im Auge zu behalten. Ich meine, jemand, der schon 1969 eine ›Kunstpraxis‹ gegründet hat, ›Sprechstunden nur nach Vereinbarung‹, und der da dann detaillierte Ratschläge gegeben hat, wie man bei Ausstellungseröffnungen mitreden kann, ohne von Kunst auch nur die leiseste Ahnung zu haben …«

»Was? Das ist doch witzig!«

»Vielleicht. Vielleicht ist es aber auch ein Zeichen dafür, dass da jemand schon immer versucht hat, unsere Gesellschaft lächerlich zu machen! Und du weißt, dass es genau mit solchen Sachen anfängt, die scheinbar ganz harmlos sind, aber in Wirklichkeit die Leute dazu bringen sollen, sich gegen jede Form von rechtsstaatlicher Ordnung aufzulehnen. Und er hat es immer wieder versucht, es gibt da zum Beispiel eine Aktion, bei der er ein Kriegerdenkmal in Tarnfleckfarben bemalt hat. Oder ganz und gar die deutsche Bundesflagge als ›Geruchsfahne‹ ausgestellt hat! So etwas meine ich. Und das ist allemal Grund genug, um ihn verdächtig zu machen.«

Manchmal war sich Tabori nicht sicher, ob Ulrike nicht vielleicht doch selber an das glaubte, was sie da sagte. Oder ob sie diese dümmlichen Behauptungen nur wiedergab, um die manchmal unvorstellbare Idiotie eines Systems aufzuzeigen, an dem jeder zweifeln musste, der seinen eigenen Kopf benutzte.

Die Gesprächspause, in der sie jetzt auf seine Erwiderung wartete, ließ ihn Letzteres hoffen.

»Ich hab's kapiert«, sagte er zögernd. »Der Mann provoziert, statt einfach nur bunte Bilder vom Ex-Kanzler zu malen, wie das andere Künstler ja auch machen. Meinst du das ungefähr so?«

Tabori hörte jetzt deutlich, dass Ulrike nur mit Mühe ein Kichern unterdrücken konnte.

»Und wenn sich seine subversiven Inhalte erst mal in den Hirnwindungen der Leute festgesetzt haben, dann gute Nacht«, sagte sie. »Du weißt ja, auch zehn leere Flaschen Wein können schnell zehn Mollis sein«, brachte sie noch scheinbar ohne konkreten Zusammenhang an, bevor es in der Leitung klickte und die Verbindung unterbrochen war.

Um viertel vor zwölf saß Tabori an einem Straßentisch vor der Bar Celona und rührte in seinem Espresso. Der Himmel war bewölkt und es wehte ein kühler Wind, aber drinnen hatte es Tabori nicht gefallen, die Kneipe war ihm zu groß und zu sehr auf Wiener Kaffeehaus gemacht, wofür der Raum wiederum zu wenig Atmosphäre hatte und das Licht der Stromsparlampen zu kalt und zu modern war.

Er ließ den Blick über den Platz vor sich schweifen, mit den Zelten der Sudan-Flüchtlinge, die jetzt nach weit über einem Jahr dabei waren, das Camp nach und nach aufzulösen, nachdem sie zumindest erreicht hatten, dass sich sowohl die Öffentlichkeit als auch die Politik mit den Zuständen in ihrem Heimatland auseinandersetzen mussten. Aufmerksamkeit um auf ihre Situation aufmerksam zu machen. Tabori selber war im Winter dagewesen und hatte einen Schlafsack, eine Isomatte und ein paar warme Klamotten vorbeigebracht – und war verblüfft von der freundlichen Offenheit der »Supporter« gewesen, die die Sachen in Empfang genommen hatten. Ein junger Mann mit kahlgeschorenem Schädel und schwarzem Kapuzenpulli, und ein vielleicht 16-jähriges Mädchen mit grellbunt gefärbten Haaren, die sich so überschwänglich für seine Unterstützung bedankten, dass er sich vorgenommen hatte, ihnen am nächsten Tag auch noch eine Flasche Campinggas für die Zeltheizung zu bringen. Jetzt ärgerte er sich, dass er es nicht getan hatte.

Das Mädchen war auch heute wieder da, sie stand an einem Tapetentisch und diskutierte mit Passanten. Die Leute aus dem Sudan drängten sich ein Stück von ihr entfernt dicht zusammen, einer von ihnen trug Taboris alten Wollpullover.

An der Ecke zur Friesenstraße stand der Gorleben-Stein zur Erinnerung an den legendären Demonstrations-Treck gegen Atomkraft, an dem Ende der siebziger Jahre über 100.000 Menschen teilgenommen hatten. Auf der anderen Seite ragte die auffällige Solarstromanlage des Pavillon in den grauen Himmel, das ursprüngliche Kaufhausprovisorium war als alternatives Kommunikationszentrum längst zum festen Bestandteil des Stadtbildes geworden. Die Tische vor dem dazugehörigen Café waren fast vollständig besetzt, das »Mezzo« machte seit vielen Jahren gutes Geld nicht nur mit den inzwischen alt und seriös gewordenen Vorkämpfern der Bürgerinitiative.

Irgendwo hatte Tabori mal aufgeschnappt, wie jemand die Betreiber des Cafés als Wölfe im alternativen Schafspelz bezeichnete, er war sich fast sicher, dass das Bild zutraf. Lange vor dem Pavillon hatte genau an dieser Stelle das Gerichtsgefängnis gestanden, auf dessen Hof Haarmann hingerichtet worden war.

Tabori blickte auf die Uhr, im gleichen Moment hielt ein Auto neben den Betonpollern am Straßenrand. Ein bis unters Dach vollgeladener dunkelgrüner Volvo-Kombi, eine dieser rollenden Ikea-Schrankwände aus den frühen neunziger Jahren, die unter den eingeschworenen Volvo-Fans als unkaputtbar galten. Blubbernd kam der Motor zum Stehen. Ein Mann stieg auf der Beifahrerseite aus, goldgefasste Brille, schwarzer Anzug, kariertes Hemd, auffällig dünn und mit fast gänzlich weißen Haaren, die wirr und in langen Strähnen von seinem Kopf abstanden. Trotz der weißen Haare sah er jünger aus als fünfundsiebzig, aber Tabori zweifelte keinen Moment, dass er Timm Ulrichs vor sich hatte, und hob die Hand, um sich zu erkennen zu geben.

Ulrichs beugte sich nochmals kurz zurück zum Auto und sagte etwas zu dem Fahrer, bevor er die Tür zuschlug und auf Tabori zukam.

»Das ist Meister Hoppe«, erklärte er anstelle irgendeiner Form von Begrüßung und nickte mit dem Kopf zum Wagen. »Er hat mich hergefahren. Er ist Tischler und Drechsler und was weiß ich noch alles. Und er ist gut! Er hat schon viel für mich gebaut. Oder gedreht, wie man's nimmt. Ich brauche ja immer jemanden, der meine Ideen umsetzt.«

Hinter der Scheibe der Beifahrertür erkannte Tabori ein rundes Gesicht mit den dunklen Schatten eines Dreitagebartes. Der Drechsler nickte ihm freundlich zu, Tabori nickte zurück. Hoppe klappte die Sitzlehne nach hinten und legte den Kopf an die Kopfstütze. Gleich darauf dröhnte laute Musik aus dem halbgeöffneten Fenster.

Als Ulrichs bemerkte, wie Tabori irritiert die Augenbrauen zusammenzog, sagte er: »Er wartet so lange, bis wir fertig sind. Wir müssen nachher noch weiter. Und er kann nicht aussteigen, hier wimmelt es nur so von Politessen.«

»Verstehe«, sagte Tabori. »Und was ist das für Musik?«

Die Bluesgitarre und die Stimme kamen Tabori merkwürdig bekannt vor, ohne dass er sie einem Bandnamen zuordnen konnte.

»Chuck Berry!«, klärte Ulrichs ihn auf. »›You never can tell‹, wie auf dem Grabstein von Kurt Schwitters.« Ulrichs grinste, er wirkte fast jungenhaft, als er hinzusetzte: »Mag sein, dass Rock'n'Roll schlechter Geschmack ist, aber es geht ja auch immer noch viel schlimmer. Und so was wie die Scorpijons kommt mir jedenfalls nicht ins Haus. Mir nicht und Hoppe auch nicht!«

Die Scorpijons, mit j! Nicht schlecht, dachte Tabori, muss ich mir merken. Er erhob sich halb und streckte Ulrichs die Hand hin. »Tabori, Hauptkommissar bei der Mordkommission.«

»Wie der Regisseur? George Tabori? Ich habe ›Mein Kampf‹ gesehen, als Theaterstück. Gut. Hat mir gefallen.«

»Der Film ist auch gut. Mit Götz George und vor allem Tom Schilling. Sehr beeindruckend.«

Ulrichs setzte sich und bestellte ein Bier. »Götz George hat auch den ›Totmacher‹ gespielt«, sagte er dann wie nebenbei, »in dem Film über Fritz Haarmann.«

Tabori überlegte noch, ob die Erwähnung von Haarmann gerade zufällig oder ganz bewusst passiert war, als Ulrichs bereits schon wieder auf die Getränkekarte tippte und erklärte: »Ich nehme immer das billigste Bier. Ich kann den Unterschied sowieso nicht schmecken. – Mordkommission, ja? Dann haben Sie nichts mit der Sache zu tun, die mir neulich passiert ist?«

Tabori blickte ihn fragend an.

»Ich bin überfallen worden, hier, gleich um die Ecke, bei mir vor der Tür.«

Ulrichs erzählte, wie er nachts um eins nach Hause gekommen war. Zwei jüngere Männer, die sich angeblich nicht auskannten, hatten ihn nach dem Weg zum Bahnhof gefragt. Er war mit ihnen sogar noch bis zur Kreuzung am Bredero-Hochhaus zurückgelaufen, um ihnen die Richtung zu zeigen, und sie hatten sich bedankt und freundlich von ihm verabschiedet. Aber als er fünf Minuten später wieder in seine Straße einbog, tauchten sie plötzlich aus der Dunkelheit auf und waren jetzt alles andere als freundlich.

»Der eine griff mir ins offene Jackett und zog meine Notizbücher aus der Innentasche. Hier, sehen Sie ...«

Ulrichs hielt Tabori einen Packen dünne, in Moleskin eingebundene Hefte hin.

»Zum Glück konnten sie nichts damit anfangen und haben sie mir zurückgegeben. So was Ähnliches ist mir schon mal vor Jahren in Neapel passiert, aber da habe ich die Bücher nicht wiederbekommen. Das ist eine Katastrophe für mich, meine ganzen Ideen stehen da drin ...«

»Und weiter?«, hakte Tabori ein. »Was ist dann passiert? Mit den beiden Männern vor Ihrer Tür, meine ich.«

»Mein Handy haben sie gar nicht bemerkt, aber mein Geld haben sie mir abgenommen. 190 Euro, ich hatte hier im Café gerade noch mein Bier bezahlt, sonst wären es über 200 gewesen. Als sie weg waren, bin ich sofort zu der Polizeistation am Welfenplatz. Ich habe den Diebstahl gemeldet und dann bis vier Uhr morgens da gesessen, ab und an lief mal einer Ihrer Kollegen vorbei, aber es hat sich niemand weiter um mich gekümmert. Bis sie dann mit zwei

Typen ankamen, die sie irgendwo in der Innenstadt einkassiert hatten, und die ich identifizieren sollte – sie waren es! Und mein Geld hatten sie auch noch. Jetzt gibt es nächsten Monat eine Verhandlung wegen räuberischer Erpressung. Aber das hat alles nichts mit Ihnen zu tun, richtig?«

»Richtig. Aber seien Sie froh, dass nicht mehr passiert ist.«

»Bei mir an der Ecke gibt es übrigens einen Puff mit dem Namen ›Casanova XL‹«, sagte Ulrichs mit einem Schulterzucken, als wäre das Erklärung genug für den plötzlichen Gedankensprung. »Und gleich daneben ist das ›Kloster‹. Da kann der Mann abends sagen: Ich geh mal eben ins Kloster.«

Als Ulrichs lachte, wirkte er völlig entspannt und ohne jeden Hintergedanken, dachte Tabori.

Aber bevor er noch etwas erwidern konnte, redete Ulrichs schon weiter: »Haben Sie das in der Zeitung gelesen? Schröder ist jetzt wieder geschieden! Ich weiß noch, dass ich 1997 öffentlich gefragt habe, ob jemand, der zum vierten Mal heiratet, wirklich als Kanzler taugt. Es ist doch so, entweder er versteht nichts von Frauen oder nichts von sich selbst. Beides keine guten Voraussetzungen, meine ich. Obwohl ich den SPD-Kunstpreis dann trotzdem bekommen habe«, setzte er noch hinzu. »Fünftausend Mark waren das immerhin. Ich weiß, für andere sind das keine Summen, die reden nicht über fünftausend, da geht es um fünfzigtausend, hunderttausend, vielleicht war das auch immer mein Fehler! Ich habe Sachen von mir für lächerliche Summen verkauft, die Stühle zum Beispiel, die Hoppe jetzt gerade für mich baut, da reden wir von zweitausend Euro pro Stück ...«

Tabori nutzte den neuerlichen Themenwechsel, um Ulrichs zu unterbrechen.

»Da Sie selber gerade davon anfangen – ich wollte ohnehin mit Ihnen über Kunst sprechen. Deshalb bin ich hier.«

Für einen kurzen Moment hatte er den Eindruck, dass Ulrichs' Blick sich veränderte. Ulrichs musste es gewohnt sein, dass die Leute ihn auf das Thema Kunst ansprachen. Wahrscheinlich konnte er es schon lange nicht mehr hören, womöglich hatte Tabori also gerade einen Fehler begangen und Ulrichs würde jetzt einfach dichtmachen.

Aber vielleicht hatte er sich auch getäuscht, allerdings meinte er, bei den folgenden Sätzen einen leicht ironischen Unterton herauszuhören.

»Das können wir gerne machen«, erklärte Ulrichs. »Aber ich rede nicht über Baselitz, der ist mir zu albern. Oder Immendorf, dieses Bild von der Berliner Mauer, die von Biermanns Faust gesprengt wird. Das ist billig und plakativ, sonst gar nichts, das interessiert mich nicht. Oder ganz und gar Gerhard Richter, um mal den Allererfolgreichsten zu nennen, ich kenne ihn gar nicht, aber ich kann mir genau vorstellen, wie sein Tagesablauf aussieht: Er wird sich wohl morgens von seiner Frau ein paar Butterbrote schmieren lassen, dann fährt er ins Atelier, wo ein paar fixe Jungs schon Leinwände aufgespannt und schnelltrocknende Acrylfarbe bereitgestellt haben. Also ruck, zuck!, und schon sind ein paar Bilder fertig, der Tag hat gut angefangen. Frühstückspause. Dann ein paar Korrekturen, ehe die Farben trocken sind. Zeit fürs Mittagessen und ein kleines Nickerchen. Am Nachmittag dann noch ein paar kleine Bilder für die darbenden Museen, dann kommt vielleicht noch der Lastwagen der Hasenkamp-Spedition für die großen Brocken, die in Klimakisten direkt an die internationale Großsammler- und Oligarchenszene geliefert werden, und wenn die Zeit es zulässt, werden noch einige potente Galeristen und Anlageberater vorgelassen. Punkt fünf Uhr ist Dienstschluss, Abendessen und Fernsehen. Was ich damit sagen will: Jemand wie Richter muss die Mentalität eines Fließbandarbeiters haben, anders wäre es gar nicht denkbar, dass er seine fünf bis sieben Ideen jeweils mehr als tausendfach variieren kann! Während ich ja tausend Ideen immer nur einmal umsetze, ohne irgendwelche Varianten. Das ist sicher der große Unterschied, aber da ich mich nicht bedingungslos in den Dienst irgendeiner Warenproduktion oder Marktbefriedigung stelle, kann ich mir auch ein wildes, zweifelndes Denken leisten, Zweifel und Neugier!«

Ulrichs machte eine Pause und nahm einen langen Schluck Bier.

Zweifel und Neugier, wiederholte Tabori für sich. Würde das als

Motiv reichen, um mit Haarmanns Kopf zu spielen? Um Zweifel daran zu säen, ob der Kopf wirklich eingeäschert worden war? Aber warum, was sollte das? Nein, die Zweifel des Betrachters waren erst der zweite Schritt, am Anfang stand Ulrichs eigene, zweifelnde Neugier, wenn er es richtig verstanden hatte. Kurz entschlossen zog er das Foto vom Fundort aus der Tasche seiner Lederjacke und schob es über den Tisch.

Ulrichs warf nur einen kurzen Blick darauf, bevor er sagte: »Das ist mein Kopf-Stein-Pflaster, habe ich schon 1978 als Projekt entwickelt, in Lüdenscheid, eine Straßendecke mit Schädeldecken. Aber das Foto ist hier am Schiffgraben, neben der Sparkasse ...«

»Sehen Sie noch mal genau hin, bitte.«

Ulrichs nahm das Foto hoch und schob seine Brille in die Stirn. Er hielt das Bild so dicht vor seine Augen, dass es fast sein Gesicht berührte. »Was ist das da hinten? Hat da jemand einen Eimer hingestellt? Nein, das ist aus Glas und ... ich kann das nicht richtig erkennen, was ist das?«, wiederholte er.

Tabori schob das zweite Foto zu ihm, eine Großaufnahme von Haarmanns Kopf in dem Glasbehälter der Göttinger Rechtsmedizin. »Haarmanns Kopf«, erklärte er. »In Formalin eingelegt, ursprünglich als Untersuchungsgegenstand für Medizinstudenten gedacht, mit der Frage, ob sich Verbrecher anhand bestimmter Anomalien im Gehirn erkennen ließen.«

»Ich habe den Artikel dazu in der Zeitung gelesen.« Timm Ulrichs sprach so leise, dass Tabori ihn kaum verstehen konnte. »Aber da ging es darum, dass der Kopf eingeäschert worden wäre, wenn ich mich richtig erinnere.«

»Sie erinnern sich richtig. Nur dass er jetzt plötzlich wieder aufgetaucht ist. Und zwar zwischen Ihren in Beton gegossenen Köpfen am Schiffgraben.«

Ulrichs nahm noch mal das Foto hoch. »Und das ist keine Montage?«

»Nein, keine Montage und aller Wahrscheinlichkeit nach tatsächlich der Originalkopf. Wir untersuchen das gerade noch, aber es gibt kaum Zweifel, dass es sich wirklich um Haarmann handelt.«

Ulrichs zog einen Kugelschreiber aus seinem Jackett und machte sich eine Notiz auf der Innenfläche seiner linken Hand.

»Was schreiben Sie da?«

Keine Antwort. Nur ein flüchtiges Lächeln, mit dem Ulrichs den Stift zurück in die Tasche schob.

»Gut«, nickte Tabori. »Dann mal ganz konkret: Ich verstehe die Idee noch nicht, warum haben Sie das Präparat aus Göttingen in Ihrer Installation platziert?«

»Habe ich nicht. Warum sollte ich?«

»Sagen Sie es mir.«

Wieder dieses Lächeln. Jetzt allerdings mit einem so spöttischen Blick, dass Tabori unwillkürlich das Gefühl hatte, sich mit jeder weiteren Frage einfach nur lächerlich zu machen. Gleichzeitig wusste er es ohnehin schon – die Theorie, dass Ulrichs mit Hilfe von Haarmanns Kopf auf sich und seine Kunst aufmerksam machen wollte, war höchst unwahrscheinlich und entsprach auf keinem Fall dem Bild, das sich für Tabori gerade Stück für Stück zusammenfügte.

»Kennen Sie Gottfried Benn?«, fragte Ulrichs unvermittelt. Nur, um sich gleich darauf selbst die Antwort zu geben: »Natürlich kennen Sie ihn. Aber ich habe ihn gerade erst für mich wiederentdeckt: Als ich von der Brust aus, unter der Haut, mit einem langen Messer Zunge und Gaumen herausschnitt, muss ich sie angestoßen haben, denn sie glitt in das nebenliegende Gehirn ...«

Tabori brauchte einen Augenblick, bis er begriff, dass Ulrichs gerade aus einem Gedicht von Benn zitierte.

»Wir haben da in Berlin vor kurzem eine Lesung gemacht«, erklärte Ulrichs jetzt. »So was wie Jazz & Poetry. Das war ganz neu für mich. Ich kann ja eigentlich gar nicht reden, geschweige denn Lyrik vortragen! Ich habe das richtig geübt. Mit einem Schauspieler, Hermann Treusch, war auch mal hier am Staatstheater ...« Im nächsten Moment zog er einen kleinen Beutel aus der Tasche und öffnete ihn. »Erkennen Sie, was das ist?«

Er hielt Tabori einen goldfarbenen Trauring hin, der einen runden Knopf auf der Oberseite trug.

»So eine Klammer für Briefsendungen ...?«

»Sehr gut«, nickte Ulrichs, als hätte Tabori gerade eine Prüfung bestanden. »Der korrekte Terminus ist ›Musterbeutelklammer‹. Und das ist mein Ehering. Aber ich trage ihn nicht, damit er nicht zerkratzt.« Er schob den Ring zurück in den Beutel. »Ich kaufe mir auch manche Bücher ein zweites Mal, wenn sie mir gefallen haben, und lasse sie eingeschweißt. Aber ich muss aufpassen, dass ich nicht noch mehr ansammle. Ich bin gerade dabei, aufzuräumen und alles zu sortieren. Verschenke auch viel von meinen Sachen. – Brauchen Sie vielleicht einen Schaukelstuhl? Ich habe noch drei im Keller, aus Husum, bevor mir Hoppe damals die Stühle mit den Ventilatoren in der Rückenlehne gebaut hat. Ich hatte schon überlegt, ob ich sie zurück nach Husum bringe, aber wahrscheinlich wollen sie die da gar nicht mehr haben.«

»Ich nehme einen«, sagte Tabori, ohne lange zu überlegen. Und ohne eigentlich zu wissen, was er mit einem Schaukelstuhl anfangen sollte.

Ulrichs schien mit seiner Antwort mehr als zufrieden zu sein.

»Wieder was losgeworden. Dann rufen Sie mich einfach an, damit wir zusammen in den Keller gehen können.« Er stand auf und streckte Tabori die Hand hin. »Ich habe immer gedacht, dass es mein größter Fehler war, niemals wirklich aus diesem Kaff Hannover weggegangen zu sein. Umso mehr freue ich mich, dass es hier auch Menschen gibt, mit denen man sich vernünftig unterhalten kann. Wir sehen uns wegen des Stuhls.«

Ulrichs winkte dem Kellner und bezahlte im Stehen. Als er an die Seitenscheibe des Volvos klopfte, sah Tabori, wie Hoppe aus dem Schlaf hochschreckte. Kurz bevor er den Motor startete, hob er noch einmal die Hand zum Abschied. Tabori hatte den Eindruck, dass seine Bartstoppeln während der knappen Stunde, die er mit Ulrichs geredet hatte, noch dunkler und dichter geworden waren.

Der Espresso war so kalt, dass Tabori sich unwillkürlich schüttelte.

Sonntag, 27. September. 13.10 Uhr.

Tabori war noch nicht dazu gekommen, sich bei der Fahrzeugausgabe einen Dienstwagen zu besorgen, tatsächlich wusste er noch nicht mal, ob ihm überhaupt ein eigenes Fahrzeug zustand. Und seit Lisa sich Hals über Kopf an die Ostsee abgesetzt hatte, war er auch ohne Privatauto. Das metallic-silberne Saab-Coupé hatte er sich von einem befreundeten Psychologen geliehen, der gleich drei dieser schwedischen Fließheck-Bomber besaß.

Tabori mochte den Saab nicht sonderlich. Der ganze Wagen erschien ihm schwerfällig, auch wenn der Turbo eine gewaltige Kraft entwickelte, kaum dass er das Gaspedal durchtrat. Jeder noch so kleine Knopf oder Hebel schien ausnahmslos mit schwarzem, mittlerweile brüchig gewordenen Leder verkleidet. Soweit Tabori sich erinnerte, hatte Saab ursprünglich Kampfjets gebaut, vielleicht kam er sich deshalb vor wie in einem Flugzeug-Cockpit, in dem er bestenfalls die Hälfte der Bedienelemente irgendeiner Funktion zuordnen konnte.

Irgendwie hatte Tabori das unangenehme Gefühl, dass die Fahrer der anderen Wagen ihn spöttisch mustern würden. Wahrscheinlich halten sie mich für eine Art Möchtegern-Playboy, der es auf seine alten Tage noch mal wissen will, dachte er.

Um halb drei war er mit dem Leiter des Gerichtsmedizinischen Instituts in Göttingen verabredet. Bohnenkamp hatte den Kontakt hergestellt, die beiden hatten zusammen studiert, Tabori ging wie selbstverständlich davon aus, dass sie auch in derselben studentischen Verbindung gewesen waren. Das Treffen jetzt war eher inoffiziell, Tabori wollte vor allem wissen, wie es möglich gewesen sein konnte, dass Haarmanns Kopf bei der letzten Einäscherung von Leichenpräparaten zwar auf der Liste gestanden, aber ganz offensichtlich gar nicht dabei gewesen war. Die Frage, ob stattdessen ein anderer Kopf eingeäschert worden war, versuchte er im Moment noch zu verdrängen.

Aber jetzt steckte er ohnehin erst mal auf der A7 im Stau. Die Baustelle, die kurz hinter der Hildesheimer Börde begann, war mit einer Länge von neunzehn Kilometern angegeben. Im Schritttempo schob sich die Wagenkolonne über die Brücke bei Derneburg. Rechts unten im Tal sah Tabori die Silhouette des Schlosses, in dem Baselitz jahrelang seine grundsätzlich auf dem Kopf stehenden Figuren gemalt hatte. »Albern«, hatte Timm Ulrichs gerade gestern noch über den Kollegen gesagt. Tabori grinste. Ulrichs hatte ihm in seiner respektlosen Offenheit gut gefallen. Während er ihre Unterhaltung im Kopf noch mal rekapitulierte, kam er immer mehr zu dem Schluss, dass sich hinter Ulrichs manchmal verwirrenden Gedankengängen ein Mensch verbarg, der vollkommen strukturiert und alles andere als ein Spinner war. Dass er irgendetwas mit dem Fund des Kopfes zu tun haben könnte, hatte Tabori ohnehin längst ausgeschlossen.

Es war bereits halb zwei, als er endlich die Abfahrt nach Göttingen erreichte. Aber wenigstens hatten die Göttinger es geschafft, auf der langen Einfallstraße zur Stadt mit Hilfe von Geschwindigkeitsvorgaben eine grüne Welle zu gewährleisten, Tabori fragte sich nicht zum ersten Mal, aus welchen Gründen das in Hannover nicht möglich war.

Das Handy klingelte, als er in Höhe der Brücke über die Leine war. Er fuhr an den Fahrbahnrand und nahm das Gespräch an. Lepcke.

»Nur ganz kurz. Es wäre schön, wenn du den Leuten demnächst deine eigene Nummer gibst, damit nicht alle Anrufe hier bei mir auflaufen. Ich habe keine Lust, die Telefonvermittlung für dich zu spielen, nur dass das mal klar ist ...«

»Tut mir leid, aber sag mir doch erst mal, worum es überhaupt geht.«

»Dein Termin in Göttingen ist auf sechzehn Uhr verschoben, vorher hat dieser Professor keine Zeit für dich. Er ist noch irgendwo im Harz, es ist ja auch Wochenende.«

»Okay. Danke. – Gibt es sonst irgendwas Neues?«

»Ich habe gerade mit Sommerfeld gesprochen. Der Mittelfinger ist jedenfalls deutlich frischer als Haarmanns Kopf! Erst ein paar Tage alt, schätzt Sommerfeld. Er hat den Abdruck auch schon durch den Computer gejagt, allerdings ohne Ergebnis. Mit anderen Worten: Wir wissen nichts!«

»Außer dass jemand den Kopf hat verschwinden lassen.«

»Und jemand anders ohne Mittelfinger rumrennt. Oder auch schon nicht mehr rennt ...«

Tabori holte tief Luft.

»Weißt du eigentlich, wie man diese Art von ... Laborgläsern nennt, in denen der Kopf ist?«, fragte er. »Nur damit ich nachher nicht als völlig unwissend dastehe.«

Tabori hörte, wie Lepcke kurz lachte.

»Pharma-Primärpackmittel aus Glas«, kam die Antwort.

»Was?«

»Du hast richtig gehört. Aber Präparate- oder Laborglas tut's wahrscheinlich auch. Übrigens nicht gerade billig die Dinger! Bis zu 3000 Euro zahlst du da, je nach Durchmesser und ob mit Sockel oder ohne. Aber du kannst ja mal fragen, vielleicht machen sie dir ein Sonderangebot, damit die Studenten auch mal einen Polizistenkopf in Formalin bewundern dürfen.«

»Was ist eigentlich los mit dir? Warum bist du so gereizt? Und ... wieso bist du überhaupt heute im Büro?«, fiel es Tabori jetzt erst ein zu fragen.

»Weil ich mir den falschen Beruf ausgesucht habe und meine Sonntage nicht im Harz verbringe, sondern irgendwelche Berichte schreibe, die schon länger überfällig sind. Aber ich komme ja sowieso zu nichts. Und dass sie uns jetzt auch noch diese Vermisstenmeldungen aufs Auge gedrückt haben, macht die Sache nicht besser. Als ob wir nicht schon genug zu tun hätten.«

»Was für Vermisstenmeldungen? Worum geht es da?«

»Mann, es wäre wirklich schön, wenn du mir manchmal zuhörst! Ich hab dir auf deiner Party davon erzählt.«

»Hast du nicht.«

Einen Moment blieb es still in der Leitung.

»Was ist, Lepcke? Dann wiederhole es bitte noch mal, ich erinnere mich wirklich nicht.«

»Okay, vielleicht habe ich auch tatsächlich nichts gesagt. Es ist ja auch noch kein Fall, nur die übliche Info von der Vermisstenstelle. Also, wir reden mittlerweile von drei jungen Männern, die in der letzten Woche verschwunden sind, der Jüngste achtzehn, der Älteste vierundzwanzig. Keiner von ihnen kommt aus Hannover, aber der gemeinsame Nenner ist, dass sie alle nach Hannover wollten, und zwar mit der Bahn. Nur dass sie nicht angekommen sind! Oder sie sind angekommen, und dann sofort verschwunden. Nicht unsere Sache, schon klar, aber die Zeitung ist drüber gestolpert und stochert rum. Und deshalb will jetzt irgendjemand weiter oben, dass wir da nachforschen, weil sie bei der entsprechenden Abteilung wegen Krankenstand oder was weiß ich gerade keine Leute frei haben. Als ob wir hier sitzen würden und Däumchen drehen!«

»Junge Männer, hast du gesagt? Die alle drei mit der Bahn unterwegs waren?«

»Ja, wieso?«

»Das heißt, wenn sie nicht schon unterwegs verschwunden sind, dann gleich bei ihrer Ankunft. Also womöglich noch am Bahnhof!«

»Ja, natürlich, da kommen die Züge ja normalerweise an. Wenn auch meistens mit Verspätung ...«

»Klingelt da nicht irgendwas bei dir? Stichwort Haarmann?«

Tabori hörte, wie Lepcke nach Luft schnappte. Und dann mit der Faust auf den Tisch schlug.

»Verdammt, Tabori, jetzt spinnst du aber wirklich! Das ist Quatsch, da gibt es keinen Zusammenhang.«

»Und wenn doch? Irgendjemand hat Haarmanns Kopf ganz gezielt in Hannover auftauchen lassen, wohl wissend, dass der Fund bei uns landen wird. Und gleichzeitig bekomme ich eine Pizza mit einem abgeschnittenen Mittelfinger zugestellt. Plus der Botschaft, dass alles erst anfängt ...«

»Natürlich!« Lepckes Stimme troff vor Sarkasmus. »Alles fängt erst an. Haarmann ist wieder da. Schleicht am Bahnhof rum und schnappt sich ein, zwei, drei junge Männer, schneidet dem einen den Mittelfinger ab und ...«

»Und du kümmerst dich jetzt darum, die DNA festzustellen und mit Proben der vermissten Personen zu vergleichen. Schnapp dir die Kollegen in den entsprechenden Orten, aus denen die jungen Männer kommen. Sie sollen ... die Haarbürsten sicherstellen, oder irgendetwas anderes, was für eine DNA-Analyse ausreicht. Mach es einfach, Lepcke, lass uns nicht lange diskutieren.«

»Dein Bauchgefühl sagt dir, dass du eine Spur hast, schon klar. Alles wie gehabt. Gut, dass wir darüber gesprochen haben, sonst hätte ich vielleicht gar nicht gemerkt, dass du wieder da bist.«

»Mach es einfach«, wiederholte Tabori. »Ich rede hier noch mit dem Corps-Bruder von Bohnenkamp und rufe dich an, wenn ich wieder in Hannover bin. Lass uns heute Abend zusammen was trinken, dann gehen wir alles in Ruhe durch, was wir haben.«

»Passt«, kam die prompte Antwort. »Der Sonntag hat ja auch noch einen Abend, und der Herr Tabori ist ohnehin rund um die Uhr im Einsatz! Kein Problem für ihn, Privatleben kennt er nicht, Familie hat er keine, was eine Freundin ist, weiß er nicht ...«

»Schön beschrieben«, sagte Tabori. »Aber damit sind wir ja immerhin schon zu zweit, was das angeht.«

Lepcke unterbrach die Verbindung, ohne noch eine Antwort zu geben.

Als Tabori sich wieder in den Verkehr einfädeln wollte, passierte ihn ein Streifenwagen und hielt dann kurz vor ihm an, mit den rechten Rädern auf dem Radweg. Bei der nächsten Lücke gab Tabori Gas und hob im Vorbeifahren grüßend die Hand.

Erst als er schon auf die Bürgerstraße abgebogen war, sah er bei einem Blick in den Rückspiegel, dass der Streifenwagen ihm folgte. Tabori achtete darauf, die Geschwindigkeit nicht zu überschreiten, auf Höhe des fast vollständig mit Graffiti bemalten Jugendzentrums fiel der Streifenwagen ein Stück zurück, doch bereits am Hiroshima-Platz klemmte er wieder dicht an Taboris Stoßstange.

Tabori bog zweimal nach rechts ab und fuhr auf den Parkplatz der KFZ-Zulassungsstelle. Er war noch kaum aus der Tür, als die beiden uniformierten Beamten vor ihm standen.

»Können wir helfen?«

»Komisch, die gleiche Frage wollte ich Ihnen auch gerade stellen«, konnte Tabori es nicht lassen zu erwidern.

Seine Antwort kam nicht gut an.
»Fahrzeugpapiere und Ausweis, bitte!«
»Warum? Wo ist das Problem?«
»Das Problem ist, dass Sie nicht den Eindruck machen, als wären Sie fit genug, um ein Kraftfahrzeug zu steuern.«
Unwillkürlich fuhr sich Tabori mit dem Handrücken über die Bartstoppeln auf Kinn und Wangen. Für einen kurzen Moment überlegte er irritiert, ob man ihm den Schlafmangel wirklich so deutlich ansehen würde, den Rotwein, die Zigaretten ... Oder ob es einfach nur sein Alter war, das ihn auf die jüngeren Kollegen wie einen Zombie wirken ließ. Aber das war noch lange kein Grund für eine Kontrolle! Er merkte, dass er Mühe hatte, seine plötzlich aufsteigende Wut zurückzuhalten. Genau das war es, was ihm die Polizeiarbeit immer wieder verleidet hatte! Diese Arroganz der Macht, die sich bei viel zu vielen Kollegen darin zeigte, dass sie alles für verdächtig hielten, was ihrer Meinung nach nicht den üblichen Normen entsprach. Und dafür schien es jetzt schon zu reichen, sich unrasiert und mit Augenringen und grauer Gesichtsfarbe im Straßenverkehr zu bewegen – ohne eine einzige Vorschrift zu missachten. Während andere, die einen Anzug und eine Krawatte trugen und die Haare ordentlich gekämmt hatten, unbehelligt Jagd auf Radfahrer und Fußgänger machen konnten, mit dem Handy am Ohr und dem Fuß auf dem Gaspedal.
»Passt Ihnen vielleicht auch meine Nase nicht?«, blaffte er los. »Oder gibt es sonst noch irgendetwas an mir, was Ihren Horizont sprengt?«
Er wusste selbst, dass er übertrieb und dass seine Reaktion vollkommen unverhältnismäßig war, aber allein der Gedanke, wie sich in einer solchen Situation wohl jemand fühlen musste, der fremd in diesem Land und der Willkür hilflos ausgeliefert war, ließ ihn innerlich frösteln. Er wollte es nicht dabei belassen, dass die Kollegen auch nur ihren Job machten, dass sie aufgrund von permanenter Arbeitsüberlastung und nicht zuletzt unzureichender Ausbildung ganz einfach überfordert waren – er suchte Streit!
Umso mehr war er überrascht, als sie ihm den Gefallen nicht ta-

ten, sondern ohne eine Reaktion auf seinen Ausbruch nur durchaus korrekt erneut um seine Papiere baten. Er zückte kommentarlos seinen Dienstausweis.

Die Beamten musterten erst den Ausweis, dann nochmals Tabori. Die Ratlosigkeit stand ihnen jetzt deutlich ins Gesicht geschrieben.

»So kann man sich irren«, sagte Tabori schulterzuckend. »Dumm gelaufen.«

»Wir machen auch nur unseren Job.«

Tabori nickte und holte tief Luft. Er hatte plötzlich keine Lust mehr, sich weiter aufzuspielen. Damit würde sich nichts ändern, gar nichts. Er bezweifelte im Übrigen, dass sie irgendetwas von dem verstehen würden, was er ihnen eigentlich zu sagen hätte. Es war nicht seine Sache, die festgefügten Strukturen von Vorurteilen und Machtmissbrauch zu verändern.

Er hatte sich darauf eingelassen, wieder in diesem Apparat zu arbeiten, und er hatte vorher gewusst, was ihn erwartete. Aber er war nun mal Polizist, das war es, was er gelernt hatte. Er wusste nicht, ob er überhaupt etwas anderes konnte. Seine Aufgabe war es, dazu beizutragen, die abstrakte Idee eines Gemeinwesens zu verteidigen, in dem unschuldige Menschen gefahrlos leben durften.

Dass die Grenzen zwischen Gut und Böse dabei häufig genug verschwammen und er kaum mehr tat, als an der Oberfläche zu kratzen und die allzu offensichtlichen Risse zu kitten, war ein Problem, mit dem er auch weiterhin konfrontiert sein würde, ohne eine Lösung zu wissen ...

»Belassen wir es dabei«, sagte er laut. Und setzte mit schiefem Grinsen hinzu: »Habt ihr irgendeinen Tipp für mich, wo ich hier in der Nähe eine Kleinigkeit essen kann? Und keine Pizza bitte«, setzte er noch schnell hinzu. Fast rechnete er damit, dass sein Wechsel zum »Du« erneut für Irritationen sorgen würde, aber die Antwort kam prompt.

»Es gibt einen guten Inder in der Fußgängerzone, ist das okay?«

»Klingt gut. Wie komme ich dahin?«

Während der eine der Beamten ihm den Ausweis zurückgab, erklärte sein Kollege den Weg: »Bei der Hecke da hinten nach rechts und durch die Fußgänger-Unterführung. Auf der anderen Seite einfach geradeaus Richtung Innenstadt. Und am Alten Rathaus am besten noch mal fragen. Ist aber nicht weit, höchstens zehn Minuten von hier.«

»Danke.«

»Das Naan Brot ist klasse, kann ich als Beilage nur empfehlen. Und die Currys ...«

Tabori nickte und dachte: Sieh mal einer an, so einfach ist das. Fremde sind hier wie überall willkommen, solange sie nur ein Restaurant betreiben, haben wir gar nichts gegen sie, da weiß auch der brave Bürger den Hauch von Exotik durchaus zu schätzen.

Du bist arrogant, sagte er gleich darauf zu sich selbst, sei vorsichtig, Tabori, dein Schwarz-Weiß-Denken wird immer schlimmer, je älter du wirst!

Als er den Parkplatz verließ, sah er aus den Augenwinkeln, wie die Polizisten per Funk das Kennzeichen des Saab durchgaben. Er fragte sich, ob sie ihn bei seiner Rückkehr wohl erwarten würden. Oder ihn schon vorher aus dem indischen Restaurant holen ...

Die Wegbeschreibung war nicht sonderlich präzise gewesen, oder vielleicht hatte er auch nicht richtig hingehört. Unversehens fand er sich vor dem Jungen Theater wieder. Vor einer gefühlten Ewigkeit war er mal hier gewesen, um ein Stück von Dario Fo zu sehen, sogar an den Titel konnte er sich noch erinnern: »Zufälliger Tod eines Anarchisten«. Die Inszenierung hatte ihn damals sehr beeindruckt, jetzt allerdings schien sich der Spielplan kaum noch von einem beliebigen Stadttheater zu unterscheiden, einschließlich des unvermeidlichen Poetry-Slam-Abends.

Auf gut Glück folgte er der Straße, bis er eher zufällig eine Studentenkneipe mit Tischen vor der Tür entdeckte – und spontan beschloss, gleich hier etwas zu essen. Er wusste nicht, was ihm besser gefiel – die über und über mit Plakaten und Aufklebern zugepflasterte Eingangstür oder das Schild mit der Aufschrift *Burschis verboten* – auf jeden Fall schien ihm die Kneipe plötzlich verlockender als der Inder.

Das Publikum war bunt gemischt und bestand nicht ausschließlich aus Studenten, auch ein paar ältere Leute aus dem Viertel schienen zu den Stammgästen zu gehören. Tabori suchte sich einen freien Tisch an der Wand und bestellte die hausgemachten Kartoffelspalten mit Aioli. Während er auf sein Essen wartete, beobachtete er eine Gruppe von jungen Leuten, die im Nebenraum einen langen Tisch belagerten. Schon nach den ersten Blicken speicherte er sie als zur linken Szene zugehörig ab, ihre durchweg schwarzen Kapuzenpullis mit dem Antifa-Symbol oder Aufdrucken wie *Refugees welcome* waren eindeutig genug. Auf dem Stoffbeutel, der hinter einem Mädchen an der Stuhllehne hing, stand groß zu lesen: *Still not loving police.*

Tabori konnte ein Grinsen nur schwer unterdrücken, als er sich vorstellte, was Carlos und Ulrike sagen würden, wenn sie wüssten, wo er sich gerade aufhielt. Gleichzeitig registrierte er, dass er sich nicht unwohl fühlte – vielleicht ist es genau das, was in Hannover fehlt, dachte er, ein buntes studentisches Leben mit Leuten, die immer noch die Welt verändern wollen. Ein »Literarischer Salon« reicht da nicht als Gegenpol zu einer zunehmend technisch und naturwissenschaftlich orientierten Studentenschaft.

Sein Blick streifte über ein Plakat hinter dem Tresen, auf dem drei dickliche biertrinkende Burschenschaftler abgebildet waren. Darunter stand die unmissverständliche Aufforderung: *Die Elite von morgen heute schon anpöbeln!*

Und auch die Feindbilder sind klar, dachte er. Aber besser so, als irgendeine dummdreiste Pegida-Botschaft …

Das Klingeln des Handys riss ihn aus seinen Gedanken. Lepcke hatte eine SMS geschickt.

Wir haben den Pizzaboten, las Tabori vom Display ab. Er wollte gerade mit dem Handy vor die Tür gehen, um zurückzurufen, als die Bedienung mit dem Essen kam. Er nickte ihr kurz zu und bat sie, ihm auch noch ein alkoholfreies Bier zu bringen. Die Kartoffelspalten waren so heiß, dass er sich schon mit dem ersten Bissen den Mund verbrannte.

Er blickte sich kurz um, niemand schien ihn zu beachten, am

Nachbartisch saß ein Rettungssanitäter, der ebenfalls telefonierte. Und der Lärmpegel war so hoch, dass ohnehin niemand von den Gästen mitkriegen würde, was er sagte. Er rief Lepcke an.

»Ich habe deine Nachricht bekommen. Was sagt er? Gib mir mal kurz eine Zusammenfassung.«

»Er ist mit einer Pizza zu dem Parkplatz am Laher Friedhof bestellt worden, gleich bei dir um die Ecke. Du weißt, der Parkplatz ist abends immer leer, wenn überhaupt irgendwas los ist, dann vorne an der Tankstelle oder an dem Hotel da. Nach Aussage des Pizzaboten hat dann bei der Friedhofsgärtnerei ein Mann auf ihn gewartet, ein Typ mit einer Clownsmaske, so dass man sein Gesicht nicht sehen konnte. Er soll das auch gleich erklärt haben, dass er auf dem Weg zu einer Motto-Party wäre oder so was, Thema Zirkus, deshalb die Verkleidung. Der Pizzabote fand das zwar komisch, weil der Typ nur diese Maske aufhatte und sonst ganz normale Klamotten trug, also Parka, dunkle Hose, dunkle Schuhe. Aber der Mann hat ihm fünfzig Euro in die Hand gedrückt. Und jetzt kommt's! Angeblich sollte die Pizza ein Geschenk sein und er wollte sie noch ein bisschen dekorieren, als besondere Überraschung, aber der Pizzabote sollte sich solange umdrehen. Hat er auch tatsächlich gemacht, behauptet er zumindest. Ich glaube, er hatte ganz einfach Schiss, da alleine mit dem Typen auf dem dunklen Parkplatz. Und dann hat er den Pizzakarton zurückbekommen, und deine Adresse dazu. Mit der Drohung, dass er gewaltigen Ärger kriegen würde, wenn er den Karton aufmacht. Und das war's. Den Rest kennst du.«

»Du glaubst ihm?«

»Es klingt verworren, aber ja, ich glaube, dass die Geschichte stimmt.«

»Kann er sich sonst noch an irgendwas erinnern? Ein Auto oder ...«

»Er glaubt, dass ein Fahrrad an der Mauer gelehnt hat, ist sich aber nicht sicher. Er erinnert sich nur an die Maske. Und dass der Typ weiße Handschuhe anhatte, was er einleuchtend fand, wegen dem Zirkusmotto.«

»Also keine Fingerabdrücke.«

»Du sagst es.«

»Für wie alt hat er den Typen gehalten, kann er das wenigstens sagen? Und wie groß? Dick? Dünn?«

»Mann, Tabori, es ist nicht das erste Mal, dass ich jemanden befragt habe! Aber wie gesagt, der Bengel hatte ordentlich Schiss, der hat nicht viel mitgekriegt. Normal groß, behauptet er, und weder auffällig dick noch dünn, und die Stimme war verzerrt durch die Maske. Es war kein Jugendlicher, das ist das Einzige, was er mit Sicherheit sagen kann.«

»Verdammt!«, stieß Tabori zwischen den Zähnen hervor. »Das kann doch alles nicht wahr sein! – Die Nummer, was ist damit? Als die Pizza bestellt worden ist! Habt ihr das bei dem Bringdienst ...«

»Natürlich«, unterbrach ihn Lepcke. »Prepaid-Karte, vergiss es. Keine Chance.«

Tabori überlegte einen Moment. »Fußarbeit«, sagte er dann. »Was Besseres fällt mir nicht ein. Schick ein paar Kollegen dahin. Hotel. Tankstelle. Die Straße gegenüber, die zu mir nach Hause führt. Da wohnen einige Leute mit Hunden, vielleicht hat einer von ihnen noch seine Abendrunde gedreht und den Mann gesehen. Die Clownsmaske wird er erst übergezogen haben, als das Moped vom Pizzadienst an der Kreuzung abgebogen ist, aber die Kollegen sollen sowohl nach jemandem mit Fahrrad als auch ohne fragen, jemand, der da vielleicht gestanden und telefoniert hat. Oder einfach nur gewartet hat. Ein Mann im Parka, das ist nicht viel, ich weiß, aber wir müssen es versuchen. Ach ja, warte mal, da ist vorne an der Kirchhorster Straße noch ein Pferdestall, gleich neben dem Autohaus. Das sind Roma, denen der Stall gehört, und manchmal ist auch abends noch jemand da. Die Kollegen sollen einen schönen Gruß von mir bestellen, dann kriegen sie auch eine Antwort. Einfach einen Gruß von dem Bullen, der bei ihnen um die Ecke wohnt. Die Leute kennen mich da ...«

»Ich hab niemanden, den ich losschicken kann«, wandte Lepcke ein. »Wir müssen erst mal klären, wer an dem Fall überhaupt arbeitet! Und das ist deine Sache. Ich stell mich jedenfalls nicht hin und versuche, irgendwelche Zusammenhänge erklären zu wollen, zwischen Haarmanns Kopf und einem abgeschnittenen Mittelfinger als Beilage auf einer Pizza für dich, von deiner äußerst vagen Idee mit den verschwundenen jungen Männern am Bahnhof mal ganz zu schweigen. Das musst du machen«, wiederholte er. »Und wir müssen reden!«, setzte er dann hinzu. »Tut mir leid, wenn ich dich dran erinnern muss, aber das Zauberwort heißt Teamarbeit! Das Ganze muss irgendwie koordiniert werden, es geht nicht, dass ...«

»Schick Carlos und Ulrike hin«, unterbrach ihn Tabori. »Das wird ihnen nicht passen, aber sag ihnen, dass ich sie sowieso im Team haben will. Ich kläre das morgen mit dem Polizeidirektor, aber ich möchte keine Zeit verlieren. Und ich melde mich wieder, sowie ich jetzt hier bei der Gerichtsmedizin war.«

»Carlos und Ulrike, meinst du das ernst?« Die Skepsis in Lepckes Tonfall war nicht zu überhören.

»Sie sind gut«, antwortete Tabori nur. »Und ich will sie dabei haben, fertig.«

Nachdem er die Verbindung unterbrochen hatte, schüttelte er unwillig den Kopf. So geht das nicht, dachte er, Lepcke hat völlig recht, eine Ermittlung ist immer Teamarbeit. Und er durfte nicht vergessen, dass es bei aller Freundschaft auch für Lepcke nicht ganz einfach war, jetzt wieder mit ihm zusammenzuarbeiten. Lepcke war ein kompetenter Ermittler, der durchaus in der Lage war, selbstständig Entscheidungen zu treffen. Tabori musste wieder lernen, ihn in seine Überlegungen einzubeziehen, statt nur seinem eigenen Bauchgefühl zu folgen, sonst würden sie über kurz oder lang ein ernst zu nehmendes Problem miteinander bekommen. Und er wusste ja selbst nicht, wo er überhaupt ansetzen sollte, er hatte das ungute Gefühl, im Moment vollkommen planlos zu handeln. Er hoffte nur, dass ihn das Gespräch mit dem Leiter der Gerichtsmedizin einen Schritt weiterbringen würde, und dann mussten sie erst mal sehen, wie sie eine gemeinsame Linie finden konnten ...

Erst als der Rettungssanitäter am Nachbartisch irritiert aufblickte und dann ganz langsam sein Handy zurück in die Tasche schob, bemerkte Tabori, dass sich die Atmosphäre in der Studentenkneipe verändert hatte. Es schien, als wären alle Gespräche mit einem

Schlag verstummt, nur der Elektro-Hip-Hop, der aus den Lautsprechern plärrte, war unverändert nervtötend.

Der neue Gast, der vorm Tresen stand und sich suchend umsah, kam Tabori augenblicklich bekannt vor. Er brauchte keine zehn Sekunden, bis er wusste, wo er das Gesicht schon mal gesehen hatte. Der leicht angefettete junge Mann mit dem weißen Oberhemd und dem schwarzrotgoldenen Band quer über Brust und Bauch schien direkt aus dem Anti-Burschenschaftler-Plakat entsprungen zu sein. Und er war hier so eindeutig fehl am Platz, dass Tabori meinte, die Spannung im Raum förmlich greifen zu können.

Jetzt hatte der Verbindungsstudent die Gruppe der Antifa-Leute im Nebenraum ausgemacht und steuerte auf ihren Tisch zu. Als er anfing zu reden, war seine Stimme viel zu hoch und klang leicht quäkend.

»Ich will meine Mütze wiederhaben. Ich weiß, dass ihr sie habt. Also los, gebt sie mir, dann vergesse ich das. Oder sonst muss ich die Polizei holen.«

Die Studenten in ihren schwarzen Kapuzenpullis rührten sich nicht. Sie blickten nicht mal hoch, sie machten einfach – gar nichts.

Bis das Mädchen mit dem Jutebeutel plötzlich anfing zu kichern.

»He, das ist nicht witzig«, hallte erneut die Quäkestimme durch den Raum. »Das ist Diebstahl! Kann ich meine Mütze jetzt wiederhaben?«

Er trat noch einen Schritt näher an den Tisch und streckte in einer fordernden Geste die Hand aus.

»Verpiss dich!«

»Erst wenn ich meine Mütze wiederhabe.«

Das Mädchen drehte sich zu ihm.

»Hat der Kleine seine Mütze verloren, ja? Und kriegt er jetzt ganz schlimm Haue, wenn er ohne nach Hause kommt?«

Der Dicke wich keinen Meter zurück. Aber seine Stimme überschlug sich mehrmals, als er rief: »Ihr seid echt scheiße! Das wird euch noch leid tun, ich weiß ja, wo ihr wohnt! Ihr kommt nämlich alle aus der Roten Straße, und irgendwann kriegen wir euch. Und zwar wenn ihr einzeln seid. Und dann ... dann ...«

Tabori sah, wie der Rettungssanitäter aufstand und mit zwei schnellen Schritten hinter den Dicken trat. Er legte ihm die Hand auf die Schulter und sagte ganz ruhig: »Es reicht jetzt. Komm, ich bring dich raus.«

Verblüfft ließ sich der Dicke am Ellbogen packen und von dem Tisch wegziehen.

Einer der Antifa-Leute schon seinen Stuhl zurück und stand auf. »Warte mal! Sollte das eben eine Drohung sein? Dann würden wir da gerne noch mal drüber reden ...«

Als er Anstalten machte, dem Dicken zu folgen, erhoben sich auch seine Kumpels. Gleichzeitig griff das Mädchen in den Jutebeutel an der Stuhllehne und zog eine Studentenmütze heraus, die sie sich kichernd auf die schwarzen Haare setzte.

»Huhu, Dickerchen, guck mal, was ich hier habe!«

Tabori stand ebenfalls auf, zückte sein Portemonnaie, als wollte er bezahlen, und versperrte dabei wie aus Versehen dem Anführer den Weg.

»Lass uns durch, Mann, das geht dich nichts an! Also misch dich auch nicht ein.«

Für einen kurzen Moment sahen sie sich gegenseitig in die Augen. Als Tabori warnend den Kopf schüttelte, stieß der Student nach kurzem Zögern die Luft aus und quetschte zwischen den Zähnen hervor: »Ich hab's gewusst. Schon als du reingekommen bist. Fuck Cops!«, setzte er nach, bevor er sich zu den anderen drehte und sie mit einer Kopfbewegung zurückhielt.

Tabori bezahlte. Als er zur Tür ging, rief das Mädchen mit der geklauten Studentenmütze irgendwas hinter ihm her, was er nicht verstand. Aber er wusste auch so, dass es ganz sicher nicht freundlich gemeint war.

Der Burschenschaftler überquerte gerade laut schimpfend die Straße. Der Sanitäter stand noch auf dem Gehweg und blickte ihm hinterher, als wollte er sichergehen, dass der Dicke es sich nicht anders überlegte und noch mal umdrehte.

Ohne Tabori anzusehen, sagte er: »Danke für Ihre Hilfe. Wäre aber nicht unbedingt nötig gewesen. Meistens bleibt es ja auch bei ein bisschen Show. Es ist ein Spiel, die Linken klauen den Rechten ihre bescheuerten Mützen und die Burschis lassen keine Möglichkeit aus, um sie zu provozieren, indem sie sich erst genug Mut antrinken und dann grölend und mit ihren Verbindungsinsignien vor irgendeinem besetzten Haus auflaufen. Aber mehr passiert meistens nicht.«

»Ich fand es trotzdem gut, wie Sie das eben gemacht haben. Hat mir gefallen.«

Der Sanitäter zuckte mit den Schultern. »Besser jedenfalls, als wenn Sie erst mit Ihrem Ausweis rumgewedelt hätten.«

»Was?«, fragte Tabori verblüfft. »Wie kommen Sie darauf ...«

»Die Art und Weise, mit der Sie schon beim Reinkommen jede Person im Raum abgespeichert haben, mich eingeschlossen. Ihre Körperhaltung, als Sie gemerkt haben, dass die Situation umzukippen drohte. Ganz davon abgesehen, dass Sie mit Sicherheit weder Prof noch irgendein übriggebliebener Student im dreißigsten Semester sind. Wir kennen uns hier im Viertel. Das ist Göttingen!« Jetzt blickte er Tabori zum ersten Mal direkt ins Gesicht. »Sind Sie neu hier? Und sollen die linke Szene ausspionieren oder was?«

»Ich bin aus Hannover und nur zu Besuch hier. Ansonsten stimmt es, was Sie sagen, auch wenn ich nichts mit dem Staatsschutz zu tun habe. Aber ich bin tatsächlich Polizist. Ihre Beobachtungsgabe ist gut.«

»Ich arbeite manchmal als Türsteher, vor allem in linken Clubs. Da lernt man, Leute einzuschätzen.« Völlig unerwartet streckte er Tabori die Hand hin: »Seb. Von Sebastian.«

»Tabori. Freut mich. Ich würde Sie gerne noch auf einen Kaffee einladen, aber ...« Er machte eine Kopfbewegung in Richtung der Studentenkneipe, um anzudeuten, dass er dort wahrscheinlich nicht mehr willkommen war. »Und außerdem muss ich auch los«, setzte er mit einem Blick auf die Uhr hinzu. »Mein Auto steht auf dem Parkplatz an der Zulassungsstelle. Wie komme ich von da am besten zur Rechtsmedizin hier an der Uni?«

»Kripo also«, erwiderte der Rettungssanitäter grinsend. »LKA oder was? Und worum geht's? – Schon klar«, gab er sich dann selbst die Antwort, »das darf ich natürlich nicht wissen.«

»Und der schnellste Weg dorthin ...?«

»Mit mir.« Er zeigte auf den Rettungswagen, der ein paar Meter weiter in einer Feuerwehrzufahrt abgestellt war. »Mit Blaulicht und Sirene schaffen wir das in weniger als zehn Minuten. Ich bin schon mal die ganze Weender Landstraße runter, während über mir schon der Rettungshubschrauber war, und du darfst dreimal raten, wer wohl als Erster an der Unfallstelle angekommen ist. – Nein, vergiss es«, sagte er, als er Taboris irritierten Gesichtsausdruck sah, »war nur ein Witz. Es war nicht die Weender Landstraße, sondern die Geismar Landstraße!«

Er lachte und zog einen Stift und eine Visitenkarte aus einer der vielen Taschen seiner Jacke. Auf der Rückseite der Karte notierte er in kleinen, aber wie gestochen wirkenden Blockbuchstaben ein paar Straßennamen zur Orientierung für Tabori.

»Wenn du am alten Unigelände vorbei bist, ist das Klinikum ausgeschildert. Universität Nordbereich, da musst du hin.«

Tabori bedankte sich. Sie schüttelten sich noch mal die Hände, dann drehte sich der Rettungssanitäter um und ging zurück in die Kneipe.

Tabori warf einen Blick auf die Vorderseite der Visitenkarte: *Redefine Global Solidarity*, las er, und eine Web-Adresse: *www.cadus.org*.

Auf dem Weg zurück zum Parkplatz überlegte er, ob es irgendetwas mit ihm zu tun hatte, dass er jetzt innerhalb von zwei Tagen bereits zum dritten Mal mit jemandem gesprochen hatte, der ihm zwar sympathisch war, aber den er beim besten Willen nicht einzuschätzen vermochte. Erst der Straßenbahnfahrer mit seinem verblüffenden Wissen über Hannover, der nachts durch die Stadt streifte und dabei ausgerechnet über Haarmanns Kopf stolpern musste, dann Timm Ulrichs, dessen Neugier und Offenheit in krassem Widerspruch zum Bild des verschrobenen Künstlers standen – und jetzt auch noch der Rettungssanitäter, der ihn sofort als Polizisten identifiziert hatte und sich mit der Visitenkarte einer zweifellos eher links orientierten NGO aus Berlin verabschiedete.

Aber vielleicht war es ganz einfach so, dass er sich viel zu lange abgekapselt und fast vergessen hatte, wie verschieden Menschen waren und wie sehr man sich täuschen konnte, wenn man nur dem ersten Eindruck folgte und daraus die vermeintlich naheliegenden Schlüsse zog. Es blieb dabei, Rio Reiser hatte recht gehabt, als er sang: »Ich bin anders, weil ich wie alle bin, und weil alle anders sind ...« Also hüte dich davor, Tabori, zu schnell zu urteilen, sonst machst du über kurz oder lang einen Fehler und rennst geradewegs in die erstbeste Sackgasse, ohne es überhaupt zu merken.

Als er auf den Saab zuging, fiel ihm sofort der Zettel auf, der so hinter der Windschutzscheibe platziert war, dass man ihn von außen gut lesen konnte. Ein offizieller Briefbogen der Göttinger Polizei, auf dem handschriftlich notiert war:

Polizeifahrzeug im Einsatz.

Einen Moment starrte Tabori auf den Zettel. Erst als er die Politesse sah, die ein paar Wagen weiter ihre Strafzettel verteilte, dämmerte ihm der Zusammenhang. Der Parkplatz war gebührenpflichtig, aber er hatte vorhin nicht bezahlt. Der Zettel konnte nur von den beiden Beamten stammen, die ihn kontrolliert hatten. Und wahrscheinlich hatte er nach dem kleinen Disput mit ihnen ganz einfach vergessen, den Saab abzuschließen, er war sich jetzt auch nicht mehr sicher, ob die Fernbedienung eigentlich funktioniert hatte, als er gerade zurückgekommen war. Aber wie auch immer, die Kollegen hatten ihm also einen Strafzettel erspart ...

Er startete den Motor und folgte der Wegbeschreibung auf der Rückseite der Visitenkarte. Als er die Villa einer studentischen Verbindung mit der Fahne auf dem Dach passierte, ging ihm nochmals die Szene in der Kneipe durch den Kopf. Die Linken klauten den Burschis die Mützen, hatte der Rettungssanitäter erzählt. Konnte es möglich sein, dass auch das plötzliche Auftauchen von Haarmanns Kopf nichts weiter war als ein extrem dümmlicher Studentenstreich? In diesem Fall von irgendwelchen Burschenschaftlern, die Langeweile hatten. Oder doch von den Linken, die in den besetzten Häusern der Roten Straße wohnen sollten – und Haarmann hatte ja in der Roten Reihe in Hannover gewohnt …

»Blödsinn«, schimpfte er gleich darauf laut und konnte im letzten Moment noch einer Radfahrerin ausweichen, die mit dem Handy am Ohr Mühe hatte, die Spur zu halten. Blödsinn, wiederholte er in Gedanken, und: Gut, dass Lepcke nicht dabei ist! Er würde zu Recht daran zweifeln, ob ich überhaupt noch in der Lage bin, eine saubere Ermittlung durchzuführen. Wenn es etwas mit irgendwelchen Studenten hier zu tun gehabt hätte, wäre der Kopf auch in Göttingen aufgetaucht, am Gänselieselbrunnen oder an sonst irgendeinem markanten Punkt.

Und außerdem war da immer noch die Pizza mit dem abgeschnittenen Mittelfinger und der mehr als befremdlichen Botschaft. Eine Botschaft, die ganz eindeutig an ihn persönlich gerichtet war! Irgendjemand zeigte ihm den Stinkefinger, aber wer? Und warum?

Sonntag, 27. September. 16.05 Uhr.

Noch während Tabori vor dem modernen Zweckbau, in dem die Göttinger Rechtsmedizin untergebracht war, eine Zigarette rauchte, um die Zeit bis zu seinem Termin totzuschlagen, war ein jüngerer Gerichtsmediziner auf ihn zugetreten.

»Professor Grellner lässt sich entschuldigen, er schafft es nicht rechtzeitig. Deshalb hat er mich gebeten zu übernehmen. Ich wohne nicht so weit von hier und bin eigentlich gerade am Renovieren, aber eine kleine Pause kommt mir ganz gelegen. – Sie können alle Fragen an mich stellen, ich bin mit dem Vorgang vertraut. Darf ich Ihnen einen Kaffee holen und wir gehen ins Büro?«

Jetzt saß Tabori also auf einem unbequemen Plastikstuhl, vor ihm türmten sich die Aktenstapel, hinter denen Dr. Sebastian Reichs fast verschwand. Schon der zweite Sebastian heute, dachte Tabori, und wenn er sich richtig erinnerte, war »Reichs« auch der Name der Autorin, nach deren Büchern die Serie »Bones« gedreht worden war. Kathy Reichs. Und in der Serie ging es um eine forensische Anthropologin ...

Tabori war verärgert. Erst hatte der Leiter der Rechtsmedizin den Termin verschoben, dann in letzter Minute ganz abgesagt. Aber er konnte nicht viel mehr machen, als das zur Kenntnis zu nehmen. Das Gespräch war inoffiziell, nichts als ein Gefallen, um den Bohnenkamp seinen alten Studienkollegen gebeten hatte. Und zweifellos wäre es übertrieben, in die unerwartete Absage irgendetwas hineinlesen zu wollen – außer dass Bohnenkamps Kontakte vielleicht doch nicht so verbindlich waren, wie er in der für ihn typischen Selbstüberschätzung gern glauben wollte.

Reichs hatte die Hände auf der Schreibtischunterlage gefaltet und blickte Tabori abwartend an, ohne den Versuch zu unternehmen, das Gespräch von sich aus zu eröffnen. Tabori sah, dass er einen Ehering trug und seine Fingernägel nicht ganz sauber waren, er tippte auf Farbreste, Reichs hatte ja gesagt, dass er gerade die Wohnung renovierte.

Taboris Blick fiel auf das Foto an der Wand. Ein Segelboot. Mit

Reichs und einem kleinen blonden Jungen mit langen Locken, beide hockten stolz neben der Ruderpinne. Reichs trug eine Sonnenbrille, er war braungebrannt und unrasiert. Das Segelboot hieß »Lasse«.

Andere Fotos gab es nicht, auch keine Farbdrucke oder Plakate, die für Abwechslung in dem tristen Raum gesorgt hätten. Tabori musste sich allerdings eingestehen, dass ihm die Kargheit fast besser gefiel, als der oftmals krampfige Versuch, ein Büro zum Wohnzimmer umzudekorieren. Und Reichs wirkte auf ihn auch eher, als würde er sehr klare Grenzen zwischen dem Beruf und seinem Privatleben ziehen. Was bei einem Pathologen sicherlich sinnvoll war, dachte Tabori noch, als Reichs sich räusperte und vorbeugte: »Sie glauben also, dass Sie Haarmanns Kopf in Hannover gefunden haben?« Der ironische Unterton in der Frage war mehr als deutlich, als wollte Reichs von vornherein die Lächerlichkeit dieser Behauptung unterstreichen.

Tabori ließ sich Zeit mit seiner Antwort. Er nahm einen Schluck Kaffee, der wider Erwarten erstaunlich gut schmeckte, und richtete den Blick dann auf einen Punkt oberhalb von Reichs Kopf. »Wissen Sie, ob Ihr Professor Grellner hier und der Professor der Pathologie in Hannover in der gleichen studentischen Verbindung waren oder sind? Hat Professor Grellner mal irgendwas darüber gesagt?«

Für einen Moment schien Reichs aus dem Konzept gebracht.

»Ich verstehe die Frage nicht ...«

»Was ist daran nicht zu verstehen?«

»Ich dachte, es ginge um Haarmanns Kopf?«

Tabori nahm einen weiteren Schluck Kaffee.

»Ich habe keine Ahnung«, sagte Reichs zögernd. »Ich weiß noch nicht mal, ob Professor Grellner überhaupt in einer Verbindung war. Ich war zum Beispiel nie ...«

»Egal«, unterbrach ihn Tabori. »Ich dachte nur immer, das wäre ein Muss, wenn man hier im Universitätsbetrieb weiterkommen will. Aber Sie haben vollkommen recht, ja, es geht um Haarmanns Kopf.«

»Den wir allerdings letztes Jahr eingeäschert haben.«

»Oder vielleicht auch nicht«, konterte Tabori.

Reichs lachte leise. »Doch, glauben Sie mir. Was immer Sie da in Hannover gefunden haben, Haarmann ist es ganz bestimmt nicht.«

»Wie können Sie da so sicher sein?«

»Weil der gesamte Vorgang hier dokumentiert ist!« Reichs tippte auf den Schnellhefter, der vor ihm lag. »Aber Entschuldigung, wenn ich das vielleicht nicht ganz verstehe, ich meine, Sie haben doch in Hannover wohl auch die Möglichkeit, das am Präparat selbst zu überprüfen. Und damit wird sich schnell herausstellen, dass Sie sich irren.«

»Die Kollegen sind dabei«, bestätigte Tabori. »Wir haben den Kopf erst gestern Nacht gefunden, deshalb haben wir auch noch kein Ergebnis aus dem Labor. Allerdings weist Einiges darauf hin, dass es sich um den echten Kopf handelt. Deshalb bin ich hier, damit Sie mir den Ablauf erklären, wie solche Leichenpräparate eingeäschert werden ...«

»Körperspenden.«

»Bitte?«

»Leichen oder Leichenteile, an denen Studenten ausgebildet werden. Oftmals mit medizinischen Absonderlichkeiten, zum Beispiel auch missgebildete Embryonen in Formalin, deren wissenschaftlicher Wert darin liegt, einen Erkenntnisgewinn für Lehre und Fortbildung zu bekommen.«

»Was aber bei Haarmann nicht mehr zutraf, wenn ich das richtig verstanden habe, weshalb die Entscheidung für eine Einäscherung getroffen wurde.«

»Genau. Das Kopfpräparat war nicht mehr relevant für uns. Und schon aus ethischen Gründen waren die Einäscherung und die Beisetzung die sauberste Lösung. So wie wir das in regelmäßigen Abständen mit solchen Leichenpräparaten tun.«

»Lassen Sie mich trotzdem bitte noch mal auf den Ablauf in diesem besonderen Fall zurückkommen. Haarmanns Kopf war also als Präparat bei Ihnen eingelagert ...«

Reichs holte demonstrativ Luft, bevor er den Schnellhefter zu sich heranzog und aufschlug.

»Und zwar seit 1925, kurz nachdem er in Hannover enthauptet worden war. Die Idee war zu untersuchen, ob sich Verbrecher anhand bestimmter Anomalien im Gehirn erkennen ließen. Dazu wurden vier Querschnitte aus dem Gehirn entnommen und an das Max-Planck-Institut in München geschickt ...«

»Wo sie merkwürdigerweise verloren gingen«, hakte Tabori ein.

Reichs sah überrascht hoch.

»Stimmt.«

»Ich habe meine Hausaufgaben gemacht«, erklärte Tabori. Dass er sein Wissen mehr oder weniger nur aus dem Vortrag des Straßenbahnfahrers und dem kurzen Überfliegen eines Artikels über Haarmanns Kopf im Netz bezog, behielt er für sich. »Weder das Gehirn noch irgendwelche Hirnschnitte sind auffindbar, es gibt nur die Diagnose einer Hirnhautentzündung. Allerdings wäre es mit heutigen Methoden durchaus möglich, beispielsweise auch sexuelle Abartigkeiten in der Struktur des Gehirns zu erkennen, aber wie gesagt, die Präparate sind ja verschwunden.«

»Und die der damaligen Zeit entsprechende Theorie, aufgrund der Gesichtszüge eines Menschen Rückschlüsse auf seinen Charakter ziehen zu können, ist definitiv nicht haltbar«, machte Reichs weiter. »Damit ging es also nur noch um die Entscheidung, ob man den präparierten Kopf eines Serienmörders samt posthumem Bartwuchs als Grusel-Magnet für irgendwelche leicht morbiden Event-Touristen öffentlich ausstellen sollte, ähnlich wie Gunther von Hagens Leichenschau-Plastinate, oder ob das Vorzeigen solcher Leichenteile aus Pietätsgründen ganz einfach abzulehnen ist.«

Reichs hob die Hände in einer Geste, die deutlich machte, dass die Frage ohnehin nur in einer Weise zu beantworten war. Mit einem Blick auf die Aktennotizen vor sich erklärte er: »Am 20. Mai 2014 ist der Kopf eingeäschert worden, es hat auch eine kirchliche Feier gegeben, die Urne wurde anonym auf dem Junkerberg-Friedhof beigesetzt. Mit anderen Worten ...« Er blätterte ein paar Seiten zurück. »Das letzte Mal, dass irgendjemand, der nicht hier zur Rechtsmedizin gehört, Haarmanns Kopf gesehen hat, war Anfang der sechziger Jahre! Zur gleichen Zeit sind auch die Fotos für das

Göttinger Tageblatt entstanden, die heute noch existieren, es ging damals darum, an dem Kopf eine neue Präparationsmethode vorzustellen, bei der gänzlich auf Formalin verzichtet werden konnte. Nicht uninteressant, weil dadurch beim Betrachten eines Präparates keine Lichtbrechungen aufgrund der Flüssigkeit ...«

Tabori setzte seinen Kaffeebecher so abrupt auf die Schreibtischkante, dass ein paar Tropfen auf die Akten spritzten.

»Sagen Sie das noch mal!«

»Was?«

»Der Kopf war von da an nicht mehr in Formalin eingelegt?«

»Nein, wie ich gerade erklärt habe: eine neue Präparationsmethode, die an Haarmann demonstriert wurde.«

Tabori versuchte, sich den Moment wieder vor Augen zu rufen, in dem er das Glas mit dem Kopf im Schein seiner Taschenlampe untersucht hatte. Aber er war sich nicht mehr sicher, ob der Kopf in irgendeine Flüssigkeit eingelegt war, vielleicht hatte er das auch nur zwangsläufig erwartet, weil es dem üblichen Bild solcher Präparate entsprach, das er unbewusst abgespeichert hatte. Und er hatte das Glas nicht bewegt, sondern für die Spurensicherung unangetastet gelassen ...

»Was ist?«

»Ich habe nur versucht, mich an etwas zu erinnern, aber ... Wahrscheinlich irre ich mich, vergessen Sie es ganz einfach. – Sie haben gerade gesagt, der Kopf war seit den sechziger Jahren bei Ihnen eingelagert ...«

»Zusammen mit vier- bis fünfhundert anderen Exponaten, ja.«

»... ohne dass ihn jemand noch mal untersucht oder genauer betrachtet hätte. Wir reden also über einen Zeitraum von mehr als fünfzig Jahren, in denen durchaus jemand den Kopf vertauscht haben könnte. Solange das Schild an dem Glas den Kopf als Haarmann auswies und ... was weiß ich, die Registrierungsnummer mit der Liste der Exponate übereinstimmte, wäre auch zunächst mal niemand auf die Idee gekommen, den Kopf selber genauer zu überprüfen. Ein Austausch könnte also bereits vor Jahrzehnten passiert sein. Oder auch erst in letzter Zeit, als die Entscheidung anstand, das Präparat einzuäschern.«

»Aber warum sollte das jemand getan haben?«

Reichs nahm die Brille ab und rieb sich irritiert die Augen. Tabori lag also richtig mit seiner Einschätzung, dass sie sich nicht hundertprozentig sicher sein konnten, ob sie wirklich den richtigen Kopf eingeäschert hatten. Und er wusste, dass der Gerichtsmediziner gleich von alleine auf die einzig logische Antwort auf seine Frage nach dem »Warum« kommen würde.

»Sie meinen, jemand hat vielleicht versucht, auf diese Weise einen ganz anderen Kopf ... verschwinden zu lassen?«

»Nicht nur versucht«, nickte Tabori. »Wenn es so gewesen ist, dann ist es ihm auch gelungen. Der Kopf ist eingeäschert, wie Sie selbst gesagt haben. Und damit ist jeder Beweis unwiderruflich vernichtet.«

»Aber was würde ihm das nützen? Dem Täter, meine ich. Selbst wenn er den Kopf auf diese Weise losgeworden wäre, dann gäbe es doch immer noch den Corpus, die Extremitäten ... Nein, warten Sie, das ist unmöglich! Natürlich haben wir noch weitere Leichenpräparate eingeäschert ...«

»Arme? Beine? Und vielleicht schon über Jahre hinweg, schön verteilt?«

»Nein!« Reichs Stimme überschlug sich fast, als er versuchte, die Ungeheuerlichkeit des Gedankens zu widerlegen. »Bei unseren Präparaten handelt es sich ...«

»Nicht zwangsläufig um medizinische Absonderlichkeiten, nehme ich an, falls Sie das sagen wollten«, unterbrach ihn Tabori. »Also?«

»Das stimmt, natürlich. Aber ... nein, unmöglich«, wiederholte er.

»Ich bin selbst nicht überzeugt von meinem Gedanken«, gab Tabori zu. »Ich versuche nur, mir ein Bild davon zu machen, was überhaupt möglich sein könnte.«

Reichs stand auf und ging zu dem kleinen Handwaschbecken neben der Tür hinüber. Er drehte den Wasserhahn auf und trank hastig aus der hohlen Hand. Tabori konnte ihn selbst über die Entfernung hinweg krampfhaft schlucken hören.

Vor dem Fenster zwitscherte eine Amsel. Irgendwo startete ein Motorrad, kurz darauf gellte das Martinshorn eines Rettungswagens von der Straße herüber.

Tabori wusste nicht, warum er jetzt bereits zum zweiten Mal registrierte, dass Reichs schwarze Holzclogs trug. Keine weißen aus Plastik, wie die Kollegen in Hannover. Sondern schwarze, deren Leder an den Spitzen bereits brüchig und abgestoßen war.

»Ohnehin bleibt die Frage«, nahm Tabori das Gespräch wieder auf, »warum der echte Kopf jetzt plötzlich in Hannover aufgetaucht ist. Und zwar mehr oder weniger zeitnah zu der angeblichen Einäscherung. Aber das ist mein Job, das zu klären. Von Ihnen brauche ich auf jeden Fall eine Liste aller Mitarbeiter, die Zugang zu den Exponaten hatten. Beschränken Sie sich dabei ruhig zunächst mal auf den Zeitraum, in dem die Entscheidung getroffen wurde. Und was ist zum Beispiel mit irgendwelchen Reinigungskräften oder auch Handwerkern, die sich möglicherweise Zutritt verschafft haben könnten? Denken Sie bitte auch daran!«

»Das ... könnte schwierig werden.«

»Es ist nie so einfach, wie es sein könnte«, erwiderte Tabori, »aber ich brauche die Liste trotzdem.«

Reichs schüttelte den Kopf.

»Was?«, fragte Tabori. »Was ist? Sehen Sie ein Problem? Wir können das sonst auch ganz offiziell machen, dann ...«

»Darum geht es nicht. Nur war der Sammlungsbestand der Rechtsmedizin nicht hier bei uns eingelagert.«

»Ich verstehe nicht ...?«

»Die Rechtsmedizin war früher am Windausweg. Als das Gebäude abgerissen wurde und wir hier rüber gezogen sind, ist die vollständige Sammlung in Kisten verpackt und im Keller der ehemaligen Hautklinik abgestellt worden. Unter Verschluss natürlich, und so gut wie vergessen. Erst als jetzt auch die Hautklinik geräumt und umgesiedelt wurde, ist man da quasi über die Utensilien der Rechtsmedizin aus dem früheren Standort gestolpert, das war ja überhaupt auch der Auslöser für die Diskussion, was mit den Präparaten geschehen sollte. Verstehen Sie? Ich habe keine Ahnung, wo ich da ansetzen soll! Die Liste wäre wahrscheinlich endlos, und mit Sicherheit nicht vollständig. Ich kann Ihnen nicht helfen, so leid es mir tut.«

Sonntag, 27. September. 18.10 Uhr.

Eine halbe Stunde später war Tabori wieder auf der Autobahn. Sein Ausflug hatte ihn für den Moment nicht wirklich weitergebracht, das Gespräch mit Reichs hätte er ebenso gut auch telefonisch führen können. Er musste sich eingestehen, dass er sich nur ins Auto gesetzt hatte, weil er immer noch davor zurückschreckte, sich wieder in ein Team einzufügen. Aber jetzt brauchte er den Austausch mit den Kollegen, eine klare Struktur, um sich nicht schon zu verzetteln, bevor er überhaupt einschätzen konnte, mit was er es zu tun hatte.

Sie würden der Sache auf jeden Fall nachgehen müssen, alles deutete darauf hin, dass der Kopf tatsächlich vertauscht worden war und es ein anderes Opfer gab, dessen Kopf anstelle von Haarmanns eingeäschert worden war. Und vielleicht war eben dieses Opfer identisch mit dem, dessen Mittelfinger auf einer Pizza gelegen hatte, die Tabori persönlich zugestellt worden war ...

Oder konstruierte er gerade einen nicht vorhandenen Zusammenhang zwischen der Einäscherung, dem abgeschnittenen Finger, dem Laborglas mit Haarmanns Kopf? Hinzu kamen noch die verschwundenen jungen Männer, von denen Lepcke berichtet hatte – und diese verdammte Botschaft, dass es noch lange nicht vorbei war, sondern alles erst anfing! Damit gab es dann doch wieder ein eindeutiges Verbindungsglied: Haarmann!

Das Handy klingelte, als er gerade über die Brücke bei Northeim fuhr. Der Saab hatte keine Freisprecheinrichtung, und genauso wie Tabori ein strikter Befürworter eines generellen Tempolimits war, lehnte er es auch grundsätzlich ab, während der Fahrt zu telefonieren. Er nahm die nächste Ausfahrt und steuerte den Autohof an, um zurückzurufen.

Lepckes Stimme war kaum zu verstehen, nach der Geräuschkulisse zu urteilen, musste er in irgendeiner Kneipe sein, Tabori konnte auch deutlich Musik hören, er meinte, einen alten Queen-Song zu erkennen, »We are the Champions«.

Erst als Lepcke mit dem Handy offensichtlich vor die Tür gegangen war, wurde die Verbindung besser.

»Was hast du rausgefunden?«, wollte Lepcke wissen. »Hat dein Gespräch irgendein Ergebnis gebracht?«

»Nicht wirklich«, gab Tabori zu. »Nur dass es sehr wahrscheinlich ist, dass der Kopf vertauscht wurde. Aber das war ja von Anfang an die Theorie. Das Einzige, was sicher ist, ist, dass sie tatsächlich irgendeinen Kopf eingeäschert haben, in der festen Überzeugung, dass es Haarmann war. Aber wenn der jetzt bei uns aufgetaucht ist, dann ...«

»Warte«, unterbrach ihn Lepcke. »Dazu kann ich dir was Neues erzählen! Aber lass uns das nicht übers Handy machen. Komm einfach her, dann gucken wir mal, wie die Sachen so zusammenpassen. Sommerfeld ist übrigens auch da!«, redete Lepcke jetzt so schnell weiter, dass Tabori sofort das Gefühl hatte, irgendetwas würde nicht stimmen. Aber er kannte Lepcke gut genug, um zu wissen, dass er nichts erzählen würde, bis er Tabori vor sich hatte.

»Wir wollten eigentlich zu Plümecke, aber die haben geschlossen. Jetzt sind wir ein Stück weiter die Straße hoch, Richtung Moltkeplatz, da ist links so ein kleiner Laden, XS All Areas ...«

»Kenn ich vom Vorbeifahren.«

»Gut, dann bis gleich.«

Als Tabori nach einem weiteren Stau auf der A7 und gefühlt mindestens einer Viertelstunde Parkplatzsuche in der List das Lokal in der Voßstraße betrat, saßen Lepcke und Sommerfeld an einem Tisch neben dem schmalen Gang zur Küche. Tabori brauchte nur ihre Gesichter zu sehen, um sich sicher zu sein, dass er mit seiner Vermutung richtig lag. Sie hatten irgendetwas Neues, auch wenn sie sich gerade alle Mühe gaben, den entscheidenden Moment, in dem sie die Bombe hochgehen lassen wollten, noch ein wenig hinauszuzögern.

Sommerfeld beugte sich weit über den Tisch und flüsterte vertraulich: »Der Wirt hier ist was ganz Besonderes, ein zypriotischer Grieche aus London, der früher bei Lorettas im Maschpark gekocht hat und jetzt seit einiger Zeit seinen eigenen Laden hat.«

»Und jetzt rate mal, was er gemacht hat, bevor er bei Lorettas war«, übernahm Lepcke grinsend und wies mit dem Kopf auf besagten Wirt, der mit verschränkten Armen an der Theke lehnte und seinen Blick aufmerksam über die Tische streifen ließ. Tabori schätzte ihn auf Ende Fünfzig, untersetzte Gestalt, spiegelnde Glatze, T-Shirt mit dem alten Hanomag-Logo auf der Brust ...

»Ein ehemaliger Rausschmeißer vielleicht«, spielte Tabori das Ratespiel mit. Aber noch bevor seine beiden Kollegen unisono die Köpfe schüttelten, hatte er die Plakate an der Wand registriert und korrigierte seine Antwort: »Wartet! Ein Roadie, der mit ... Queen und Tina Turner getourt ist.«

»Nicht schlecht«, nickte Sommerfeld. »Queen stimmt schon mal. Tina Turner auch. Rory Gallagher hast du noch vergessen, das Plakat hängt da drüben. Aber er ist nicht als Roadie mit ihnen unterwegs gewesen, sondern als Koch! Kapierst du, der Mann hat vierzig Jahre Catering für Rockmusiker auf dem Buckel, nicht schlecht, was?«

»Aber das nur nebenbei«, mischte sich Lepcke wieder ein, »sozusagen als kleine Einführung in die Lokalität. Und jetzt wollen wir dich nicht länger auf die Folter spannen ...«

»Das wäre tatsächlich schön«, sagte Tabori, dem es im Moment vollkommen egal war, für wen der Wirt im Laufe seiner Karriere alles gekocht hatte, so lange es nicht ausgerechnet in Bierteig gebackene Fledermäuse für Ozzy Osbourne gewesen waren, »ich bitte darum.«

Lepcke konnte es nicht lassen, erst noch eine kleine Kunstpause einzulegen, als wollte er sich absolut sicher sein, dass er Taboris ungeteilte Aufmerksamkeit hatte.

»Unser gemeinsamer Freund Bohnenkamp lässt dich schön grüßen«, sagte er endlich. »Und beim nächsten Mal möchtest du bitte erst sein fachliches Urteil abwarten, bevor du einzig und allein aufgrund irgendeines nicht haltbaren Verdachts losfährst und alte Studienfreunde von ihm nervst. Seine Worte, nicht meine, O-Ton Bohnenkamp.«

»Er ist ein arroganter Lackel«, ergänzte Sommerfeld, »aber das wissen wir ja.«

Tabori bemühte sich, ganz ruhig zu bleiben, obwohl er deutlich spürte, wie sich sein Herzschlag beschleunigte.

»Und im Klartext soll das heißen ...?«

»Dass du dich geirrt hast«, sagte Lepcke.

»Genauso wie ich«, nickte Sommerfeld. Er legte eine seiner Pranken auf Taboris Hand und drückte sie, als wollte er Tabori Mut zusprechen. »Und eigentlich sollten wir es ja auch besser wissen. Es gibt Dinge zwischen Himmel und Erde ...«

»Leute!«, unterbrach ihn Tabori ungeduldig. »Es reicht, jetzt sagt schon endlich, was los ist.«

»Der Kopf in diesem Laborglas ist nicht Haarmanns. Auf gar keinen Fall, völlig ausgeschlossen. Schon die erste Untersuchung des Gewebes hat ganz eindeutig ergeben, dass dieser Kopf maximal ein bis zwei Wochen alt ist.«

»Aber ...«

»Stimmt«, kam es jetzt wieder von Sommerfeld. »Jemand hat sich alle Mühe gegeben, den Kopf auf Haarmann zu trimmen, die angeklatschten Haare, der Seitenscheitel und so weiter. Zusammen mit dem Namensschild am Behälter hat das schon gereicht, um uns darauf reinfallen zu lassen. Dich genauso wie mich. Zumindest im ersten Moment.«

Tabori zog die Augenbrauen zusammen.

»Dieser Kopf, den wir da haben, war der eigentlich in Formalin eingelegt?«

»Ja«, bestätigte Sommerfeld. »Wieso? Das ist die übliche Vorgehensweise, um ein Präparat haltbar zu machen. *Eine* der üblichen Vorgehensweisen, es gibt natürlich noch andere Möglichkeiten, zum Beispiel ...«

»Danke, das reicht mir schon als Antwort«, sagte Tabori in den Redefluss des alten Spurensicherers. »Es spielt auch keine Rolle weiter – das heißt doch, es spielt eine Rolle, aber ...«

Tabori brach mitten im Satz ab, als der Wirt an ihren Tisch trat und mit unverkennbar englischem Akzent sagte: »Ich kann dir

Tina's Chicken Walk empfehlen, falls du Hunger hast. Das ist eine mit Roquefort und Feigen gefüllte Hähnchenbrust im Blätterteigmantel, sehr lecker.«

»Ja, nehme ich«, antwortete Tabori, ohne überhaupt richtig hingehört zu haben. »Und ein Glas trockenen Rotwein dazu, bitte.«

»Einen Merlot?«

»Ja, gerne.«

»Kommt sofort.«

Der Wirt hatte sich kaum umgedreht, als Lepcke mit süffisantem Grinsen sagte: »Apropos Essen! Der Mittelfinger auf deiner Pizza ist also ähnlich alt oder vielmehr jung, wie der Kopf. Und Bohnenkamp kann mit großer Wahrscheinlichkeit sagen, dass es, erstens, ein männlicher Finger ist, und dass er, zweitens, dem Opfer abgeschnitten wurde, während es noch lebte. Was natürlich nicht heißt, dass das jetzt immer noch der Fall sein muss – warte, lass mich das erst zu Ende bringen, bevor du deine Frage stellst. Drittens, nein, Finger und Kopf stammen nicht von derselben Person! Aber, jetzt kommt's …«

»Es gibt bereits erste Ergebnisse«, parodierte Sommerfeld den Tonfall des früheren Schweizer Moderators aus der Sendung »Aktenzeichen XY ungelöst«, als er Taboris Blick bemerkte, hob er entschuldigend die Hände und nahm hastig einen Schluck Bier.

»Weiter«, sagte Tabori zu Lepcke.

»Wir haben Blutspuren am Finger gefunden, die nicht mit seiner DNA übereinstimmen, sondern sich wiederum dem Kopf zuordnen lassen! Beide Opfer sind also wahrscheinlich nicht nur mehr oder weniger zeitgleich zerlegt worden, sondern auch zumindest im gleichen Raum, wobei dann der Finger mit dem Blut des Kopfes in Kontakt gekommen sein muss …«

Lepcke blickte irritiert auf, als Tabori seinen Stuhl zurückschob und ohne eine Erklärung am Tresen vorbei zur Küche ging. In der offenen Tür blieb er stehen und wartete, bis der Wirt ihn bemerkte.

»Es tut mit leid«, sagte er. »Ich möchte die Bestellung rückgängig machen. Ich bezahle natürlich, aber bringen Sie mir bitte nur den Wein, sonst nichts.«

Der Wirt zuckte mit den Schultern und nickte.

»Ich bring dir ein bisschen Käse stattdessen. Mit hausgemachtem Feigensenf. Wer rocken will wie Freddy Mercury, muss auch speisen wie die Queen, weißt du?«

Tabori wagte es nicht, noch irgendetwas zu erwidern. Als er zurück zu ihrem Tisch ging, schien er Beine wie aus Gummi zu haben. Fury in the Slaughterhouse sangen gerade: »When I'm dead and gone«.

2. Buch

Zum Beispiel gibt es die verschiedenen Parks
für respektable Leute,
aber viel geschmackvoller angelegt als in London.
(Karl Marx über Hannover)

Er trifft sie immer am Bahnhof. Der Bahnhof ist … widerlich! Daran können weder das Reiterdenkmal draußen auf dem Platz noch die prunkvolle Eingangshalle etwas ändern. Und die schmucken Uniformen der Bahnbeamten sind nichts als der lächerliche Versuch, den Leuten eine funktionierende Ordnung vorzugaukeln. In einer Welt, in der nichts mehr in Ordnung ist. Gar nichts.

Der Bahnhof ist ein Sammelbecken für alles, was schmutzig ist, unanständig, verboten. Betrunkene, die sich eingenässt haben, Krüppel ohne Bleibe, Perverse mit offenem Hosenstall. Ausländer. Rauschgiftsüchtige. Schizophrene, deren Augen wie irre blicken und die mit sich selber sprechen. Der Bodensatz der Gesellschaft.

Er versteht nicht, warum das keiner außer ihm zu bemerken scheint. Warum sie alle wie blind zu den Zügen hetzen, sich rücksichtslos vorandrängen, sich noch nicht mal entschuldigen, wenn sie einem die Ellbogen in die Seite stoßen, ihre Koffer, die Stöcke oder Schirme, die sie wie Waffen einsetzen, wenn sie sich plötzlich umdrehen und die Richtung wechseln. Wie wimmelnde Ameisen, die unerwartet die Orientierung verloren haben.

Er kann ihre verzerrten Fratzen kaum ertragen, den schlechten Atem, den sie ihm ins Gesicht blasen, ihre Körperausdünstungen, die ihn einhüllen, ohne dass er sich zur Wehr setzen kann. Die Mischung aus Schweiß und billigem Parfüm, der Geruch nach Armut. Elend. Geilheit. Und dazwischen immer jene, die gar keinen Zug erreichen wollen, die das Gedränge nur nutzen, um eine schnelle Hand in eine Tasche gleiten zu lassen, unter eine Jacke, in einen Beutel. Oder ganz unverblümt über einen Hintern, eine Brust, die Innenseite eines Oberschenkels.

Heiser geflüsterte Worte, die unmissverständliche Aufforderungen sind, kaum übertönt von den Durchsagen der Lautsprecher, wenn ein neuer Zug angekündigt wird. Und angestachelt von den schamlosen Umarmungen, mit denen sich Männer und Frauen begrüßen oder verabschieden. Hände, die nicht loslassen wollen, Zungen, die in weitgeöffnete Münder geschoben werden. Männer und Frauen, Männer und Männer, Frauen und Frauen.

Genauso muss es auch schon zu Haarmanns Zeiten gewesen sein.

Und auch Haarmann wird es kaum ertragen haben, aber er war nur eine Marionette, ein zuckendes Bündel Mensch, dessen Schritte von anderen gelenkt wurden. Der im Pfeifen der Lokomotiven und dem unablässigen Rattern der Züge auf den Gleisen über ihm etwas tun musste, wozu er nicht geschaffen war. Und was er doch meisterte, weil ihm gar nichts anderes übrigblieb!

Und genau wie Haarmann hat auch er bald herausgefunden, wie er seine Aufgabe bewältigen kann. Immer mit der Angst im Nacken, dass ihn ein Polizist nach seinem Ausweis fragt, ein entfernter Bekannter auf ihn zutritt, ihn anspricht und neugierige Fragen stellt. Oder ihm auch nur ein »Hallo« zuruft – und damit seine Tarnung zunichte macht ...

Er sucht sich immer die Gleise aus, auf denen die Nahverkehrszüge einlaufen. Und jedes Mal, wenn ein Pulk von Menschen die breiten Treppen herunterkommt, versucht er sie in den wenigen Augenblicken, die ihm bleiben, richtig einzuschätzen. Die Alten sind ihm egal, Mütter mit Kindern interessieren ihn nicht, auch Männer mit Aktenkoffern kann er von vornherein ignorieren.

Die Jungen sind es, nach denen er Ausschau hält, die, die eine Reisetasche oder besser noch einen Rucksack tragen und sich schick gemacht haben für die Großstadt, die Haare hochgegelt, ein buntes T-Shirt unter der offenen Jacke, mit neuen und teuren Turnschuhen, von denen sie hoffen, dass sie ihre Eintrittskarte in die große, weite Welt sein werden. Die, die alleine sind und von niemandem abgeholt werden. Die sich suchend nach den Hinweisschildern zum Ausgang umblicken, zum Fahrkartenautomaten für die U-Bahn, zum kürzesten Weg in das Abenteuer, das sie kaum erwarten können.

Und es ist viel leichter, als er erwartet hat, unter ihnen schließlich auch jene zu entdecken, die sich durch eine flüchtige Geste als das verraten, was sie sind. Durch eine eindeutige Bewegung, einen koketten Blick unter den mädchenhaften Wimpern, die ganz auf Wirkung bedachte Art, wie sie sich durch die Menge schieben. Als würden sie diese heimlichen Zeichen brauchen, um sich ihresgleichen zu erkennen zu geben. Um sich nicht so alleine zu fühlen zwischen denen, die sie verachten.

Fast bewundert er sie ein wenig für ihren Mut.

Montag, 28. September. 10.00 Uhr.

Tabori hatte im Laufe des Abends vergeblich versucht, Lisa zu erreichen. Erst um kurz nach Mitternacht rief sie ihn dann zurück, als er alleine in der Küche bereits mehr Wein getrunken hatte, als gut für ein Telefonat mit Lisa war. Das Gespräch war dann auch weder besonders lang noch in irgendeiner Weise erfreulich gewesen, schon Lisas Eröffnung war wenig dazu angetan, um seine ohnehin trübselige Stimmung zu verbessern, geschweige denn, um zu der von ihm erhofften Nähe zurückzufinden, die er gerade schmerzlich vermisste ...

»Ich nehme nicht an, dass du mir mitteilen wolltest, du hättest dich doch noch anders entschieden.«

»Lisa, hör mir zu! Wir haben da schon oft genug drüber geredet, du weißt, wie wichtig mir meine Arbeit immer war, wenn ich es vielleicht auch jetzt erst richtig begriffen habe. Aber du weißt auch, wie unzufrieden ich in der letzten Zeit gewesen bin, irgendetwas musste passieren, ich konnte so nicht weitermachen. Ich tauge nicht dazu, einmal in der Woche den Rasen zu mähen und ansonsten Däumchen zu drehen! Das ist nichts für mich. Das ist ungefähr so, als ob ...«

»Ich habe gerade vorhin im Netz gesehen, dass ihr da ein neues Problem in Hannover habt? Wehrlose Flüchtlinge, die in der Arrestzelle gequält und misshandelt worden sind! Sag mal, merkst du eigentlich noch irgendwas? Und, waren es vielleicht auch noch Kollegen von dir, die eigentlich ganz in Ordnung sind und mit denen du gerne mal was trinken gehst?«

Sie hatte ihn provozieren wollen! Und es hatte nicht viel gefehlt und er hätte einfach losgebrüllt. Dass sie gefälligst mit ihren Verallgemeinerungen aufhören sollte, mit ihrer ewigen Schwarzweiß-Malerei, die keinen Raum für eine sinnvolle Auseinandersetzung ließ, vor allem aber mit diesem dämlichen Weltbild, das jeden Polizisten von vornherein als potenziellen Gewalttäter einstufte. Aber er konnte sich im letzten Moment noch bremsen und erwiderte nur: »Das bringt uns nicht weiter, das weißt du genauso gut wie ich.«

»Und was bringt uns dann weiter? Die drei Affen zu geben, nichts sehen, nichts hören, nichts sagen? Ist das mal wieder die Lösung?«

»Ist es nicht und war es auch nie. Und etwas anderes wirst du von mir auch nicht zu hören bekommen.«

»Aber trotzdem machst du weiter. Nein, schlimmer noch, du fängst gerade erst wieder mit etwas an, wogegen du dich vor noch gar nicht so langer Zeit aus guten Gründen entschieden und es deshalb beendet hattest.«

Es ist noch lange nicht vorbei, es fängt alles gerade erst an, hatte Tabori gedacht. Laut sagte er: »Ich habe einen neuen Fall, Lisa. Und ich habe das Gefühl, dass ich vollkommen schwimme. Ich würde gerne mit dir darüber reden. Nein, warte, lass es mich anders sagen: Ich würde nicht nur gerne über den Fall mit dir reden, ich ... du fehlst mir, Lisa! Es ist verdammt einsam hier ohne dich.«

Für eine ganze Weile gab Lisa keine Antwort. Tabori hörte, wie sie aufstand und ein Fenster öffnete, gleich darauf drang das Rauschen des Meeres an sein Ohr. Sie war also nicht in ihrem Campingbus, sondern hatte sich irgendwo ein Zimmer genommen. Oder sie besuchte jemanden, den sie kannte. Durch die Arbeit mit den Suchhunden hatte sie alle möglichen Kontakte, Tabori erinnerte sich jetzt auch an Leute, die ein altes Bauernhaus direkt am Jadebusen hatten.

»Wo bist du überhaupt?«, fragte er leise. »Dangast? Ich kann das Meer hören ...«

Lisa holte tief Luft.

»Es ist anstrengend, einen Polizisten zu kennen.«

»Aber der andere Typ«, hakte Tabori ein, »der Nicht-Polizist, der würde gerne wissen, wie groß die Wahrscheinlichkeit ist, dass du wieder zurückkommst ...«

»Ich bin mir nicht mehr sicher, ob es diesen anderen Typen wirklich gibt«, hatte Lisa so leise geantwortet, dass er sie kaum verstehen konnte. Und dann: »Gute Nacht, Tabori, pass auf dich auf.«

Tabori wusste nicht, ob es an dem Rest des Weines lag, den er danach noch getrunken hatte, aber kaum war er im Bett gewesen, war er auch schon eingeschlafen. Und erst wieder aufgewacht, als sein Handy ihn geweckt hatte ...

Er fühlte sich wider Erwarten nicht schlecht, im Gegenteil. Lisa würde eine Entscheidung treffen, so oder so, und jeder Versuch, sie zu drängen, wäre falsch. Er konnte nichts anderes tun, als sich mit aller Energie auf den Fall zu konzentrieren, und er wusste aus Erfahrung, dass das als Therapie für jede Form von Selbstzweifeln recht gut funktionierte. Auch diesmal würde es nicht anders sein. Und wenn er die Situation richtig einschätzte, hatte er einen Fall auf dem Tisch, der ihn mehr als genug fordern würde.

Lepcke wartete bereits auf ihn, wie üblich im langen, hellen Staubmantel und mit auf Hochglanz polierten braunen Halbschuhen. Handgenäht, wahrscheinlich aus Italien.

Gemeinsam betraten sie das Dienstzimmer des Kriminaldirektors – und waren beide gleichermaßen irritiert, als ihnen nicht nur Gallus mit ausgestreckter Hand entgegentrat, sondern sich hinter dem runden Besuchertisch ausgerechnet Heinisch erhob und vergnügt blubberte: »Die Überraschung scheint mir ja gelungen zu sein! So schnell sieht man sich wieder, wer hätte das gedacht, was?«

»Und was will er hier?«, wandte sich Tabori direkt an den Kriminaldirektor, ohne Heinisch weiter zu beachten.

»Bleiben Sie bitte ganz ruhig, ja? Der Kollege ist ... sozusagen als Berater dabei, ganz inoffiziell.«

»Genau, müssen wir doch kein großes Ding draus machen«, kam es prompt von Heinisch. »Aber freu dich lieber, Tabori, ich bin voll und ganz auf deiner Seite, so was wie deine moralische Rückendeckung, wenn du weißt, was ich meine.«

»Tut mir leid«, sagte Tabori. »Ich weiß nicht, was du meinst. Und ich habe auch eigentlich keine große Lust ...«

»Ganz ruhig«, wiederholte Gallus und rückte unwillig an seiner Brille. »Eins nach dem anderen. Setzen wir uns erst mal.«

Tabori registrierte, wie Lepcke kurz zögerte, bevor er den Blick von seinen Schuhen auf Gallus richtete und sagte: »Ich bleibe lieber stehen.« Demonstrativ lehnte er sich mit verschränkten Armen an den Aktenschrank.

Heinisch kicherte, als würde ihm das Ganze großes Vergnügen bereiten. Gallus zuckte nur mit den Schultern und zog sich einen Stuhl an den Tisch. Er ist zweifellos nervös, dachte Tabori, aber doch selbstbewusst genug, um den offensichtlichen Affront von Lepcke einfach verpuffen zu lassen. Tabori hatte schon früher den Eindruck gehabt, dass der Kriminaldirektor seinen Job durchaus im Griff hatte und alles andere als nur ein Paragraphenreiter war.

In knappen Sätzen schilderte Tabori, was sie bislang hatten, und versuchte auch, einen möglichen Zusammenhang zwischen den einzelnen Punkten herzustellen.

»Im schlimmsten Fall haben wir es also mit einem Nachahmer von Haarmann zu tun«, fasste Gallus schließlich zusammen. »Und damit reden wir im Moment von zumindest zwei verschiedenen Opfern, womöglich aber auch schon mehr! Ich meine die jungen Männer, die als verschwunden gemeldet sind!«

Lepcke hob die Hand. »Drei junge Männer, die in Frage kommen. Eventuell in Frage kommen«, präzisierte er. »Wobei keines der Fotos von ihnen dem Kopf im Laborglas entspricht, egal, wie sehr da jemand versucht hat, eine Ähnlichkeit zu Haarmann zu simulieren. Und wir haben auch bereits die DNA eines der jungen Männer auf dem Tisch, da waren die Kollegen in Ostfriesland ausnahmsweise mal schnell – jedenfalls gehört der abgeschnittene Mittelfinger nicht zu Onno Behrends aus Neugaude. Das ist ein Kaff irgendwo bei Esens ...«

»Bleiben immer noch die beiden anderen«, nickte Gallus. »Und wenn ich das richtig einschätze, sollten wir uns wohl schon mal auf eine weitergehende Serie von Morden einstellen, oder?«

»Mit der ganz besonderen Note, dass sich da jemand zu allem Überfluss auch noch meinen alten Schulfreund ausgesucht hat, um ihm ein bisschen was zu knabbern für seine leicht eingerosteten Hirnwindungen zu geben«, ergänzte Heinisch und rieb sich die Hände, als würde er sich jetzt schon freuen, wie Tabori damit wohl klar kommen würde.

»Sehen Sie das genauso?«, wandte sich Gallus an Tabori. »Legt es da wirklich jemand drauf an, Sie in die Sache zu verwickeln?«

»Es spricht einiges dafür.«

»Irgendeinen Verdacht?«

Tabori schüttelte den Kopf.

»Bleibt die Frage nach dem eigentlichen Motiv«, meldete sich Lepcke wieder zu Wort, ohne irgendjemanden direkt anzublicken. »Macht er das Ganze, um Tabori eins auszuwischen oder ihn vorzuführen, weil er sich an ihm rächen will, für was auch immer, oder reden wir von einem durchgeknallten ... Psychopathen, der Spaß daran hat, Leute umzubringen, und sich dafür Haarmann als Vorbild ausgesucht hat? Wobei dann die Botschaft an Tabori nicht unbedingt persönlich gemeint sein muss, sondern er ihn sich sozusagen stellvertretend für den Polizeiapparat ausgesucht hat, um irgendein Spiel mit uns zu treiben, das ihn nur noch mehr befriedigt!«

»Stopp!«, wandte Heinisch im gleichen Moment ein. »Ich denke, jetzt ist es höchste Zeit, um Frau ten Berg dazu zu holen. Dann müssen wir ihr hinterher nicht so viele Informationen nachreichen, ich denke, sie soll am besten gleich von Anfang an dabei sein.«

»Wen?«, fragte Tabori, dem der Name absolut nichts sagte.

»LKA oder was?«, kam es von Lepcke.

»Nein, nicht LKA, sondern Staatsanwaltschaft«, erklärte Heinisch, während er schon aufstand und die Tür zum Nebenraum ansteuerte.

»Moment mal«, sagte Tabori, »was soll das? Wir haben ja noch nicht mal einen Tatverdächtigen! Also sind wir auch weit von einem Ermittlungsverfahren entfernt, bei dem die Staatsanwaltschaft eingeschaltet werden kann.«

»Inoffiziell, mein Lieber, alles inoffiziell«, blubberte Heinisch. »Gudrun ten Berg kommt aus Aurich und ist neu hier in Hannover. Sie hat darum gebeten, dass sie einen kleinen Einblick in die Ermittlungsarbeit bekommt, um mal zu sehen, wie wir so was hier in der Landeshauptstadt anpacken. Die kommunizieren da oben hinterm Deich ja wohl mehr oder weniger immer noch mit Rauchzeichen, deshalb ist das natürlich besonders spannend, wenn sie jetzt gleich zwei unserer besten Leute sozusagen hautnah bei der Arbeit erleben kann. Wobei ich hautnah wirklich nur bildlich verstanden haben möchte«, setzte er mit drohend erhobenem Zeigefinger hinzu. »Kein Blowjob von der Praktikantin, wenn ich bitten darf!«

Tabori hörte, wie Lepcke in seinem Rücken auflachte. Es klang gepresst, als könnte er sich nur mit Mühe beherrschen.

Irgendwann greife ich mir Heinisch und ohrfeige ihn so lange, bis er nicht mehr weiß, wo links und rechts ist, dachte Tabori und blickte fragend zu Gallus.

»Ich habe mein Einverständnis schon gegeben«, bestätigte der Kriminaldirektor. »Immer vorausgesetzt natürlich, dass Sie das irgendwie möglich machen können.«

»Kann er, kann er«, kam es prompt von Heinisch. »Er muss sich nur erst noch klar darüber werden, wo die Vorteile für ihn dabei sind.«

Er trat jetzt dicht an Tabori heran und heftete ihm seinen Zeigefinger auf die Brust. »Du willst dir doch ein Team zusammenstellen, richtig? Und was würdest du sagen, wenn wir dir dabei vollkommen freie Hand lassen? Egal, wen du anforderst, du kriegst ihn. Allerdings nur, wenn du im Gegenzug Frau ten Berg ... Du verstehst mich schon. Das ist der Deal.«

Irgendwas läuft hier, was ich nicht durchschaue, dachte Tabori. Er griff nach Heinischs Hand und hielt sie fest. Gleichzeitig trat er einen Schritt zurück, so dass Heinisch ihm wohl oder übel folgen musste. Heinischs Augen hinter der dicken Hornbrille irrten nervös zu Gallus und wieder zurück zu Tabori.

»Mach jetzt keinen Fehler, Tabori«, flüsterte er heiser.

»Lepcke«, sagte Tabori mit dem Gesicht so dicht an Heinischs, dass er dessen Rasierwasser riechen konnte.

»Geht klar. Wen noch?«

»Kein großes Team, noch nicht. Nur die Möglichkeit, bei Bedarf so viele Leute hinzuziehen zu können, wie ich brauche. Für den Anfang will ich außer Lepcke nur noch Sommerfeld dabei haben – und Carlos und Ulrike.«

»Was? Spinnst du? Das geht nicht, Mann, das ist völlig unmöglich! Du weißt genau, dass die beiden nichts weiter als eine Art

Alibi-Funktion erfüllen, damit wir dem Staatsschutz gegenüber irgendwie beweisen können, dass wir an einem Strang ziehen, wenn es gegen die linken Bazillen geht. Was willst du ausgerechnet mit diesen beiden schrägen Vögeln? Die sind doch komplett durchgeknallt, ballaballa, plemplem! Die haben in den letzten Jahren nicht einen einzigen brauchbaren Hinweis geliefert ...«

»Eben. Und genau deshalb möchte ich sie in meinem Team haben.«

Heinisch machte sich los und tippte sich an die Stirn. »Du spinnst«, wiederholte er. »Ich hätte es wissen müssen.«

»Ich habe mit so was Ähnlichem schon gerechnet«, mischte sich jetzt Gallus ein. Tabori war sich nicht ganz sicher, ob er ihm dabei kurz zuzwinkerte oder nur ein nervöses Zucken im Augenlid hatte. »Ich kann das natürlich machen, ich kann die beiden Kollegen für einen bestimmten Zeitraum von ihrer jetzigen Aufgabe freistellen und Ihnen zuteilen, Tabori. Aber Sie übernehmen voll und ganz die Verantwortung, wenn da irgendwas schiefläuft. Ich decke Sie, solange das möglich ist, aber wenn Köpfe rollen, dann Ihrer, nicht meiner. Und es versteht sich ja wohl von selbst, dass ich umgehend konkrete Ergebnisse von Ihnen brauche. Wenn wir es hier wirklich mit einem neuen Serientäter zu tun haben, dann kommt da etwas auf uns zu, was den Albtraum jeglicher Polizeiarbeit bedeutet. Womit wir im Übrigen auch beim Thema Presse wären! Ich habe da zunächst mal völlige Nachrichtensperre angeordnet, aber das werden wir nicht lange aufrecht halten können, irgendwann sickert immer etwas durch – und dann gute Nacht!«

»Umso wichtiger ist es, dass wir endlich mit der Arbeit anfangen können«, nickte Tabori und blickte zu Heinisch. »Steht mein Team?«

»Deal«, sagte Heinisch. »Ich hoffe nur, du weißt, was du tust.«

»Dann holen Sie den Blowjob mal rein«, meldete sich Lepcke zu Wort. »Ich hatte schon immer was übrig für kleine Praktikantinnen, vor allem wenn sie als Kuckucksei verkleidet auftreten. Oder habe ich da jetzt was falsch verstanden?«

Heinisch verzichtete auf jeden Kommentar, sondern zupfte stattdessen seine Krawatte zurecht und öffnete die Tür zum Nebenraum.

»Frau ten Berg? Wir sind dann soweit, wenn ich bitten darf ...«

Tabori wusste nicht, mit wem oder was er eigentlich gerechnet hatte, ganz sicher aber nicht mit einer Frau, die vom ersten Moment an eine solche natürliche Offenheit ausstrahlte, dass er fast das Gefühl hatte, sie würden sich längst kennen. Lepcke schien es ähnlich zu gehen, als Heinisch sie vorstellte, wirkte er fast schon zu bemüht, sich der Staatsanwältin gegenüber ebenfalls ohne Vorbehalte zu zeigen.

Tabori schätzte Gudrun ten Berg auf vielleicht Anfang Vierzig, ungefähr im gleichen Alter wie Lepcke. Sie war groß, mindestens so groß wie Tabori selbst, und hatte auffällig breite Schultern, die durch die Motorradjacke, die sie trug, noch betont wurden. Eine Schwimmerin, dachte Tabori unwillkürlich, und die Motorradjacke ist echt, auch wenn sie ganz sicher nicht zu den modischen Stiefeletten und dem ein wenig zu kurzen Rock über der schwarzen, mit einem Blumenmuster durchbrochenen Strumpfhose passt.

Ihr Mund war ein bisschen zu groß, die dunklen Haare fielen ihr in Locken bis weit über die Schultern, als sie die wilde Mähne mit einer flüchtigen Handbewegung zurückwarf, gab sie den Blick auf eine Tätowierung frei, eine Art keltisches Schlangenmuster, das sich an ihrem Hals emporwand. Sie trug keinen Ehering. Aber es waren vor allem ihre Augen, die Tabori fesselten. Er konnte sich nicht erinnern, jemals ein so durchdringendes Grün gesehen zu haben ...

»Na, habe ich euch zu viel versprochen?«, grinste Heinisch zufrieden. »Das ist also meine kleine Cousine aus Ostfriesland! Wer hätte von der frechen Göre aus dem Kuhstall jemals gedacht, dass aus ihr mal eine echte Staatsanwältin wird, was?«

Tabori sah, wie sich eine leichte Röte auf dem Hals der Staatsanwältin ausbreitete. Aber ihre Stimme blieb vollkommen gelassen, als sie erwiderte: »Wir hatten Schafe, keine Kühe. Aber du warst ja auch nur einmal da, und wenn ich mich richtig erinnere, bist du doch gleich am ersten Tag kopfüber in die Jauchegrube gefallen, richtig? Ich weiß noch, wie der Nachbar gerufen hat: Minschenskind, Lüüd, kiek maal, ick glöbe, de lütt Schietbüddel wüllt graad sein Freeswemmer maken!«

Lepcke lachte laut los. Auch Tabori hatte Mühe, ein Grinsen zu unterdrücken. Gudrun ten Berg ist also die Cousine von Heinisch, dachte Tabori, aber der kurze Schlagabtausch hatte deutlich gezeigt, dass es mit der verwandtschaftlichen Zuneigung nicht allzu weit her sein konnte, zumindest was die Staatsanwältin anging. Blieb die Frage, warum Heinisch dennoch seine Beziehungen hatte spielen lassen, um sie zu der Ermittlung dazu zu holen. Und warum die Staatsanwältin selbst das überhaupt wollte ...

Die zweite Frage wurde gleich darauf beantwortet, als Gudrun ten Berg sich direkt an Tabori und Lepcke wandte und sagte: »Ich muss mich bei Ihnen entschuldigen, ich weiß, dass ich natürlich nichts in Ihrem Team zu suchen habe, so lange es noch nicht mal eine Anzeige, geschweige denn einen Tatverdächtigen gibt. Und mir ist vollkommen klar, dass Ihnen das merkwürdig vorkommen muss, aber ich will ganz offen sein. Ich habe meinen Cousin darum gebeten, das irgendwie möglich zu machen. Ich habe noch Urlaub, bevor ich hier am Gericht anfange, wohne aber schon hier und denke, dass wir früher oder später ja ohnehin miteinander zu tun haben werden – also könnte ich doch vielleicht die Gelegenheit nutzen und mich damit vertraut machen, wie Sie bei einer solchen Ermittlung vorgehen. Und als kleinen Nebeneffekt würde ich dabei auch die Stadt noch ein bisschen besser kennenlernen! Das ist eigentlich schon alles, und ich werde mir Mühe geben, Ihnen nicht im Weg zu stehen, tun Sie einfach so, als wäre ich ... gar nicht wirklich da oder so.«

»Schwer vorstellbar«, platzte Lepcke raus, um gleich darauf entschuldigend hinzuzusetzen: »Nein, nein, schon gut, kein Ding. Versuchen wir es.«

Tabori schüttelte unwillkürlich mit dem Kopf. Die Staatsanwältin lügt, dachte er, es geht um etwas anderes. Die harmloseste Erklärung, die ihm einfiel, war, dass Heinisch sie kontrollieren wollte und ihnen einen Maulwurf ins Team gesetzt hatte, aber irgendetwas passte nicht ...

»Deal!«, erinnerte Heinisch aus dem Hintergrund, als könnte er Taboris Gedanken lesen.

»Versuchen wir es«, sagte Tabori. »Ich kann allerdings nicht versprechen, dass wir Ihnen wirklich etwas bieten können, was in ... Aurich nicht ganz genauso ablaufen würde. Aber solange Sie uns einfach unsere Arbeit machen lassen, sollten wir auch keine Probleme miteinander bekommen.«

Die Staatsanwältin nickte. »Das reicht mir schon, danke.«

Das Telefon auf Gallus Schreibtisch klingelte zeitgleich mit Taboris Handy. Genau zwei Klingeltöne später meldete sich auch Lepckes Handy.

Beim ersten Mal hat er noch Mühe gehabt, eine plausible Erklärung dafür zu finden, dass er jemanden einfach so anspricht.

Er hat gestottert und ist rot geworden, hat immer wieder über die Schulter geblickt und verzweifelt versucht, seine schweißnassen Hände zu verbergen. Bis der junge Mann von sich aus den ersten Schritt gemacht hat. Und sie zunächst in der kleinen Kneipe zwischen den beiden hinteren Ausgängen ein Bier getrunken haben, bevor sie in stillschweigendem Einverständnis aufgebrochen sind.

Beim zweiten Mal war er schon direkter. Er hat ganz offen gefragt, ob er dem Jungen ein Bier ausgeben dürfte, war dann allerdings irritiert, dass sich alles Weitere nicht von alleine ergab, sondern sie plötzlich über Geld verhandelten!

Aber auch Haarmann hat ja bezahlt, wenn auch nicht mit Geld, so doch mit warmer Kleidung oder ... etwas zu essen. Es war also völlig in Ordnung, dass der Junge für die vermeintlichen Dienste, die er liefern sollte, auch eine Gegenleistung erwartet hat. Es war nur nicht angenehm, fast schon beschämend, dass er offensichtlich dachte, er würde auf diese Art von ... Vergnügungen stehen. Dass es ihm um nichts anderes gehen würde als irgendwelchen verklemmten Spießern, die doch so gar nichts mit ihm gemein haben.

Was er jetzt allerdings von dem jungen Mann halten soll, dem er nun schon das zweite Bier bezahlt, ist ihm immer weniger klar, je länger sie in der Ecke an dem klebrigen Plastiktisch hocken. Der Junge hat erzählt, dass er aus Ostfriesland kommt, aus irgendeinem Nest. In dem einer wie er ganz sicher kein leichtes Leben hat. Aber der Bengel macht den Eindruck, dass er noch ganz andere Probleme hat – und er reagiert in keiner Weise auf seine zunehmend deutlicher werdenden Anspielungen. Stattdessen erzählt er ihm jetzt auch noch einen Ostfriesenwitz!

»Was machen die Ostfriesen bei Ebbe? – Sie verkaufen Land an die Bayern!«

Er bemüht sich, möglichst unverkrampft mitzulachen, obwohl er immer mehr den Eindruck hat, dass hier gerade etwas gewaltig schiefläuft.

Aber als das Jüngelchen dann auf die Toilette verschwindet, ist er sich doch wieder sicher, dass er sich nicht geirrt hat. Wenn ihn die Situation auch vor ein neues Problem stellt – die Toilette ist ganz sicher nicht der Ort, zu dem er den Jungen locken wollte.

Er muss eine Möglichkeit finden, ihn davon zu überzeugen, dass das Risiko, hier entdeckt zu werden, zu groß ist, dass sie sich besser einen anderen Platz suchen sollen, dass es bei ihm zu Hause in der Wohnung sicherer für sie beide ist.

Erst jetzt fällt ihm auf, dass der Bengel die ganze Zeit über seinen Rucksack nicht abgesetzt hat.

Als er aufsteht, um ihm zur Toilette zu folgen, wirft ihm die Bedienung einen skeptischen Blick zu.

»Ich muss eben nur noch mal schnell …« Er nickt zur Toilettentür hinüber. »Aber ich kann auch gleich zahlen, ich will dann sowieso gehen.«

Sein iPhone steckt noch in der Innentasche des Jacketts, aber sein Portemonnaie ist weg. Er kann sich nicht erinnern, dass der kleine Stricher ihn berührt hat … doch! Als sie zusammen zur Tür hereingekommen sind, da hat er sich kurz neben ihn gedrängt und ihn angerempelt, um sich gleich darauf zu entschuldigen und ihm dann doch den Vortritt zu lassen.

Er bezahlt mit einem Zwanzig-Euro-Schein, den er immer als Notgroschen in der Brieftasche mit seinen Papieren hat. Und schon als er die Tür öffnet, weiß er, dass die Toilette leer sein wird. Ein Fenster gibt es nicht. Aber von dem muffigen Vorraum geht der Notausgang zur Straße ab.

Er merkt, wie ihm vor Wut fast übel wird. Er wird ihn sich schnappen, schwört er sich. Irgendwo wird er ihn früher oder später erwischen, wenn er im Gedränge auf der Suche nach einem neuen Opfer ist. Er wird ihn mühelos erkennen können, selbst wenn er eher unscheinbar gewirkt hat. Aber so viele Typen in seinem Alter gibt es nicht, die ausgerechnet ein T-Shirt mit dem aufgedruckten Bild von zwei Cowboys tragen. Und diesmal wird er sich nicht verarschen lassen.

Montag, 28. September. 11.05 Uhr.

Schon als Tabori das Gespräch annahm, hatte er jeden Gedanken an Heinisch und irgendwelche heimlichen Machenschaften erfolgreich verdrängt. Er hatte einen Fall zu lösen – und die Nachricht, die er gerade bekam, bedeutete, dass sie keine Zeit mehr zu verlieren hatten. Der Täter hatte ihnen ein neues Puzzleteil hingeworfen, davon war Tabori bereits nach den ersten Sätzen der Kollegin aus der Leitstelle überzeugt.

»Wir sind schon auf dem Weg«, sagte er nur und unterbrach die Verbindung.

Auch Lepcke schob sein Handy zurück in die Tasche und nickte Tabori zu.

»Was ist los?«, wollte Heinisch wissen. »Würde mich vielleicht auch mal jemand informieren?«

»Gleich«, beschied ihm Gallus, während er noch den Hörer in der Hand hielt und die Sprechmuschel abdeckte. »Sie sind dran, meine Herren, ich verlasse mich auf Sie.«

Die Staatsanwältin machte keinerlei Anstalten, um eine Erklärung zu bitten, sondern folgte Tabori und Lepcke wie selbstverständlich auf den Gang hinaus und durchs Treppenhaus zum Parkplatz. Lepcke hielt ihr die hintere Tür des Passats auf. Nachdem sie eingestiegen war, zog er Tabori ein Stück zur Seite: »Können wir ihr wirklich trauen? Irgendwas läuft doch hier, oder? Was hat das überhaupt zu bedeuten, dass Heinisch da schon wieder ...«

»Ich weiß es genauso wenig wie du«, antwortete Tabori leise. »Und nein, wir können ihr nicht trauen«, setzte er mit einem Blick auf Gudrun ten Berg hinzu, die scheinbar unbeteiligt auf der Rückbank saß und demonstrativ auf die Kopfstütze vor sich starrte. »Aber im Moment spielt das keine Rolle, lass uns unsere Arbeit machen, nur darum geht es. – Du fährst!«

Tabori griff nach dem Blaulicht und setzte es aufs Dach, während Lepcke bereits mit quietschenden Reifen wendete und rechts auf die Waterloostraße bog. Und gleich noch mal rechts in Richtung Aegi.

»Mit einem Boot wären wir schneller da«, quetschte er zwischen den Zähnen hervor. »Der Fundort muss doch genau gegenüber der Rückseite des Präsidiums sein, oder? – Aber Leine, das passt!«, redete er gleich darauf weiter und warf einen Blick in den Rückspiegel. »Haarmann hat die Reste seiner Opfer in der Leine entsorgt, das meine ich«, erklärte er der Staatsanwältin und zwang den Passat schlingernd in die Einmündung vom Friedrichswall in die Culemannstraße. »Lorettas Biergarten«, sagte er kopfschüttelnd zu Tabori, »haben wir nicht gestern erst noch darüber geredet, dass der Wirt von der Kneipe, in der wir waren, da früher gekocht hat?«

Fast mit den gleichen Worten begrüßte sie Sommerfeld, kaum dass sie den Wagen quer auf dem Radweg geparkt und die paar Meter zur Terrasse am Flussufer gelaufen waren. Die uniformierten Kollegen waren noch dabei, das Gelände abzusperren und neugierige Spaziergänger zurückzuhalten.

Sommerfeld lehnte am Geländer und beobachtete, wie ein paar Meter weiter zwei Beamte einen blauen Plastiksack auf die Böschung zogen, der sich in den tiefhängenden Zweigen einer Weide verfangen hatte. Am oberen Rand war der Sack aufgerissen, der Arm und die Hand, die herausragten, waren bleich und aufgedunsen und wirkten wie zum letzten Hilferuf eines Ertrinkenden ausgestreckt.

»Und dabei haben wir gestern noch darüber geredet, dass der Wirt aus dem XS All Areas früher hier gekocht hat«, sagte Sommerfeld, bevor er ihnen die Hand hinstreckte. »Ihr kommt spät. Wie war euer Gespräch, steht das Team?«

»Ja«, antwortete Tabori, »und du bist dabei. Aber wieso bist du überhaupt schon hier?«

»Zufall. Als die Meldung reinkam, habe ich mir meinen Koffer geschnappt und bin gleich mit den Kollegen mitgefahren.« Er tippte sich an die Nase. »Und so wie es aussieht, habe ich mich ja wohl auch nicht getäuscht. Obwohl ich jetzt eher mit einer Hand ohne Mittelfinger gerechnet hätte, aber wollen wir erst mal sehen, was sonst noch so in dem Sack ist.«

»Okay!«, rief einer der Beamten vom Uferrand zu ihnen herüber. »Sie können jetzt kommen, der Fund gehört Ihnen.«

Sommerfeld streifte sich die Handschuhe über und griff nach seinem Koffer. Mit einer flüchtigen Kopfbewegung deutete er zu dem großen Gartengrill hinüber. Eine junge Frau in einem enganliegenden Trikot saß vornübergebeugt auf der Bank neben dem Grill, eine uniformierte Beamtin hatte ihr die Hand auf den Arm gelegt und redete beruhigend auf sie ein.

»Das ist übrigens die junge Dame, die den Fund gemeldet hat. Eine Ruderin, die hier jeden Tag trainiert, ihr Boot haben die Kollegen ein Stück weiter vorne aufs Ufers gezogen, da ist sie wohl auch über den Sack geschrubbt, der dann bis zu der Weide da weitergetrieben ist. Vielleicht will ja einer von euch schon mal mit ihr reden, während ich meine Arbeit mache. – Stopp!«, rief er gleich darauf laut in Richtung Wiese. »He, Sie, was soll das? Kommen Sie zurück, das ist ein Tatort!«

»So was war ja zu erwarten gewesen«, fluchte Lepcke, während er über die Terrassenmauer flankte, um die Staatsanwältin aufzuhalten. »Frau ten Berg, bitte, ja, gehen Sie da weg ...«

»Gehört die Rockerbraut etwa zu euch?«, frage Sommerfeld irritiert.

»Die Rockerbraut ist eine Staatsanwältin«, antwortete Tabori. »Ich erklär's dir später.«

Schimpfend machte sich Sommerfeld auf den Weg. Tabori sah, dass Lepcke ganz offensichtlich Mühe hatte, Gudrun ten Berg von dem Plastiksack wegzubekommen, erst als er sie kurzerhand am Ellbogen packte, folgte sie ihm unwillig.

»Was sollte das?«, blaffte Tabori. »Hatten wir uns nicht darauf geeinigt, dass Sie sich im Hintergrund halten? Sie können nicht einfach ...«

»Es tut mir leid. Soll nicht wieder vorkommen.«

Sie fummelte ein Päckchen Zigarillos aus der Jacke, ihre Hände zitterten, als sie ihr Zippo aufflammen ließ.

»Ist das das erste Mal, dass Sie ...?«, setzte Lepcke an, brach dann aber mitten im Satz ab und sagte zu Tabori: »Reden wir kurz mit der Ruderin, solange Sommerfeld sich den Sack vornimmt?«

Tabori nickte.

Gleichzeitig sagte die Staatsanwältin: »Nur zu Ihrer Information: Nein, es ist nicht meine erste Leiche, aber ... die erste, die zerstückelt ist, verstehen Sie?«

Sie zog hastig an ihrem Zigarillo, um es gleich darauf fallen zu lassen und im Kies auszutreten.

Die Ruderin war erstaunlich gefasst, als sie zu ihr traten. Jung, dachte Tabori, wahrscheinlich eine Sportstudentin. Er konnte nicht sagen, warum ihm bei ihrem Anblick gleichzeitig die Attribute ehrgeizig, zuverlässig, gewissenhaft durch den Kopf schossen, war sich aber sicher, dass er recht hatte.

Er stellte sich und Lepcke vor, die Staatsanwältin bezeichnete er als »eine Kollegin, die uns begleitet«, ohne ihren Titel oder Namen zu nennen.

»Klara Leibold«, erwiderte die junge Frau. »Ich habe den Sack gefunden und die Polizei gerufen.«

Sie hielt ihr Handy hoch, als brauchte sie einen Beweis für ihre Aussage.

»Können wir Ihnen einen Kaffee holen oder ... ein Mineralwasser?«, fragte Tabori.

»Das Lorettas hat noch zu, die öffnen erst um 17 Uhr«, warf die Beamtin ein, die sich um Klara Leibold gekümmert hatte.

»Dann lassen Sie sich was einfallen«, entgegnete Tabori und nickte mit dem Kopf in Richtung Innenstadt. »Markthalle zum Beispiel. Oder Neues Rathaus, da ist ein Café im Gartensaal.«

»Soll das heißen, dass ich jetzt ...?«

»Es ist schon gut«, winkte Klara Leibold ab, »ich brauche nichts, wirklich nicht, danke.«

Nach kurzem Zögern verzichtete Tabori darauf, auf einem Kaffee für sich selbst zu bestehen, obwohl es ihm schwerfiel.

»Dann erzählen Sie bitte mal kurz, was genau passiert ist. Sie sind mit dem Ruderboot unterwegs gewesen ...«

»Mit dem Einer, ja. Ich habe gerade Abitur gemacht und ...

Rudern ist mein Hobby! Ich bin oft zur ersten Trainingseinheit morgens möglichst früh alleine unterwegs. Richtig trainieren kann man eigentlich nur auf dem Maschsee oder der Ihme, Mittellandkanal geht auch noch, aber heute war ich ein bisschen später dran als sonst, und irgendwie hatte ich Lust, ein Stück auf der Leine zu fahren. Nur so, zur Abwechslung und weil es wirklich schön ist, so unter den Bäumen dahinzugleiten. Ich habe sogar extra Kinderskulls genommen, weil die nicht so lang sind, also kürzere Ruder, meine ich.« Sie wies zum Fluss hinunter. »Wirklich schön«, wiederholte sie, »als wäre man plötzlich weit weg von der Großstadt.«

»Gut, Sie waren heute ausnahmsweise auf der Leine unterwegs«, hakte Lepcke leicht ungeduldig ein. »Und dann?«

Aber Klara Leibold ließ sich nicht so ohne Weiteres aus ihrem eigenen Erzähltempo bringen. Penibel, ergänzte Tabori im Kopf die Liste der Attribute, die er ihr zugeordnet hatte. Aber sie will sich nicht wichtig machen, sie versucht nur, ein klares Bild der Situation zu zeichnen. Nicht nur für uns, auch für sich ...

In kurzen Sätzen schilderte sie noch einmal das Gefühl, alleine auf dem träge dahinströmenden Fluss unterwegs zu sein. Und gerade unter den bis ins Wasser hängenden Zweigen passierte es öfter, dass die Fahrt von einem durchs ganze Boot gehenden Ruck unterbrochen wurde, »das klingt wie so ein dumpfes ›Tock‹, wenn man mit Treibgut kollidiert«, beschrieb sie ihre Erfahrungen. »Genauso war es auch vorhin, und mein erster Gedanke war, dass ich einen großen Ast erwischt hätte, der dicht unter der Wasseroberfläche trieb. Bierflaschen machen ein anderes Geräusch, und der Ruck ist nicht so stark, das konnte es also nicht sein. Und dann tauchte dieser Sack hinter meinem Boot auf, ich muss der Länge nach drüber gefahren sein! Ein Müllsack, schon klar, aber irgendwas kam mir komisch vor, also habe ich beigedreht und versucht, den Sack mit meinem Ruderblatt zu mir zu ziehen. Dabei ist er ein Stück eingerissen und dann ... Ich will Medizin studieren«, setzte sie fast flüsternd hinzu. »Ich mache gerade ein Praktikum im Krankenhaus in Lehrte, und ich weiß, wie eine Leiche aussieht. – Ist es eine Frau oder ein Mann?«

Zum ersten Mal sah Tabori jetzt so etwas wie Entsetzen in ihrem Blick.

»Wir wissen es noch nicht«, antwortete er. »Im Moment möchte ich Sie erst mal bitten, dass Sie der Kollegin Ihre Personalien angeben, und dann bringt Sie jemand mit dem Streifenwagen nach Hause …«

»Ich wohne in Sehnde. Und das Boot …«

»Die Kollegen kümmern sich darum«, beruhigte Tabori sie. »Und Sie bekommen auch die Telefonnummer einer Psychologin von uns, falls Sie Hilfe brauchen. Ich würde es Ihnen unbedingt empfehlen, sich da zu melden, das Ganze ist ein Schock für Sie, das werden Sie nicht einfach so abtun können.«

»Ein letzte Frage«, sagte Lepcke. »Wir wissen noch nicht, wie lange der Sack im Wasser gelegen hat, aber gesetzt den Fall, dass er erst heute Morgen in den Fluss geworfen wurde – ist Ihnen irgendjemand aufgefallen? Jemand, der vielleicht am Ufer stand, als Sie vorbeikamen, oder ein Auto, das gerade wegfuhr, irgendwas …?«

Die junge Ruderin schüttelte nur den Kopf und strich sich mit der Hand müde durch die kurzen blonden Haare.

Tabori reichte ihr seine Karte.

»Passen Sie auf sich auf. Und wenn Ihnen noch etwas einfällt, können Sie mich jederzeit erreichen.«

»Ich weiß nicht, ob ich irgendwann noch mal in ein Boot steigen werde …«

»Doch, das werden Sie. Ganz bestimmt sogar.«

Tabori drehte sich zu der uniformierten Beamtin.

»Sie kümmern sich um alles Weitere, ja?«

Sommerfelds Stimme klang unnatürlich laut, als er von der Böschung zu ihnen herüber rief: »So. Ich bin soweit. Wenn ihr dann bitte mal kommen würdet!«

Der Plastiksack lag aufgeschnitten auf dem kurzgemähten Rasen der Wiese. Sommerfeld hatte den grausigen Inhalt daneben ausgebreitet und bereits nach irgendeinem nur ihm verständlichen Muster angeordnet.

»Kein weiterer Kopf«, fasste er zusammen, »aber das seht ihr ja selber. Dafür den Arm mit der Hand, eine zweite Hand, die direkt am Gelenk abgetrennt wurde, und zwar genauso wie der Arm eher stümperhaft, als hätte jemand ein nicht allzu scharfes Beil benutzt, genauer kann ich das noch nicht sagen. Weiter! Ein vollständiges Bein mit Fuß sowie ein weiterer einzelner Fuß, der allerdings ebenso wie der am Bein ein rechter Fuß ist und auch deutlich größer als der andere, wir reden also schon mal von mindestens zwei Opfern ...«

Aus den Augenwinkeln sah Tabori, wie die Staatsanwältin sich plötzlich vorbeugte und sich gleich darauf übergab. Lepcke reichte ihr ein Taschentuch und trat schnell zur Seite, ehe der nächste Schwall kam.

»Wenn wir uns dann vielleicht mal wieder auf die Sache konzentrieren könnten«, knurrte Sommerfeld deutlich genervt. »Mindestens zwei Opfer, wie schon gesagt, allerdings sind die Extremitäten unvollständig, es fehlen der zweite Arm und das zweite Bein von Opfer Nummer Eins, und wenn ich das richtig einschätze, haben wir von Opfer Nummer Zwei nur diesen einzelnen Fuß, es sei denn ...« Er bückte sich und hielt einen abgeschnittenen Finger hoch, der als Letztes in der Reihe der Leichenteile gelegen hatte. »Wieder ein Mittelfinger, der an keiner der vorhandenen Hände fehlt und mir ganz gut zu dem Finger auf deiner Pizza zu passen scheint, nur eben von der anderen Hand.«

Tabori hörte, wie sich die Staatsanwältin erneut übergab. Eine Ente kam von der Böschung heraufgewatschelt, hinter ihr folgten in langer Reihe die Küken, der Erpel bildete das schnatternde Schlusslicht.

Für einen kurzen Moment verschwand die Sonne hinter einer Wolke, mit einem Schlag schien alles Licht zwischen den Bäumen ausgelöscht zu sein. Fröstelnd zog Tabori die Schultern hoch. Die Entenfamilie marschierte ungerührt an den Leichenteilen vorüber und weiter in Richtung Straße.

Er hat sich eines der Fahrräder ausgeborgt, die immer in der Tordurchfahrt stehen. Mit einem selbstgebauten Anhänger, der exakt die richtige Größe für die beiden Säcke hat. Mit einem Fahrrad wird er kaum auffallen, hat er noch gedacht. Und die Ökos, denen das Rad gehört, werden gar nicht merken, dass er es sich geliehen hat. Aber selbst wenn, kann er immer noch behaupten, dass er etwas transportieren musste, wozu er einen Anhänger brauchte. Für die Ökos ist nur wichtig, dass er kein Auto genommen hat. Wahrscheinlich würden sie ihn für sein Umweltbewusstsein sogar noch feiern!

Er ist über die Brücke und dann weiter am Ihmeufer entlanggefahren. Schon da ist ihm aufgefallen, wie viele Leute abends noch unterwegs sind. Finstere Gestalten, die sich eilig in die Büsche drückten, wenn er vorbeikam. Jugendliche, deren Gesichter er unter den Kapuzen kaum erkennen konnte. Mehrmals musste er auf die Wiese ausweichen, weil sie gar nicht daran dachten, ihm Platz zu machen. Knutschende Pärchen, die auf den Bänken hockten und sich befummelten. Ein Betrunkener, der laut grölend davon sang, dass die Freiheit über den Wolken wohl grenzenlos sein musste.

Und vor allem Hundebesitzer, die ihren Abendspaziergang machten. Die Hunde sind ein Problem gewesen, mit dem er nicht gerechnet hat. Selbst so kleine Kläffer, die zu kaum mehr in der Lage waren, als ihr stinkendes Geschäft am Wegrand zu verrichten, zerrten aufgeregt an ihren Leinen. Als sich ein krummbeiniger Kampfhund mit der Nase dicht am Boden auf seine Spur heftete, war er froh über die Ratte, die plötzlich direkt vor ihm den Weg kreuzte. Geifernd wechselte der Hund die Richtung und nahm die Verfolgung auf.

Beim Friederikenstift hat er unwillkürlich die Zähne aufeinander gebissen. Fast schien es ihm, als ob alleine der Anblick des Krankenhauses reichen würde, um die Wunde an seiner linken Hand wieder so sehr schmerzen zu lassen, dass ihm schwindlig wurde. Das dumme Missgeschick hätte ihm nie passieren dürfen. Auch wenn es sich letztlich in seinen Plan gefügt hat! Als wäre es vorherbestimmt gewesen. Als hätte eine höhere Macht es so gewollt.

Dennoch fürchtet er jeden Morgen aufs Neue, wenn er den Verband abwickelt, dass die pochende Wunde sich entzündet hat – und er nicht länger vermeiden kann, zu einem Arzt zu gehen. Oder eben in die Unfallklinik.

Mit dem Gedanken an den ärgerlichen Zwischenfall kommen auch die anderen Erinnerungen wieder, der Ekel, den er empfunden hat, der Widerwillen vor dem, was er dennoch tun musste. Er hat sich verschätzt. Es ist alles viel schwieriger, als er es sich jemals hat vorstellen können.

Nach der Nacht in der vergangenen Woche schien es noch ohne größere Probleme machbar, zweifellos unangenehm, aber verglichen mit dem, was dann später folgte, doch eine fast saubere Sache. Ein einziger, glatter Schnitt, ohne jede Kraftanstrengung, ohne spürbaren Widerstand. Und vor allem ohne dieses hilflose Gefühl, immer wieder zu scheitern an den Muskelsträngen und Sehnen, an den wie pralle Schläuche wirkenden Adern, an jedem verdammten Knochen, an dem das Messer wegrutscht, die Säge sich festfrisst, das alberne Beil nur Kerben hinterlässt.

Aber es ist nicht nur das falsche Werkzeug gewesen, das ihn wütend gemacht hat, sondern seine eigene Ungeschicklichkeit. Seine zwei linken Hände, wegen denen schon der Vater ihn als »Mädchen« beschimpft hat. Und die Lehrer zur Belustigung seiner Mitschüler die Augen zum Himmel verdreht haben, solange er sich zurückerinnern kann. Als wollten sie den Herrgott persönlich anflehen, sie von so viel Unfähigkeit zu erlösen.

Am schlimmsten aber ist dabei, sich eingestehen zu müssen, dass es sehr wohl etwas gibt, was ihm für immer völlig fremd an Haarmann bleiben wird. Die Fähigkeit, einen Körper in seine Einzelteile zu zerlegen, ohne sich auch nur einen einzigen Gedanken darüber zu machen, dass er gerade einen Menschen ... abgeschlachtet hat. Nur so kann es gewesen sein, auch wenn das nicht in seine Theorie über Haarmanns Persönlichkeit passt.

Als er den Fahrradladen auf der Calenberger Straße passiert hat, schloss gerade ein Mann mit einer eckigen Designerbrille die Tür ab. Der Typ hat ihm zugewinkt wie einem Gleichgesinnten, wahrscheinlich in der Hoffnung, auf diese Weise einen neuen Kunden gewinnen zu können. Die durchweg hippen Läden, die sich überall breitmachen, schrecken vor keiner noch so billigen Masche zurück, um Leute anzulocken, hat er gedacht. Und dann nennen sie ihren Laden auch noch »Rad-Kultur«, als ob Fahrräder irgendetwas mit Kultur zu tun hätten!

Wie schon so oft in letzter Zeit hat er augenblicklich das Gefühl gehabt, dass er der Situation nicht gewachsen ist. Dass er etwas falsch versteht. Oder dass er gerade gewaltig verarscht wird. Schnell hat er den Kopf abgewendet.

Links ging es in die Rote Reihe, Haarmann hat in Haus Nummer 2 gewohnt, nicht in Nummer 8, wie es wegen des Reims im Lied heißt. Ärmlich ist es dort gewesen, menschenunwürdig. Die Treppenstufen ausgetreten, die Kammern mehr Verschläge als Zimmer, der Geruch nach Moder und Elend allgegenwärtig.

Bei Haarmann hat es ein gemauertes Fach in der Wand gegeben, in dem er die getöteten Opfer oder Teile von ihnen manchmal für Tage aufbewahrte, bevor er sie verarbeitete. Und einen Gasofen, in dem er die Stücke verbrannte, die sich nicht verwenden ließen. Öfter hat er dafür auch den Abort auf dem Hof benutzt, bis die Vermieterin ihn mit dem vollen Eimer erwischt und gedroht hat, ihn anzuzeigen, wenn er weiter seine Abfälle in das stinkende Klosett kippen würde. Weshalb ihm dann gar nichts anderes mehr übrig blieb, als sich mit einem Sack auf den Weg zu machen und die Knochen und Schädel in der Leine zu versenken.

Und genau wie heute hat auch damals das arbeitslose junge Volk auf der Brücke herumgelungert. Lebensgierig und geil. Und jederzeit bereit, die bittere Lehre, die sie schon früh haben lernen müssen, in die Tat umzusetzen. Es gibt nur sie, sie halten sich für den Mittelpunkt ihrer kleinen, engstirnigen Welt, und jeder andere wird als Eindringling betrachtet. Als Feind, den man nicht nur ohne jeden Skrupel abziehen, sondern auch zusammenschlagen und dann liegen lassen darf, ohne ihn mehr zu beachten als eine Taube, die mit verdrehtem Kopf im Rinnstein verendet ist.

Wütend hat er vom Ufer aus beobachtet, wie sie auf der gegenüberliegenden Seite mit ihren Spraydosen die historische Mauer verschandelten, verworrene Schriftzüge, die ihm ebenso wenig verständlich waren wie die Wortfetzen, die über den Fluss zu ihm herüberhallten.

Am liebsten hätte er sie zur Rede gestellt, sie angebrüllt, sie vielleicht sogar geohrfeigt, wie man es mit ungezogenen Kindern tut. Nur einmal wollte er den Schrecken in ihren Augen sehen, wenn er plötzlich aus dem Schatten sprang. Vielleicht würde er sie sogar mit einer strengen Verwarnung davonkommen lassen. Nicht immer, manchmal nur. Er kann sehr wohl einen Unterschied machen …

Aber er hat Angst vor ihnen gehabt. Und das hat ihn geärgert. Obwohl er gewusst hat, dass er recht hatte: Er musste vorsichtig sein, im Moment mehr denn je zuvor.

Eigentlich hat er vorgehabt, den Sack genau dort, am Flohmarkt abzuladen. Aber das war nun unmöglich geworden, er konnte froh sein, dass sie bislang noch nicht auf ihn aufmerksam geworden waren. Und vielleicht war der andere Platz, der ihm gleich darauf als Alternative in den Kopf gekommen ist, ohnehin viel besser geeignet. Mit dem Polizeipräsidium in Sichtweite, wo sie sich damals wie heute einbildeten, eine Ordnung aufrecht erhalten zu können, die mit der Realität nichts gemein hat. Aber für die sie auch nicht davor zurückschrecken, Geständnisse zu erpressen, auch daran hat sich nichts geändert, seit sie Haarmann damals in der präparierten Haftzelle angekettet haben. Mit den Totenschädeln hoch oben unter der Decke, die leeren Augenhöhlen mit rotem Papier ausgekleidet und von hinten beleuchtet. Und mit dem Sack voll stinkender Gebeine, gerade so weit vor ihm aufgestellt, dass die Reichweite der Kette ihn nicht herankommen lässt. Mit der Tag und Nacht von unsichtbaren Stimmen hervorgebrachten Drohung, dass die Seelen der Ermordeten ihn holen würden, wenn er nicht geständig wäre …

Es würde ihnen nur recht geschehen, wenn die Leichenteile direkt vor ihren Fenstern vorübertrieben. Wenn sie langsam begreifen mussten, dass nicht sie es sind, die die Fäden in der Hand halten.

Den zweiten Sack zu deponieren, wird schwieriger werden. Aber es ist machbar. Er kennt das Gelände und hat sich jeden Schritt bereits im Voraus überlegt. Er ist jetzt froh, dass er noch rechtzeitig die Idee gehabt hat, den Inhalt der Säcke sorgfältig trennen. Das ist wichtig, wegen des Effekts! Es ist immer der dritte Akt, der eine dramatische Steigerung verlangt.

Montag, 28. September. 16.15 Uhr.

Tabori hatte belegte Brötchen zur Lagebesprechung mitgebracht. Lepcke lehnte wieder wortlos und mit verschränkten Armen am Türrahmen, Sommerfeld arbeitete sich noch durch den neuen Bericht, den Bohnenkamp bereits entgegen seiner sonstigen Gewohnheit ohne jedes Murren geliefert hatte. Laut Sommerfeld war er dann allerdings gleich darauf mit starken Kopfschmerzen und Schüttelfrost nach Hause gefahren.

»Grippe«, hatte Sommerfeld nur kurz kommentiert. »Den sehen wir jedenfalls die nächsten Tage nicht wieder.«

Sein Ton hatte nach deutlicher Genugtuung geklungen, auch Tabori musste sich eingestehen, dass er alles andere als enttäuscht sein würde, wenn Sommerfeld jetzt Bohnenkamps Aufgaben übernahm.

Sommerfeld machte sich mit zusammengezogenen Augenbrauen Notizen in dem noch kaum benutzten Schreibheft, auf dessen Einband mit Filzstift geschrieben stand: *Fritz H.*

Taboris eigenes Notizheft sah dagegen aus, als würde es nur noch von dem roten Gummiring zusammengehalten, den er vorhin in aller Eile aus seiner Schreibtischschublade gefischt hatte. Gudrun ten Berg hatte die Lippen zusammengepresst und war immer noch bleich. Als ihr Blick Tabori begegnete, sah sie schnell weg.

Carlos und Ulrike kamen exakt eine Viertelstunde zu spät, Tabori war sich fast sicher, dass sie mit voller Absicht auf dem Gang oder im Treppenhaus gewartet hatten, um auf alle Fälle zu vermeiden, als zu eifrig oder ganz und gar »autoritätshörig« zu erscheinen.

Allerdings trugen sie beide für ihre Verhältnisse ausgesprochen seriöse Kleidung. Carlos hatte sogar ein Jackett über dem grellroten T-Shirt mit dem aufgedruckten Konterfei von Che Guevara, Ulrike trug zum ersten Mal, seit Tabori sie kannte, keine schwarzen Cargohosen, sondern eine knallenge Jeans, die sie zusammen mit den spitzen Cowboystiefeln und dem weißen Männeroberhemd wie eine Revolverheldin aussehen ließ. Oder wie eine Messerwerferin im Zirkus, dachte Tabori – und musste sich im gleichen Moment eingestehen, dass seine Assoziation wohl vor allem von der Tatsache herrührte, dass die oberen Knöpfe des Hemdes nicht geschlossen waren und den Blick auf zwei wohlgeformte Brustansätze freigaben.

Weder Carlos noch Ulrike entschuldigten sich für ihre Verspätung, stattdessen sagte Ulrike nur mit einem angewiderten Blick auf die eher grauen als weißen Mozzarellascheiben auf den Brötchen: »Die sind nicht von Bosselmann!«

»Du hast doch echt eine Vollmacke!«, reagierte Carlos prompt, als wäre niemand außer ihnen im Raum. »Es gibt ja wohl noch andere Bäckereien, die vernünftige Brötchen machen.«

»Dann sag mir eine«, beharrte Ulrike trotzig. »Aber fang bitte nicht wieder an, mir von diesen Öko-Fuzzis vorzuschwärmen!«

»Erstens, diese Öko-Fuzzis, wie du sie nennst, sind alte Freunde von mir, also pass besser auf, was du sagst. Und zweitens, das Eichhorn's serviert ausschließlich beste Bio-Küche, und alles absolut frisch, vielleicht solltest du es einfach mal ausprobieren!«

»Eichhorn's, wenn ich das schon höre! Und dann womöglich auch noch mit Apostroph! – Wusstest du überhaupt«, setzte sie unvermittelt hinzu, »dass Eichhörnchen sich gar nicht erinnern können, wo sie ihre Vorräte versteckt haben? Sie suchen einfach auf gut Glück, so ist das nämlich!«

Tabori hatte jetzt deutlich das Gefühl, dass die beiden Kollegen gerade eine Show abzogen – und sich im Stillen köstlich amüsierten!

Lepcke räusperte sich. »Apropos Brötchen«, sagte er, »als ich noch an der Podbi gewohnt habe, da bei Vier Grenzen, da gab es in der Hofeinfahrt ...«

»So, wenn ich dann mal um eure Aufmerksamkeit bitten darf«, unterbrach ihn Sommerfeld, als hätte er den kleinen Disput gar nicht mitbekommen. »Also laut Bohnenkamps Bericht haben wir es bei den Leichenteilen aus dem Plastiksack mit zwei verschiedenen Opfern zu tun, wie ich das ja auch bereits angenommen hatte. Die Opfer sind mit roher Gewalt und offensichtlich ohne jegliche medizinischen Kenntnisse zerstückelt worden, aber wenigstens post mortem. Grob laienhaft ausgeführt sozusagen, das lässt sich unter anderem daran erkennen, dass der Oberschenkel eben nicht aus dem Hüftgelenk herausgelöst wurde, wie es am einfachsten gewesen wäre, sondern regelrecht abgehackt. Das gleiche Bild haben wir bei dem abgetrennten Unterschenkel, auch hier hätte jemand mit nur ein bisschen Ahnung den Unterschenkel mit wenigen Schnitten aus dem Kniegelenk gelöst, stattdessen ...« Sommerfeld machte eine resignierte Handbewegung, als wäre die fachliche Inkompetenz des Täters kaum vorstellbar. »Außerdem deuten die Verletzungen der Haut und des Muskelgewebes sowie die Spuren an den Knochen auf mehrere verschiedene Tatwaffen hin, die nacheinander und mit unterschiedlichem Erfolg benutzt wurden ... warte«, unterbrach er seinen Satz, als er sah, dass Tabori einhaken wollte, »kommt gleich! – Also, wir reden vermutlich von einem breiten, einschneidigen Messer, wie es sich in jeder Küche findet, weiterhin von einem nicht besonders scharfen Beil mit einer knapp zehn Zentimeter breiten Klinge, also kein Schlachterbeil, sondern eine kurzstielige Axt zum Holzhacken, eher ein billiges Produkt aus dem nächstbesten Baumarkt, ›made in China‹. Und schließlich haben wir noch eine Säge mit sehr großen Zähnen, womöglich eine Bügelsäge, wie sie jeder Schrebergärtner besitzt, um seine Obstbäume auszuschneiden. Das würde im Übrigen auch zu dem Beil passen, also kurz gesagt, beides Werkzeuge ...«

»... die jeder, der einen Garten besitzt, im Schuppen hat«, brachte Tabori Sommerfelds Satz zu Ende. »Plus ein ganz gewöhnliches Küchenmesser.«

Ulrike meldete sich. Tabori nickte ihr zu.

»Was der Hypothese entspricht, dass der Täter keine medizinischen Kenntnisse besitzt – und wahrscheinlich auch kein Schlachter oder Koch ist, sondern ... mit dem improvisiert hat, was gerade zur Hand war.«

»Schlimmer!«, erklärte Sommerfeld. »Improvisiert würde ja noch die Chance beinhalten, dass da jemand halbwegs wusste, was er tut. Aber unser Mann hat in einem Maße herumgepfuscht, dass man sich ernsthaft fragen muss, ob er wenigstens in der Lage ist, sich seinen Hintern alleine abzuwischen! Entschuldigung«, setzte er mit einem Blick auf die Staatsanwältin hinzu, »aber ist doch so! Wenn ich das richtig einschätze – und Bohnenkamps Untersuchung lässt keine anderen Schlüsse zu –, dann hat er erst mehr oder weniger entschlossen mit dem Messer rumgeschnippelt, also der Täter natürlich, nicht Bohnenkamp, und als er nicht weiterkam, mit dem Beil drauflos gehackt, was aber auch nicht den gewünschten Erfolg gezeigt hat, woraufhin er den Rest dann mit der Baumsäge erledigt hat.« Er schüttelte wieder den Kopf und tippte sich empört an die Stirn. »Eine unglaubliche Pfuscherei ist das, die jeder Heimwerker auch nach einem halben Kasten Bier noch besser hingekriegt hätte, das meinte ich mit der Frage, ob der Typ sich eigentlich den Hintern ...«

»Ist okay«, unterbrach ihn Tabori. »Wir haben kapiert, was du meinst.«

»Weil er nicht genug Kraft hatte vielleicht?«, warf Lepcke ein, um seine Frage gleich darauf zu präzisieren: »Also mit dem Beil, zum Beispiel, könnte es sein, dass er einfach nicht die Kraft hatte, um die Knochen durchzuhacken?«

»Oder vorher noch nie ein Beil in der Hand gehabt hat«, ergänzte Carlos. »Eine Frau vielleicht? – Nein, so meine ich das nicht«, sagte er schnell, als Ulrikes Kopf hochruckte. »Natürlich gibt es Frauen, die genauso gut Holz hacken können wie jeder Mann auch, aber normalerweise tun sie es nicht, sondern der Mann kümmert sich darum, dass genug Feuerholz für den Winter da ist ...«

»Was du alles weißt«, sagte Ulrike spöttisch. »Aber vielleicht hast du in diesem Fall sogar recht«, gab sie dann zu. »Ohne dass ich mein eigenes Geschlecht abwerten will, aber an der Überlegung könnte was dran sein.«

»Einwand!«, ließ sich Sommerfeld vernehmen. »Meine eigene Frau zum Beispiel kann weder Holz hacken noch einen Ast absägen, aber gib ihr ein ordentliches Küchenmesser und sie zerlegt dir jedes Stück Fleisch in Nullkommanichts in handliche Bratenstücke, ohne da vorher mit der Klinge lange kreuz und quer in der Gegend rumzusäbeln!«

Tabori sah, dass die Staatsanwältin sich auf die Unterlippe biss und die Augenbrauen zusammengezogen hatte, als würde sie versuchen, einen vagen Gedanken zu fassen zu bekommen.

»Frau ten Berg?«

Es dauerte einen Moment, bis sie anfing zu sprechen. Und dann war ihre Stimme so leise, dass sie alle Mühe hatten, überhaupt etwas zu verstehen. Aber sie formulierte ihre Überlegungen präzise und ohne zu zögern.

»Egal, ob es ein Mann oder eine Frau war, aber ich glaube, es war jemand, der einen großen Ekel vor dem hatte, was er da tat. Er hat es nur widerwillig gemacht, wie jemand, der etwas tun muss, was er eben gar nicht will. Deshalb war er unentschlossen, deshalb war jeder Schnitt mit dem Messer nur halbherzig, deshalb hat er das Beil nicht mit ganzer Kraft geführt. Und als er die Säge genommen hat, hat er auch nicht hingesehen, sondern den Kopf abgewandt dabei ...«

»Gleich fängt er an, mir leid zu tun!«, sagte Carlos mit deutlichem Unwillen in der Stimme.

Sommerfeld hob die Hand, während er gleichzeitig seine Notizen überflog, bis er gefunden hatte, was er suchte.

»Dazu könnte ein Vermerk von Bohnenkamp passen ... hier, er glaubt, zumindest an einem der Unterschenkel Spuren von Erbrochenem gefunden zu haben! Die im Übrigen nicht mit der DNA des Beines übereinstimmen. – Passt doch. Er hat gekotzt, während er sein Opfer zerlegt hat.« Er schlug unerwartet mit der Faust auf den Tisch. »Mann, Mann, das nenne ich doch mal ein Täterprofil. Wir suchen also einen absolut unfähigen Heimwerker mit Schrebergarten, dem regelmäßig schlecht wird, wenn er sieht, was er da gerade anrichtet. Und ich fürchte, mir wird auch gleich schlecht.«

»Ihre Überlegung ist gut«, wandte sich Tabori an die Staatsanwältin, »danke. – Aber apropos DNA«, sagte er wieder zu Sommerfeld, »hast du da noch mehr? Beziehungsweise hat Bohnenkamp ...«

»Hat er. Keine Übereinstimmung mit Haarmanns Kopf, wenn ich ihn mal so nennen darf. Und auch keine mit der Pizza-Beilage.«

»Drei Opfer bislang also«, fasste Tabori zusammen, »womöglich vier, wenn wir davon ausgehen, dass der Mittelfinger ebenfalls von jemandem stammt, der ermordet worden ist.« Er blickte zu Carlos und Ulrike. »Wie ist es mit den DNA-Abgleichen der beiden anderen vermissten jungen Männer?«

»Bislang noch nichts«, sagte Carlos. »Aber wir sind dran.«

»Und wir haben jemanden gefunden, der beziehungsweise die eventuell den Anrufer auf dem Parkplatz bei dir um die Ecke gesehen hat«, berichtete Ulrike. »Den Typen, der die Pizza bestellt hat. Ziemlich präzise Angaben übrigens!«

Sie tippte auf das Smartphone, das vor ihr auf dem Tisch lag, machte jedoch keine Anstalten, ihre Notizen aufzurufen, sondern referierte aus dem Kopf.

»Eine gewisse Andrea Elert, die als Gerichtsbetreuerin arbeitet und an dem bewussten Abend noch mal zu irgendeinem Notfall gerufen worden ist. Sie wohnt nur ein paar Straßen entfernt von dir, und als sie vorne an der Kreuzung war, hat sie gesehen, dass sie kaum noch Benzin im Tank hatte. Deshalb ist sie geradeaus rüber und wollte dann links über den Parkplatz zur Tankstelle. Dabei ist ihr ein Typ aufgefallen, der zwischen den Grabsteinen hockte, die als Muster vor der Werkstatt der Steinmetzfirma da ausgestellt sind. Scheint mir eine patente Frau zu sein, diese Andrea Elert, die sich auch durchaus einmischt, wenn sie das Gefühl hat, dass irgendwas nicht stimmt. Vielleicht schon von Berufs wegen, was weiß ich, jedenfalls sagt sie, der Typ bei den Grabsteinen hätte ausgesehen, als ob ihm schlecht geworden wäre oder er aus irgendwelchen anderen Gründen Hilfe brauchte. Also hat sie angehalten und ist die paar Meter über die Straße zurückgelaufen, um sich um den Mann zu kümmern.«

»Typischer Fall von Helfersyndrom«, warf Carlos grinsend ein. »Kommt mir irgendwie bekannt vor.«

»Aber ganz sicher besser als die Leute, die schnell woanders hingucken und machen, dass sie weiterkommen, oder?«, erwiderte Ulrike. »Bloß um nicht in etwas hineingezogen zu werden, was vielleicht ein Problem sein könnte! Davon haben wir schon genug, deshalb ...«

»D'accord«, erklärte Lepcke ungeduldig. »Und weiter?«

»Als er gesehen hat, dass sie auf ihn zukommt, ist er aufgesprungen und wollte abhauen, in Richtung Friedhof. Aber wie gesagt, diese Gerichtsbetreuerin scheint sich auch nicht einfach so zufrieden zu geben, so lange sie nicht weiß, was los ist. Sie hat ihm noch hinterhergerufen, ob alles in Ordnung ist oder ob er Hilfe braucht – und tatsächlich hat er sich noch mal umgedreht und sie wohl regelrecht angeschnauzt, dass sie sich gefälligst um ihren eigenen Dreck kümmern sollte oder so was. Ihre Antwort darauf war übrigens nicht schlecht, wollt ihr wissen, was sie gesagt hat? – ›Mein eigener Dreck reicht mir nicht, ich kümmere mich gern auch um Ihren!‹ Gute Reaktion, oder?«

»Kannst du mal zum Punkt kommen?«, forderte Lepcke sie jetzt deutlich genervt auf.

»Wer zu spät kommt, kann auch reden so lange er will«, grinste Carlos, wobei nicht ganz klar war, ob sein Satz als Unterstützung für Ulrike dienen sollte.

Sie nickte ihm dennoch zu und erwiderte sein Grinsen, bevor sie ungerührt weiterredete: »Ist schon okay, der Rest ist sowieso schnell erzählt. Ein Mann um die fünfzig, normal groß, schmale Schultern, kleiner Bauchansatz. Kein Bart, ausgeprägte Stirnglatze, getönte Brille – obwohl es dunkel war! Er hatte einen Parka an und ein Handy in der Hand, außerdem meint die Zeugin, dass er beim Laufen das rechte Bein nachzog. Das war's.«

Für einen kurzen Moment drängte sich Tabori das Bild des Straßenbahnfahrers auf, der den vermeintlichen Haarmann-Kopf gefunden hatte. Die Stirnglatze passte, auch das Alter, nur dass Paust auffällig groß war. Andererseits hatte die Erfahrung gezeigt, dass Zeugenaussagen fast immer von einem persönlichen Hintergrund geprägt waren. Wenn diese Andrea Elert zu Hause einen Mann hatte, der womöglich ebenso groß wie Paust war oder noch größer, würde sie den Mann im Parka als ganz »normal« einschätzen. Dennoch konnte Paust am Samstagabend zur fraglichen Zeit nicht sowohl am Schiffgraben als auch in Lahe gewesen sein, das war unmöglich ...

Die nächste Stunde verbrachten sie damit, die verschiedenen Informationen auf dem Whiteboard, das fast die gesamte Stirnseite des Raumes einnahm, zusammenzutragen und mögliche Verbindungen herzustellen. Außerdem verteilten sie die Aufgaben für den nächsten Tag, obwohl sie alle wussten, dass sie jetzt nicht einfach Feierabend machen würden, sondern jeder für sich weiter versuchen würde, die Anhaltspunkte, die sie hatten, in einen logischen Zusammenhang zu bringen. Sommerfeld würde dabei sicher in seiner Stammkneipe hocken, Carlos und Ulrike würden ihre Computer auf der Suche nach was auch immer durchforsten, Tabori selbst hatte gerade entschieden, über seinen eigenen Schatten zu springen und Lisa nochmals anzurufen – in der Hoffnung, dass er sie vielleicht mit ein paar Informationen über den Fall ködern konnte, sich auf ein längeres Telefonat mit ihm einzulassen. Was Lepcke mit der Staatsanwältin vorhatte, die er gerade zum Essen einlud, wusste er wahrscheinlich selbst noch nicht.

Als sie sich trennten, waren die belegten Brötchen auf dem Teller unangetastet geblieben. Tabori nahm sich vor, beim nächsten Mal tatsächlich zu einer Filiale der Bäckereikette zu gehen, von der Ulrike gesprochen hatte. Er konnte sich allerdings gerade beim besten Willen nicht mehr an den Namen erinnern, obwohl er das Logo deutlich vor Augen hatte: Ein weißer Kopf mit Bäckermütze auf schwarzem Grund ...

Eine Sache ist ihm jetzt erst klar geworden. Noch ein Unterschied zwischen ihm und Haarmann, den er niemals bedacht hat. Dass Haarmann vielleicht Spaß daran gehabt haben könnte! So unvorstellbar es ihm immer zu sein schien, was Männer mit Männern tun, jetzt ist er sich gar nicht mehr so sicher, ob Haarmann es ebenfalls ... widerlich fand. Das würde auch endlich diesen einen Satz von ihm erklären, von dem er bislang nicht gewusst hat, wie er ihn interpretieren soll.

»Ich wollte ja gar keinen umbringen«, hat Haarmann vor Gericht zu Protokoll gegeben, »aber ab und zu war immer einer tot.«

Haarmann hat ... es mit ihnen getan und hat nur die Befriedigung seiner Lust als Ziel gehabt. Nichts weiter. Dabei hat er die anderen dann gebissen und gewürgt, aber nicht, weil er sie töten wollte, sondern nur um seine und ihre Lust zu steigern.

Er weiß, dass es solche abartigen Praktiken gibt, er kennt auch die Geschichten, was mit jemandem passiert, der gehängt wird. In dem kurzen Moment, in dem das Seil die Luft abschnürt, kurz bevor die Halswirbel brechen ...

Er versteht plötzlich, was Haarmann wohl gemeint hat. Aber etwas in ihm wehrt sich noch mit aller Kraft dagegen, die Kontrolle so weit zu verlieren, dass er es zulässt.

Vielleicht würde es gehen, wenn der Körper unter ihm einfach nur so daliegen würde. Ohne sich zu bewegen. Und vor allem ohne dieses widerliche Gestöhne, von dem er ohnehin glaubt, dass es nur vorgetäuscht ist. Um ihn aufzugeilen. Und weil der andere denkt, er würde das von ihm erwarten. Ebenso wie die Hände, die sich an seinem Gürtel zu schaffen machen, sich unter die Hose schieben, seinen Hintern umspannen.

Er würgt ihn jetzt. Hat seine eigenen Hände um den Hals des anderen, fühlt die pochende Ader unter seinen Fingerspitzen, drückt immer fester zu und – hört sich selber keuchen. Das ist das Schlimmste! Er will das nicht! Aber er kann auch nicht aufhören.

Als er sich vorbeugt, um den Jungen zu beißen, spürt er im gleichen Moment, wie der etwas tut, was noch nie jemand mit ihm getan hat. Und er reagiert sofort, mit einer Heftigkeit, die alles um ihn herum weiß werden lässt.

Als er sich dann endlich zwingt, die Zähne in die glatte Haut über der Schlagader zu drücken, ist er wütend. Aber sein Biss ist wie eine Liebkosung, mehr Lippen als Zähne. Erst als der Junge sich unter ihm aufbäumt, zerrt er eilig den durchtränkten Lappen aus der Plastiktüte. Der Junge hat die Augen geschlossen, er denkt, das alles wäre nur ein Spiel. Schon nach dem ersten Atemzug sackt er willenlos zusammen.

Beim nächsten Mal muss er es anders machen. Dem kleinen Stricher die Tropfen heimlich ins Glas geben. Nicht erst dieses ganze ekelerregende Gefummel, von dem er zugeben muss, dass es irgendetwas mit ihm anstellt, was er nie für möglich gehalten hat.

Montag, 28. September. 18.55 Uhr.

Tabori war schon fast am Ende der Podbi, als ihn der Anruf der Leitstelle erreichte. Und bereits als er wendete, um wieder zurück über den Kanal zu fahren, wusste er, dass aus seinem Telefonat mit Lisa heute nichts mehr werden würde.

Der Hanebuthwinkel war eine kleine Seitenstraße, die schräg gegenüber dem alten britischen Militärhospital von der Gehägestraße abzweigte. In den sechziger Jahren hatten hier ziegelgedeckte Reihenbungalows gestanden, auch ein Tanzlokal hatte es gegeben, Tabori erinnerte sich, wie er als kleiner Junge noch die schwofenden Pärchen auf der halbrunden, offenen Tanzfläche unter den hohen Bäumen gesehen hatte. Das Lokal war lange verschwunden, die meisten Reihenhäuser waren ersetzt durch die an Bauklötze erinnernden, ausnahmslos weißen Flachdachquader einer vorgeblichen Bauhaus-Architektur, die Lisa vor kurzem erst noch schlichtweg als »Würfelhusten« bezeichnet hatte. Am hinteren Ende der Straße dann, direkt am Waldrand, kamen die echten Villen, dominiert von dem türmchengeschmückten Prunkbau von Carsten Maschmeyer, dem Begründer des ehemaligen Finanzberatungsunternehmens AWD. Nicht zum ersten Mal fragte sich Tabori, warum Maschmeyer wohl ausgerechnet in eine Straße gezogen war, die den Namen eines Raubmörders aus dem Dreißigjährigen Krieg trug.

Zwei Streifenwagen hatten die Straße an beiden Seiten des blickdichten Zauns abgeriegelt, Tabori sah den blauen Müllsack schon, als er den Saab mitten auf der Straße stehen ließ und ausstieg. Er zeigte seinen Ausweis und bückte sich unter dem Flatterband hindurch, das zwei Beamte gerade spannten. Einen älteren Kollegen aus dem Kommissariat in der Riethorst kannte er vom Sehen, gerade noch rechtzeitig fiel ihm auch der Name wieder ein, bevor Polizeihauptmeister Heckemann auf ihn zukam und in knappen Sätzen die Situation schilderte.

»Eine Spaziergängerin ist mit ihrem Hund hier vorbeigekommen. Als sie an der Eingangstür links vom Grundstück waren, hat der Hund angeschlagen und sie zu dem Sack gezerrt. Sie sagt, dass sie ihn erst weiterziehen wollte, aber dann hat sie das Blut an dem Sack gesehen. Sie wusste, dass es das Haus von diesem Maschmeyer war, und hat wohl angenommen, dass sich jemand einen miesen Scherz erlaubt hat, also hat sie folgerichtig an der Tür geklingelt, um Bescheid zu sagen. Das ist da alles mit Gegensprechanlage und Kamera gesichert, und als sich niemand gemeldet hat, ist sie auch noch zu dem Haus gegenüber, allerdings ebenfalls ohne dass ihr jemand geöffnet hätte. Wir haben es übrigens nach unserem Eintreffen auch noch mal versucht, aber es scheint tatsächlich in beiden Häusern niemand da zu sein. Die Spaziergängerin hat dann die Polizei gerufen, weil ihr Hund sich so aufgeführt haben muss, wie sie es von ihm nicht kennt. Und sie wohl befürchtet hat, dass da etwas ganz und gar nicht stimmt. Zu Recht, wie wir inzwischen wissen!«

Er zeigte zu dem Sack hinüber, der jetzt geöffnet auf dem Gehweg lag. Zwei Beamte standen in einigem Abstand daneben und waren eindeutig bemüht, irgendwo anders hinzublicken.

»Ich war als Erster hier vor Ort«, berichtete der alte Polizeihauptmeister weiter, »und ich habe den Sack auch aufgemacht, aber das sollten Sie sich besser selber ansehen. Ich hoffe nur, dass Sie nicht gerade vom Abendessen kommen. Die Frau mit dem Hund weiß übrigens nichts über den Inhalt«, setzte er noch mit einem Kopfnicken zu einem der beiden Streifenwagen hinzu.

Die hintere Tür stand offen. Auf der Rückbank saß eine etwa fünfzigjährige Frau, die einen Golden Retriever streichelte, der hechelnd neben dem Wagen lag. Eine Beamtin unterhielt sich mit der Hundebesitzerin, beide hatten Taboris Ankunft bemerkt und blickten immer wieder zu ihm.

Tabori hielt die linke Hand hoch und streckte die Finger aus: »Ich komme gleich, fünf Minuten!«

Die Beamten neben dem Sack traten offensichtlich nur zu gerne beiseite, als Tabori auf sie zukam. Tabori streifte sich die Latexhandschuhe über. Ein paar Fliegen schwirrten um die Öffnung. Als er sich vorbeugte, flog böse brummend eine Wespe auf, die er erfolglos zu verscheuchen versuchte.

Die beiden Köpfe waren ebenso stümperhaft dicht über dem

Rumpf abgetrennt wie die Extremitäten bei dem Fund vom Vormittag. Zerfetzte Wundränder, gesplitterte Knochenreste, blutverkrustetes Gewebe. Bei beiden Köpfen traten die Augen starr hervor, die Münder waren wie keuchend aufgerissen, in der Mundhöhle des einen konnte Tabori eine blau angeschwollene Zunge erkennen. Dazu passten die deutlichen Würgemale am Hals – oder vielmehr an dem, was vom Hals noch übrig war.

Beide Köpfe waren nicht hergerichtet, sondern zeigten die Haare und Gesichtszüge zweier noch junger Männer, die keinerlei Ähnlichkeit mit Haarmann aufwiesen.

Mit zusammengepressten Lippen richtete sich Tabori auf, er hatte Mühe die Übelkeit zu unterdrücken, sein Herz raste, ihm war schwindlig. Für einen Moment lehnte er sich an die Mauer und schnappte gierig nach Luft.

Heckemann nickte ihm zu und schloss kurz die Augen, die Geste war wie die Bestätigung, dass er nur zu genau wusste, wie es Tabori gerade ging.

Der plötzliche Schweißausbruch kam, als Sommerfelds alter Toyota um die Ecke bog und hinter dem Saab hielt. Taboris T-Shirt war innerhalb von Sekunden klatschnass, trotzdem zog er fröstelnd die Schultern unter der Lederjacke hoch. Mit unsicheren Schritten ging er auf Sommerfeld zu.

»So schlimm?«, fragte Sommerfeld mit einem besorgten Blick auf seine wahrscheinlich schweißglänzende Stirn.

»Schlimmer«, stieß Tabori zwischen den Zähnen hervor. »Obwohl es ja schon klar war, ich meine ... irgendwann mussten wir schließlich Köpfe finden, aber für heute reicht es mir, das kannst du mir glauben.«

Sommerfeld drückte ihm beruhigend den Arm, bevor er wortlos weiterging und Tabori sich zu dem Streifenwagen wandte, aus dem die Hundebesitzerin ihn mit vor Schreck geweiteten Augen anblickte. Als würde sie endgültig wissen, dass sie etwas Fürchterliches entdeckt haben musste.

Tabori stellte sich kurz vor, um sich gleich im Anschluss zu dem Golden Retriever zu beugen und ihm übers Fell zu streichen. Der

Kontakt mit dem warmen Hundekörper tat gut, als der Hund ihm über die Hand leckte, sagte Tabori: »Du bist ja ein Feiner! Hast du auch einen Namen?« Er sah auf und bemühte sich, so etwas wie ein Lächeln zustande zu bringen. »Einen schönen Hund haben Sie da«, wiederholte er, »ich mag Hunde! Sehr sogar.«

Als wollte er unter allen Umständen die Frage vermeiden, die fast zwangsläufig jeden Moment kommen musste – und auch prompt kam. Wenn auch so leise, dass Tabori sich unwillkürlich vorbeugte.

»Was hat Hugo denn da nun gefunden? Die anderen Polizisten wollten mir nichts sagen und … Aber ich habe ja das Blut an dem Müllsack gesehen! Deshalb habe ich auch angerufen.«

»Das haben Sie alles vollkommen richtig gemacht. Und es tut mir leid, dass Ihnen das passieren musste. Ich kann Ihnen nichts weiter sagen, das müssen Sie verstehen, aber glauben Sie mir, Sie würden es auch gar nicht wissen wollen! Trotzdem muss ich Ihnen noch ein paar Fragen stellen. Es wäre schön, wenn wir das gleich machen könnten, meinen Sie, dass Sie dazu in der Lage sind?«

Die Hundebesitzerin nickte.

»Kerstin-Johanna Neumann«, las die Beamtin von ihrem Block ab, auf dem sie offensichtlich bereits die Personalien notiert hatte. »Wohnhaft in der List, Podbielskistraße Nummer …«

»Was machen Sie dann hier?«, unterbrach Tabori die Kollegin irritiert. »Das ist ja relativ weit entfernt, ist das Ihre normale Runde, wenn Sie mit dem Hund gehen?«

»Nicht wirklich. Meistens laufen wir durch die Fritz-Beindorff-Allee zur Eilenriede und dann auf der alten Motorrad-Rennstrecke entweder in Richtung Lister Turm oder manchmal auch geradeaus bis zum Zoo. Ich hatte letztes Jahr eine Knieoperation und so ganz lange Strecken sind noch nichts wieder für mich …«

»Aber heute sind Sie …?«

»Ich weiß eigentlich auch nicht genau, warum. Wir waren heute später dran als sonst, und ich hatte noch überlegt, ob ich einen Tee im Steuerndieb trinke, oder vielleicht ein Glas Rotwein, weil der Abend so schön war und man bestimmt noch gut hätte draußen sitzen können. Aber dann ist mir auf halbem Weg eingefallen, dass die heute bestimmt Ruhetag haben, also bin ich vorher schon abgebogen und an dem alten Forsthaus vorüber und dann von hinten hier in die Straße. Ich weiß ja, dass hier die Villa von Maschmeyer ist, und wollte mir die mal ansehen, innen soll alles vergoldet sein, habe ich irgendwo gehört, und vom Pool im Keller kann man nach draußen in den Garten schwimmen, aber ...« Sie brach mitten im Satz ab und beugte sich zu ihrem Hund. »Hugo ist fast fünf«, erzählte sie scheinbar zusammenhanglos weiter. »Und er ist cool und auch wirklich ziemlich intelligent, aber ich habe immer gedacht, dass er eine sehr schlechte Nase hat. Für einen Hund, meine ich! Also ich habe auch unseren Freunden und Bekannten immer gerne erzählt, dass ich ihm noch nicht mal zutraue, einen Sack Hundefutter zu erschnüffeln, selbst wenn er ihn genau vor sich hätte. Aber da habe ich dir wohl Unrecht getan, was, Hugo?«

Als er seinen Namen hörte, richtete der Hund sich auf und setzte sich auf die Hinterbeine. Seine Ohren waren leicht aufgestellt und er hatte die Lefzen so weit zurückgezogen, dass es fast aussah, als würde er grinsen. Klar, dachte Tabori, er hat seiner Chefin ja gerade bewiesen, was er drauf hat, und wahrscheinlich kriegt er dafür zu Hause sowieso eine Extraportion Fressen, das weiß er ganz genau. Warum sollte er da erst groß schnüffeln, wo der Sack mit dem Hundefutter steht!

Tabori merkte, wie seine Gedanken zu Lisa und ihren Hunden abschweiften, erst als Kerstin Neumann fragte: »Herr Kommissar?«, registrierte er, dass sie irgendetwas erzählt haben musste.

»Bitte, ja?«

»Ich habe gerade gesagt, dass ich viel lese, vor allem Krimis und Psychothriller. Und deshalb ... würde ich ja auch nur zu gerne wissen, was Hugo und ich da nun gefunden haben. Das war Menschenblut an dem Sack, oder? Wir sind so einiges gewohnt, glauben Sie mir, uns kann so leicht nichts schocken!«

»Fährt Hugo gerne Auto?«, fragte Tabori anstelle einer Antwort zurück.

»Ja, schon. Wieso?«

»Dann lasse ich Sie jetzt mit dem Streifenwagen nach Hause bringen.«

Er streckte ihr die Hand hin, um sich zu verabschieden. Kerstin Neumann schien ein wenig irritiert zu sein, fügte sich aber ohne ein weiteres Wort, als die uniformierte Beamtin sagte: »Dann wollen wir mal.«

Inzwischen war auch der Transporter der Spurensicherung eingetroffen, Sommerfeld wies seine Leute in ihre verschiedenen Aufgaben. Über das Blut an der Außenseite des Sacks sagte er nur: »Nach meiner Einschätzung hat er das nicht mit Absicht draufgeschmiert, sondern der Sack stand wahrscheinlich in einer Blutlache auf dem Boden, als er die Köpfe eingepackt hat. Auf dem Boden oder auf dem Küchentisch oder wo auch immer dieses Arschloch seine Opfer zerstückelt.«

Es fing langsam an zu dämmern, Sommerfelds Leute holten zwei Scheinwerfer aus dem Wagen.

Als Lepcke endlich kam, war er allein. Er gab keine Erklärung ab, wo er Gudrun ten Berg gelassen hatte. Tabori fragte auch nicht nach.

Lepcke warf nur einen kurzen Blick auf die beiden Köpfe, die Sommerfeld hinter einem provisorischen Sichtschutz auf den Boden gelegt hatte, dann rief er in seinem Handy die Fotos der vermissten jungen Männer auf und hielt Tabori die Bilder hin.

Tabori nickte.

»Lars Ebeling aus Burgdorf«, las Lepcke die dazugehörigen Informationen vom Display ab. »Und Paul Schultz aus Unterlüß.«

»Womit wir jetzt sehr wahrscheinlich von vier Opfern reden«, überlegte Tabori laut. »Wenn wir davon ausgehen, dass dieser Junge aus Ostfriesland ...«

»Onno Behrends.«

»... dass Onno Behrends aus dem gleichen Grund verschwunden ist, wie diese beiden hier ...«

»... dann haben wir vier Opfer, du sagst es. Und wir sind in der verdammten Zwickmühle, dass wir jedes weitere Opfer vermeiden wollen, aber keine Ahnung haben, was hier überhaupt läuft. Und deshalb darauf hoffen, dass der Täter vielleicht beim nächsten oder übernächsten Opfer endlich den Fehler macht, der ihn verrät.« Lepcke presste die Lippen aufeinander und schluckte heftig. »Das ist pervers!«, stieß er hervor. »Unser ganzer Job ist ... pervers!«

»Ich weiß, was du meinst«, sagte Tabori. »Aber vielleicht hat er schon einen Fehler gemacht.«

Er zeigte auf die Kameras an Maschmeyers Haus.

»Also los«, nickte Lepcke. »Auf irgendeine Weise muss Maschmeyer ja zu erreichen sein, und wenn er gerade mit Veronika Ferres auf dem Oktoberfest ist oder was weiß ich wo, wird es zumindest einen Verwalter geben, der sich solange um den Palast hier kümmert.«

Während Lepcke mit der Leitstelle telefonierte, klapperten Tabori und Polizeihauptmeister Heckemann die nächstgelegenen Häuser ab. Das Ergebnis war nahezu überall das Gleiche – niemand hatte etwas gesehen, niemandem war etwas aufgefallen. Fast schien es, als wäre die soziale Kontrolle, die es in jeder herkömmlichen Wohnsiedlung gab, hier so gut wie vollständig außer Kraft gesetzt.

Die Leute verschanzen sich hinter ihren Mauern und Sicherheitsschlössern, dachte Tabori, und nehmen die Außenwelt noch nicht mal wahr, wenn sie mit dem Porsche oder Range Rover durch das automatische Rolltor zum nächsten Termin bei ihrem Steuerberater fahren. Falsch, korrigierte er sich gleich darauf, der Steuerberater kommt ja zu ihnen, nicht umgekehrt.

Der einzige Hinweis, den sie bekamen, war, dass die Besitzer des Hauses gegenüber sich zur Zeit im Urlaub befanden.

Als sie eine halbe Stunde später wieder mit Lepcke zusammentrafen, hatte sich gerade die Leitstelle zurückgemeldet und den Kontakt zu Carsten Maschmeyer hergestellt.

Tabori sah, wie Lepcke mehrmals nickte und vergeblich versuchte, eine neue Frage zu stellen, bis er eher brüsk sagte: »Okay, gut, danke. Aber tun Sie mir bitte den Gefallen ... was? Nein, ich möchte nur, dass Sie sich bei uns melden, wenn Sie wieder in Hannover sind. – Doch, das ist wichtig! – Nein, natürlich glaube ich nicht, dass Sie ... Hauptkommissar Lepcke, ja, Dezernat für

Gewaltverbrechen, Mordkommission, ja, ich kenne den ehemaligen Polizeidirektor Heinisch ebenfalls, er ist auch ... Ja, danke, Ihnen auch.« Lepcke starrte einen Moment auf sein Smartphone, ehe er es zurück in die Tasche schob.

»Und?«, fragte Tabori.

»Er ist tatsächlich auf dem Oktoberfest«, sagte Lepcke mehr zu sich selbst. »Ich hab die Blasmusik gehört und das Gegröle in dem Festzelt.« Er blickte zu Tabori. »Und es gibt auch einen Verwalter, ja, aber der hat seinen Boss, also Maschmeyer jetzt, gerade gestern darüber informiert, dass die gesamte Kameraüberwachung ausgefallen ist. Eigentlich sollte das heute noch repariert werden, aber offensichtlich ist die Firma nicht gekommen ... Was sagst du dazu? Zufall oder ...«

»Kann er das gewusst haben? Der Täter, meine ich«, machte Tabori weiter. »Weil er einen Kontakt zur Überwachungsfirma hat. Oder er selber hat die Anlage lahmgelegt! Ergibt das einen Sinn? Warum hat er den Sack überhaupt ausgerechnet hier deponiert?«

»Er spielt mit uns! Er tut so, als würde er Hinweise geben. Genauso wie bei der Installation von Timm Ulrichs.«

»Dann verstehe ich die Hinweise nicht.«

»Weil es auch gar nichts zu verstehen gibt«, antwortete Lepcke auf die unausgesprochene Frage. »Er setzt billige Assoziationen in Gang, mehr nicht. Die Betonköpfe von Timm Ulrichs als Bild für ... ein Massengrab, zum Beispiel. Und du weißt, in welcher Straße wir uns hier gerade befinden, oder? Den Namen, meine ich.«

»Hanebuthwinkel.«

»Ein Raubmörder, genau. Und dass hier zufällig Maschmeyer wohnt, passt ihm ganz gut, er verweist also – aus welchen Gründen auch immer – auf irgendwelche bekannten Personen! Maschmeyer, Timm Ulrichs ...«

»Und der Sack heute Morgen, in der Leine? Wie passt der dann?«

Lepcke zuckte mit den Schultern.

»Keine Ahnung. Außer dass natürlich Haarmann seine Knochenreste ebenfalls in der Leine entsorgt hat.«

Heckemann räusperte sich.

»Ich habe da gerade etwas bemerkt, glaube ich. Vielleicht irre ich mich ja auch, aber ... kommen Sie doch mal bitte.« Er winkte Tabori zu sich. »Der Sack ist ja nicht besonders schwer gewesen, den konnte er gut in einer Hand tragen. Wenn er jetzt ganz dicht am Zaun geblieben ist, dann reichte der Kamerawinkel ohnehin nicht aus, um ihn ins Bild zu kriegen. Dazu sind die Kameras zu weit oben, die erfassen nur einen Teil des Gehwegs und die Straße. Und in der Nische, in der die Eingangstür ist, gibt es gar keine schwenkbare Kamera, nur die Fotolinse, die zu der Gegensprechanlage gehört. Wenn er also nicht geklingelt hat beziehungsweise wenn ohnehin niemand im Haus war, dann bestand auch keinerlei Risiko für ihn, dass irgendwelche Kameras ihn aufzeichnen.«

Lepcke zog die Augenbrauen zusammen und nickte.

»Dann musste er auch nicht wissen, dass die Überwachungsanlage gar nicht funktionierte.« Er blickte zum Ende der Straße. »Und wenn er über den Fußweg direkt vom Wald gekommen ist, dann kann er ein Fahrrad benutzt haben. Das hat er da irgendwo abgestellt, ist kurz hier rüber, hat den Sack deponiert und fertig.«

»Am helllichten Tag wohlgemerkt«, warf Tabori ein.

»Das wissen wir nicht. Es kann auch schon in der letzten Nacht gewesen sein. Laut Maschmeyer war der Verwalter heute gar nicht hier, und wenn du auf der Straße vorbei fährst, guckst du nicht unbedingt in die Nische. Und wenn doch, dann stand da eben ein Müllsack, mehr nicht.«

Es war mittlerweile fast vollständig dunkel. Die Spurensicherer hatten ihre Utensilien eingepackt und waren mit dem grausigen Fund auf den Weg zurück ins Labor. Sommerfeld hatte ihnen unmissverständlich klar gemacht, dass sie eine Nachtschicht einlegen mussten.

»Manchmal habe ich die Nase gestrichen voll von unserem Job«, sagte Lepcke, als er in sein Auto stieg.

»Wir sehen uns morgen früh«, nickte Tabori. Er hatte das deutliche Gefühl, dass er Lepcke eigentlich hätte vorschlagen sollen, noch gemeinsam irgendwohin zu gehen. Aber er wollte alleine sein.

In der Tiefkühltruhe hatte er nur noch eine Pizza, auf die er aus gutem Grund lieber verzichtete. Stattdessen machte er sich einen Käseteller zurecht und holte sich eine Flasche Rotwein aus dem Keller. Die ersten zwei Gläser trank er so schnell hintereinander, dass er sich zu benommen fühlte, um den Käse überhaupt anzurühren. Stattdessen schob er eine CD nach der anderen in den Player, Jack Bruce, Colosseum, schließlich eine alte Live-Aufnahme von Crosby, Stills, Nash and Young aus den siebziger Jahren, die er auf »Repeat« schaltete, bevor er sich zu dem Ledersessel hinüberschleppte und mit geschlossenen Augen zurücklehnte.

Als ihn sein Handy weckte, war es bereits vier Uhr morgens. CSN&Y sangen immer noch davon, die Welt zu verändern: »We can change the world, re-arrange the world, it's dying, if you believe in justice, it's dying, and if you believe in freedom, it's dying ...«

Tabori fröstelte, seine Finger waren so klamm, dass er kaum das Handy halten konnte.

»Wir wissen, wie spät es ist«, eröffnete Ulrike das Gespräch. »Aber du scheinst ja auch nicht zu schlafen, wenn ich die Musik bei dir im Hintergrund richtig interpretiere ...«

Tabori wollte fragen, wieso sie am Abend entgegen aller Absprachen nicht erreichbar gewesen waren, aber irgendetwas in Ulrikes Stimme hielt ihn zurück.

»Pass auf jetzt, Tabori, das ist wichtig, was wir dir zu sagen haben. Wir haben das Handy geortet, von dem der Anruf bei dem Pizza-Bringdienst gemacht worden ist.«

»Aber wieso? Ich denke, das war unmöglich, weil ...«

»Vergiss den ganzen Prepaid-Scheiß und was immer du glaubst, darüber zu wissen. Wenn man die richtigen Leute kontaktiert und ein bisschen Geduld hat, dann gibt es immer ein Ergebnis. Jedenfalls ist genau dieses Handy wieder benutzt worden, und zwar heute Nacht, und bis jetzt auch noch nicht wieder ausgeschaltet, deshalb war auch die Ortung möglich. Wo bist du gerade?«

»Bei mir im Wohnzimmer, wieso?«

»Wir sind schon auf dem Weg zu dir, aber vielleicht wäre es besser, wenn du dir deine Dienstwaffe schnappst und die Tür abschließt. Das Signal kommt mit ziemlicher Sicherheit entweder bei dir aus dem Garten oder direkt aus dem Haus, es ist also gut möglich, dass unser Mann dir gerade einen Besuch abstatten will. Aber mach keinen Alleingang, wir sind schon an der Abfahrt vom Messeschnellweg und in drei Minuten da.«

Er fühlt sich beschmutzt. Minderwertig. Ausgeschlossen. Jemand, der die Regeln nicht befolgt hat und es deshalb auch nicht verdient, von den anderen geachtet zu werden. Der sich selber außerhalb der Gesellschaft gestellt hat.

So wie damals im Schullandheim. Als er in dem stinkenden Jungenklo an der Pissrinne stand und gar nicht wusste, was seine Mitschüler von ihm wollten. Und dann doch mitgemacht hat. Nur weil er Angst hatte, dass sie sich sonst über ihn lustig machen würden. Aber sie haben ihn trotzdem ausgelacht. Hinterher. Als er sich weinend im Schlafsaal verkriechen wollte und es nirgends eine Ecke gab, in der er sicher vor ihren spöttischen Blicken war. Ihren zotigen Sprüchen, die nicht enden wollten. Den Handgreiflichkeiten, die noch zunahmen, nachdem sie es erst allen erzählt hatten.

Er wird die Demütigungen nie vergessen. Und vielleicht ist das auch der Grund, warum er … anders ist. Schüchtern fast. Kein Draufgänger. Und schon gar kein Frauenheld. Sondern jemand, der schnell angewidert ist, wenn er nur daran denkt, was die Leute miteinander anstellen. Wie sie in ihren Schlafzimmern übereinander herfallen. Und nicht nur in ihren Schlafzimmern! Er sieht es ja jeden Tag, wie sie sich schon auf der Straße geil anblicken und es kaum noch abwarten können, sich die Kleider vom Leib zu reißen. Er hört sie auch durch die dünnen Wände des Mietshauses. Er liest in jedem Roman über ihre billigen Begierden, in jeder Zeitung, in jedem Magazin. Er hat Filme gesehen, in denen sie sogar auf ebensolchen Klos zugange waren wie den mit Sprüchen bekritzelten Kabuffs des Landheims. In Autos, Zügen, Flugzeugtoiletten.

Früher hat ihm seine Mutter immer schnell die Augen zugehalten, wenn es im Fernsehen solche Bilder gab, auch wenn sie bei weitem nicht so deutlich waren. Wenn er an seine Mutter denkt, malt er sich gerne aus, dass sie den Vater wirklich nur ein einziges Mal zwischen ihre Beine gelassen hat. Dieses eine Mal nur, bei dem er gezeugt wurde. Die Vorstellung gefällt ihm. Und er wünscht sich, dass seine Mutter immer noch da wäre, um ihn vor all diesem Dreck in Schutz zu nehmen.

Aber er weiß schon lange, wie die einzige Lösung aussehen muss, die ihn davon abhält zu verzweifeln. Er ist intelligent genug, ist ihnen allen haushoch überlegen – und gerade jetzt ist er dabei, es ihnen ein für alle Mal zu beweisen. Wenn sie erst mal das Handy finden, hat er sie genau da, wo er sie haben wollte. Sie werden geradewegs in die Falle tappen und es erst merken, wenn es zu spät ist. Falsch, es ist längst zu spät. Egal, was noch passiert.

Dienstag, 29. September. 04.10 Uhr.

Tabori hatte keine Waffe. Es war dasselbe wie bei dem Dienstwagen, er war einfach noch nicht dazu gekommen, sich darum zu kümmern. Lepcke hatte ihm zur Party nur den Dienstausweis mitgebracht, zur großen Freude der anderen Gäste aufwändig verpackt in einem großen Umzugskarton, in dem sich ein weiterer Karton befand, und noch einer und noch einer, bis dann schließlich in einer Glückwunschkarte versteckt der Ausweis zum Vorschein kam.

Mach das Beste draus, hatte auf der Karte unter dem kopierten Foto gestanden, das einen Streifenwagen zeigte, auf dessen hoffnungslos eingebeulter Kühlerhaube sich ein Polizeipferd mit seinem Hintern niedergelassen hatte.

Das für den Empfang der Dienstwaffe notwendige Formular steckte nach wie vor ausgefüllt und abgestempelt in der Innentasche seiner Lederjacke, das leere Schulterhalfter hing wie zum Hohn griffbereit an dem Haken neben der Tür.

Taboris erste Reaktion war, das Licht auszuschalten, dann den CD-Player, für einen Moment schienen die letzten Worte von Neil Young noch in seinem Kopf nachzuhallen: »Old man lying by the side of the road, with the lorries rolling by ...«

Der Mond warf eine fahle Lichtbahn in den Raum, aus der Ferne dröhnte die Autobahn herüber. Irgendwo im Haus knackte ein Heizungsrohr. Ganz kurz meinte Tabori noch ein anderes Geräusch zu hören, das er nicht zuordnen konnte. Vielleicht die Katze der Nachbarn, die nachts manchmal über die Dachrinne schlich, vielleicht auch der Marder, der sich irgendwann im Sommer unter dem Dach eingenistet hatte. Ein Schatten zuckte über das mondhelle Viereck des Fensters, gleich darauf ließ ein weiterer Windstoß die Äste des Kirschbaums draußen im Garten zittern.

Tabori bückte sich unter dem Fenster hindurch und war mit zwei schnellen Schritten an dem Tisch der offenen Küche, die die gesamte Stirnbreite des Raums einnahm. Er griff nach der leeren Weinflasche, musste sich aber noch einmal die verschwitzte Hand an der Jeans abwischen, bevor er den Flaschenhals fest zu packen bekam.

Das nächste Geräusch kam eindeutig von der Vordertür, ein einzelner dumpfer Schlag, fast gleichzeitig setzte der Regenguss ein, mit einem Schlag war auch das Mondlicht ausgelöscht, nur das rote Standby-Signal am CD-Player glimmte wie ein einsames Auge in der Dunkelheit.

Die Regentropfen prasselten schwer gegen die Scheibe und übertönten jedes weitere Geräusch, das es eventuell gab. Taboris Entscheidung kam so schnell und ohne jedes Nachdenken, dass er schon an der Vordertür war, bevor er noch richtig wusste, was er tat. Aber er musste raus aus dem Haus, das ihm plötzlich wie eine Falle vorkam, nur im Freien würde er eine Chance haben.

Er hatte in letzter Zeit wieder begonnen, regelmäßig mit der Rudermaschine zu trainieren, und eigentlich fühlte er sich körperlich fit, aber der Alkohol, den er noch im Blut hatte, ließ ihn bezweifeln, dass seine Reflexe ausreichen würden, um sich auf einen Zweikampf einzulassen. Er musste das Überraschungsmoment auf seiner Seite haben, nur dann konnte er die Situation unter Kontrolle bekommen.

Er riss die Tür auf und fing im selben Moment, in dem er in den strömenden Regen hinausstürmte, an zu brüllen. Die Stufen der Treppe waren kalt und glitschig unter seinen bloßen Füßen, mit einem Sprung war er auf dem Rasen und drehte sich zurück zum Haus, wobei er fast das Gleichgewicht verlor und mit einer weit ausholenden Armbewegung gerade noch vermeiden konnte, zu stolpern und zu Boden zu gehen.

Vor seinen Augen tanzten grelle Lichtkreise, der dunkle Umriss des Hauses mit den schwarzen Fensterhöhlen wirkte wie die Kulisse in einem billigen Horrorfilm.

Keuchend versuchte er, seinen Atem unter Kontrolle zu bringen und durch den Regenschleier hindurch irgendetwas zu erkennen, eine Bewegung auszumachen, einen Schatten, der da nicht hingehörte. Aber da war nichts.

Er war alleine auf dem Rasen, und niemand schlich um sein

Haus herum, um sich unerlaubt Zutritt zu verschaffen. Als plötzlich die Scheinwerfer eines Autos den Garten und die Fassade in helles Licht tauchten, kam sich Tabori wie ertappt vor, lächerlich, als müsste man ihm die Panik, die ihn übermannt hatte, augenblicklich ansehen und daran zweifeln, ob er wirklich Herr seiner fünf Sinne war ...

Carlos und Ulrike kamen mit den Händen am Halfter durch die Einfahrt gerannt, Tabori versuchte, ihnen ohne zu schwanken entgegenzugehen, gab aber schon nach den ersten Metern auf und lehnte sich schweratmend gegen einen Baumstamm.

Genauso plötzlich wie der Regen eingesetzt hatte, hörte er jetzt auch wieder auf. Auf dem Nachbargrundstück fing ein Hund an zu bellen. Ulrike schien schon nach einem kurzen Blick in Taboris Gesicht zu begreifen, was mit ihm los war, mit einem zweiten Blick registrierte sie die leere Flasche in seiner Hand, ersparte ihm aber jeden Kommentar.

»Ich habe was gehört«, stammelte Tabori. »Ich kann aber nicht sagen, ob im Haus oder draußen oder ... ob ich mich vielleicht geirrt habe.«

»Bleib hier stehen, wir machen das.«

Carlos war mittlerweile hinter dem Haus verschwunden, als er auf der anderen Seite zurückkam, schüttelte er den Kopf.

»Nur ein toter Vogel, der gegen die Scheibe geprallt sein muss und sich das Genick gebrochen hat.«

»Gut«, nickte Ulrike. »Oder vielmehr nicht gut. Dann also das Haus selber, los geht's.«

Mit vorschriftsmäßig gezückten Waffen betraten sie nacheinander das Haus. Tabori schüttelte unwillig den Kopf, um die Benommenheit loszuwerden, spürte aber bereits schon den beginnenden Schmerz hinter den Schläfen, der sich ohne Frage noch weiter ausbreiten würde.

Mit unsicheren Schritten folgte er den Kollegen, stellte die Flasche zurück auf den Tisch und drehte sich zum Küchenregal. Während er Carlos und Ulrike aus dem oberen Stockwerk abwechselnd leise rufen hörte: »Gesichert!«, drückte er zwei Paracetamol aus der

Stanniolpackung und schluckte die Tabletten ohne Wasser hinunter, erst dann bückte er sich zum Wasserhahn an der Spüle und trank in gierigen Schlucken, um den pulvrigen Geschmack loszuwerden.

Carlos und Ulrike brauchten nicht lange, um das Haus vom Boden bis zum Keller abzusuchen – ohne jedes Ergebnis.

»Hier war niemand, alle Fenster sind geschlossen und es gibt auch sonst keine Einbruchspuren«, informierte ihn Ulrike, »geschweige denn, dass irgendwo dieses verdammte Handy zu finden ist. Allerdings solltest du das Tütchen Gras, das da oben offen auf dem Schreibtisch liegt, vielleicht doch bei Gelegenheit mal besser verschwinden lassen.«

Das gehört Lisa, hätte Tabori fast gesagt, bremste sich aber noch und erwiderte stattdessen: »Wenn das das einzige Problem wäre, das ich habe, dann ...«

Er breitete resigniert die Hände aus.

»Stimmt«, hakte Carlos ein. »Konzentrieren wir uns auf das Handy. Es muss hier irgendwo sein, das Signal ist eindeutig. Also, wo können wir noch suchen?«

Zehn Minuten später hatten sie das Handy gefunden. Es war in dem alten Zirkuswagen, der mitten im Garten stand und den Lisas Vater eine Weile bewohnt hatte. Die Tür war aufgebrochen, das Handy lag gut sichtbar auf dem Klapptisch gleich unter dem Fenster.

Ulrike streifte sich die Latexhandschuhe über und rief nacheinander die verschiedenen Funktionen auf.

»Keine Adressbucheinträge«, kommentierte sie jeden einzelnen Schritt, »keine gespeicherten Nummern, keine aufgezeichneten Nachrichten oder Anrufe. Aber hier, wartet mal ... hier habe ich was, unter Notizen!«

Sie überflog kurz den Text, dann hielt sie das Handy so, dass Tabori und Carlos das Display erkennen konnten.

»Die heutige Markthalle steht unter Denkmalschutz«, las Tabori halblaut vor, »weil sie auf den teilweise noch sichtbaren Grundmauern und Kellergewölben der historischen Halle errichtet wurde. Die

Keller mit den Kühlräumen blieben vollständig erhalten und werden auch heute noch genutzt. Im Volksmund wird die Markthalle als Bauch von Hannover bezeichnet, an über siebzig Marktständen werden alle Arten von Lebensmitteln wie Obst und Gemüse, Wurst, Fleisch, Fisch und Brotwaren angeboten. Weiterhin gibt es auch Stände mit warmem Essen, sowohl deutsche Küche als auch internationale Spezialitäten. Darüber hinaus ist die Markthalle ein beliebter Treffpunkt, um ein Glas Prosecco oder einen Cappuccino einzunehmen ...«

»Klingt wie ein Auszug aus Wikipedia«, sagte Carlos. »Was soll das?«

»Das ist ein Auszug aus Wikipedia oder irgendwas Ähnlichem«, bestätigte Tabori. »Aber ...«

Weiter kam er nicht, weil Ulrike im gleichen Moment sagte: »Ich glaube, mir wird gleich schlecht. Kapiert ihr nicht den Zusammenhang? Unten die Keller mit den Kühlräumen, die auch heute noch benutzt werden, und oben die Wurst- und Fleischstände, und das warme Essen, deutsche Küche!«

»Was?«, fragte Carlos. »Ich weiß beim besten Willen nicht, was du meinst! Ist doch klar, dass unten die Kühlräume sind und ...«

»Da ist noch ein Anhang zu der Nachricht«, unterbrach ihn Ulrike und rief das entsprechende Symbol auf. »Kein Bild, aber eine Tonaufzeichnung ...«

Zunächst hörten sie nur lautes Stimmengewirr und Gläserklirren. Dann verstummten die Geräusche, eine Gitarre setzte ein, eine volltönende Stimme sang: »Warte, warte nur ein Weilchen, dann kommt Haarmann auch zu dir, mit dem kleinen Hackebeilchen macht er Hackefleisch aus dir ...« Jetzt war vereinzeltes Gelächter zu hören, gleich darauf rhythmisches Klatschen, während das Lied weiterging: »Aus den Augen macht er Sülze, aus dem Hintern macht er Speck, aus den Därmen macht er Würste, und den Rest, den schmeißt er weg ...«

Ulrike stoppte die Aufnahme. Leise sagte sie in die Stille hinein: »Das meine ich.«

»Scheiße«, stieß Carlos hervor, »wenn das wahr ist, was wir uns hier gerade zusammenreimen, dann …«

Er beendete den Satz nicht, aber es war ohnehin allen klar, was er hatte sagen wollen.

Der Hund auf dem Nachbargrundstück bellte immer noch. Die einsetzende Dämmerung kündigte einen neuen Tag an, schwere, graue Wolken jagten über den Himmel, eine einzelne Krähe ließ sich laut krächzend vom Wind davontragen.

Die K.o.-Tropfen hat er von dem gleichen Typen, der ihm auch das Laborglas besorgt hat. Jemand aus dem Nachbarhaus, der als Krankenpfleger in der Medizinischen Hochschule arbeitet und ihm noch einen Gefallen schuldete. Eine Sache, die schon lange zurückliegt, sich jetzt aber bezahlt gemacht hat. Nachdem er sich erst mal klar darüber geworden ist, dass er nicht auf halbem Weg aufhören kann. Er muss weitermachen, nur dann wird sein Plan funktionieren. Bei Haarmann sind es vier Schädel gewesen, bevor die Polizei überhaupt auch nur angefangen hat zu ermitteln!

Jedenfalls ist das Zeug, das der Krankenpfleger ihm verschafft hat, genau richtig. Gamma-Hydroxybuttersäure ist der chemische Fachbegriff. Wurde früher als Narkosemittel eingesetzt, hat der Typ ihm ausführlich erklärt, jetzt manchmal noch als Hilfsmittel beim Alkoholentzug. Wirkt muskelentspannend und verringert Symptome wie Ängstlichkeit. Ein paar Tropfen reichen, um jemanden absolut willenlos werden zu lassen. Noch ein wenig höher dosiert führen die Tropfen zu sofortiger Bewusstlosigkeit. Daher ja auch der Name. K.o.-Tropfen!

»Und der Hammer kommt erst noch!«, konnte der schmierige Krankenpfleger es nicht lassen, sich noch weiter aufzuspielen. »Egal, was für Schweinereien du mit der Alten anstellst, wenn sie nach drei oder vier Stunden wieder aufwacht, kann sie sich an nichts mehr erinnern ...«

Für die jungen Männer spielt das allerdings ohnehin keine Rolle mehr, denkt er. Sie werden sich garantiert nie wieder an irgendetwas erinnern. Aber der Gedanke an eine Frau lässt ihn nicht mehr los seit diesem dümmlichen Satz. Vielleicht sollte er tatsächlich eine kleine Ergänzung seines ursprünglichen Plans in Erwägung ziehen. Obwohl jede Abweichung natürlich immer auch ein neues Risiko bedeutet, dessen ist er sich absolut bewusst.

Dienstag, 29. September. 06.50 Uhr.

Carlos und Ulrike hatten gewartet, während Tabori duschte und sich dann frische Sachen anzog. Der Schmerz in seinen Schläfen hatte einem tauben Gefühl Platz gemacht, das sich vom Nacken her über den Hinterkopf ausbreitete.

»Wir müssen was essen«, hatte Ulrike in einem Tonfall erklärt, der keinen Widerspruch duldete. »Und dann brauchen wir Kaffee, viel Kaffee.«

Tabori hatte keine Ahnung, wie sie und Carlos es überhaupt schafften, sich noch auf den Beinen zu halten, wenn er es richtig einschätzte, hatten sie während der vergangenen Nacht kein Auge zubekommen. Aber außer dass Carlos' Bartstoppeln ihn zunehmend wie einen Hipster aussehen ließen und Ulrikes Augen leicht gerötet waren, war ihnen nichts anzumerken.

Jetzt waren sie die ersten Frühstücksgäste in der Polizeikantine am Welfenplatz. Außer ihnen war nur ein hagerer älterer Mann in hohen Stiefeln da, mit weißen Reithosen und mit einem dicken Wollpullover, der kurz von seiner Zeitung aufblickte und ihnen zunickte. Tabori meinte, sich vage an das Gesicht erinnern zu können – vielleicht ein ehemaliger Kollege, der auch nach seiner Pensionierung noch jeden Morgen hier im Innenhof der Stallanlagen seine Runden auf einem der Polizeipferde absolvierte.

Carlos starrte auf die Mittagskarte, die vor ihnen auf dem Tisch lag, Rinderschmorbraten und Szegediner Gulasch. Ulrike griff nach der Karte und legte sie wortlos auf den Nachbartisch. Dann stand sie auf und bestellte bei dem Wirt am Zapftresen das »Polizeifrühstück«, »dreimal bitte, und ohne die Wurst, nur Käse und Ei.«

Während sie auf ihr Frühstück warteten, gingen sie leise die Schritte durch, die vor ihnen lagen. Sie brauchten die gesamte Abteilung der Spurensicherung, um sich die Kühlräume unter der Markthalle vorzunehmen. Sie brauchten gleichzeitig Informationen zu den Betreibern der Wurst- und Fleischstände in der Halle selbst und mussten wissen, woher diese ihr Fleisch bezogen. Sie brauchten womöglich auch zumindest Stichproben von den verschiedenen Ständen. Und das Ganze musste geschehen, ohne allzu große Aufmerksamkeit bei den Kunden hervorzurufen! Außerdem benötigten sie in jedem Fall die Rückendeckung des Polizeidirektors und einen offiziellen Beschluss der Staatsanwaltschaft – eine solche Aktion konnten sie unmöglich auf eigene Faust durchziehen ...

Als der Wirt mit den Tellern aus der Küche kam, betrat eine Gruppe von uniformierten Beamten die Kantine. Während Tabori sein Ei löffelte, schnappte er ein paar Brocken ihres Gesprächs auf. Die Kollegen stritten offensichtlich darüber, ob es eine Tunnelverbindung vom früheren Oststadt-Krankenhaus zur Medizinischen Hochschule geben würde. Und ob dieser Tunnel womöglich ein Risiko darstellte, weil die im Oststadt-Krankenhaus untergebrachten Asylbewerber ihn als Fluchtweg benutzen könnten. Flucht vor wem, dachte Tabori, sie sind doch bereits geflüchtet, und sie können auch ganz einfach zur Vordertür rausmarschieren ...

Carlos musste die Kollegen ebenfalls gehört haben und tippte sich an die Stirn: »Haha, ein Tunnel unter halb Groß-Buchholz durch und dann auch noch unter dem Mittellandkanal! Mann, wie bescheuert muss man eigentlich sein, um so was ernsthaft zu diskutieren!«

»Genauso bescheuert wie um zu glauben, dass einer auf die Idee kommt, Leute zu zerstückeln und als Rippchen für die Grillparty anzubieten«, bemerkte Ulrike mit einem Zynismus, der selbst Carlos zu verblüffen schien.

Tabori fehlte der Zusammenhang, als die Kollegen am Nebentisch jetzt von dem ominösen Tunnel auf die Trunkenheitsfahrt von Margot Käßmann kamen.

»Das war übrigens gar nicht Schröder, der da auf der Rückbank gesessen hat«, wusste einer von ihnen zu berichten.

»Sondern?«, fragte eine blonde Polizistin interessiert.

»Wulff!«, kam prompt die Antwort. »Glaub mir, ich hab das aus einer absolut sicheren Quelle. Christian Wulff, der damals noch Ministerpräsident von Niedersachsen war, aber bereits als Bundespräsident gewählt.«

Tabori sah, wie der morgendliche Reiter den Kopf schüttelte und dann lachend seine Zeitung zusammenfaltete, bevor er aufstand und mit einem nochmaligen Nicken zu Tabori die Kantine verließ. Tabori wusste jetzt wieder, wer der Reiter war und wo sie sich bereits schon mal begegnet waren – ein ehemaliger Kulturdezernent und irgendein Zwischenfall auf dem Gartenfriedhof in der Innenstadt, den der Dezernent damals bei einem abendlichen Spaziergang mit seinem Hund beobachtet hatte. Tabori war noch gar nicht bei der Mordkommission gewesen, und das Ganze schien ihm Ewigkeiten her zu sein. Es war Ewigkeiten her! Er hatte auch keinerlei Erinnerung mehr, worum es überhaupt gegangen war, aber der Hund war ein Dackel gewesen, da war er sich sicher. Ein Rauhaardackel, der ... Frodo hieß! Der Name des Dezernenten fiel ihm nicht mehr ein.

»Wir müssen los«, erklärte Ulrike und schob ihren Stuhl zurück.

Sie hatte weder ihr Ei noch den Käse angerührt, sondern nur ein trockenes Brötchen gegessen und mehrere Tassen Kaffee getrunken.

Um kurz vor elf waren sie endlich so weit. Tabori hatte nur einen kurzen Blick in den Gang geworfen, der zu den unterirdischen Kühlräumen führte, und dann alles Weitere Sommerfeld und seiner Mannschaft hinterlassen. Die Spurensicherer hatten ihre Schutzanzüge erst übergestreift, als sie vor den Blicken womöglich neugieriger Anlieferer oder Hallenbesucher verborgen waren.

Auf dem Weg zurück war Tabori noch kurz pinkeln gegangen. Er meinte sich dunkel zu erinnern, dass der Toilettenraum mit historischen Kacheln gefliest gewesen war, fand sich dann aber zwischen hellgelben Wänden und weißen Schlichtfliesen wieder, die eher einer Autobahnraststätte aus den sechziger Jahren entsprachen.

Dabei war die ursprüngliche Markthalle bei Weitem mehr gewesen als ein schmucklos-trister Zweckbau – bei ihrer kurzen Einsatzbesprechung hatte Lepcke scheinbar nebenbei erwähnt, dass die alte Halle Ende des 19. Jahrhunderts als der größte Stahl- und Glasbau des Kaiserreichs galt, »sogar mit einer eigenen Anbindung ans Gleisnetz der Straßenbahn!« Tabori war überzeugt, dass die Information nur dazu hatte dienen sollen, die Staatsanwältin zu beeindrucken, ebenso wie die Anekdote, dass die Markthalle angeblich während der Wirtschaftskrise der zwanziger Jahre von erbosten Hausfrauen geplündert worden war. Gudrun ten Berg hatte mit keiner Reaktion gezeigt, dass sie Lepckes eher weitschweifige Ausführungen überhaupt zur Kenntnis nahm. Ohnehin hatte Tabori den Eindruck, dass zwischen Lepcke und der Staatsanwältin irgendetwas vorgefallen war, was er lieber gar nicht wissen wollte.

Als er sich die Hände wusch, ging hinter ihm die Tür zu einer der Kabinen auf. Im Spiegel konnte er Heinisch ausmachen, der einen Moment unschlüssig im Raum stand, bevor er Tabori auf die Schulter tippte.

»Ihr müsst mehr Dampf machen, Leute! Sonst läuft uns die Sache aus dem Ruder. Die Stimmung ganz oben ist nicht gut, wie du dir wahrscheinlich denken kannst.«

Die nervöse Anspannung, die Tabori spürte, seit Sommerfelds Leute in den Kühlräumen verschwunden waren, trug nicht dazu bei, Heinischs bereits wiederholtes unerwartetes Auftauchen einfach so hinzunehmen.

»Was hast du hier überhaupt schon wieder zu suchen?«, blaffte er Heinischs Spiegelbild an, ohne sich umzudrehen. »Lass mich bitte meine Arbeit machen und ... verpiss dich«, setzte er leise hinzu, während er den Händetrockner einschaltete.

»Das habe ich gehört, Alter. Aber vielleicht ist es an der Zeit, dass wir mal Klartext reden! Ohne mich läuft hier nämlich gar nichts, verstehst du? Du musst nicht denken, nur weil ich zur Zeit keine offizielle Funktion innehabe, könntest du einfach ignorieren ...«

»Ich fürchte, du überschätzt dich ein bisschen«, unterbrach ihn Tabori, obwohl er gleichzeitig ahnte, dass Heinisch nicht nur heiße Luft von sich gab, sondern tatsächlich irgendwelche Fäden in der Hand hielt. »Lass mich meine Arbeit machen«, wiederholte er. »Und leg mir keine Steine in den Weg, dann interessiert es mich auch nicht, in was für Machenschaften du verwickelt bist.«

»So gefällst du mir schon besser. Mein Reden, leben und leben lassen. Aber sieh zu, dass du deinen Fall in den Griff bekommst. Man will Ergebnisse sehen, wenn du weißt, was ich meine.«

Heinisch folgte ihm die Treppen hinauf, bog dann aber grußlos nach links ab zu einem der Stände, an denen sich spätestens zur Mittagspause auch die leitenden Beamten der verschiedenen Ministerien einfinden würden.

Tabori traf sein Team beim Italiener in der vorderen rechten Ecke der Halle. Lepcke hatte ihm bereits einen doppelten Espresso bestellt, er kannte Taboris Eigenart, Kaffee ohne Probleme auch kalt zu trinken. Tabori hatte gerade den ersten Schluck genommen, als er aus den Augenwinkeln den Fotografen entdeckte – und er wusste im gleichen Moment, dass Michael Thomas nicht zufällig da war, auch wenn er ihnen demonstrativ den Rücken zukehrte und in ein Gespräch mit den Leuten an seinem Tisch vertieft zu sein schien.

»Worüber habt ihr gerade geredet?«, fragte Tabori.

Lepcke sah ihn irritiert an. »Wie wir weitermachen«, sagte er mit einem Schulterzucken. »Und Frau ten Berg hat uns daran erinnert, dass wir die Familien der Opfer benachrichtigen müssen! Irgendwie war mir das durchgerutscht, aber dir ja offensichtlich auch. Die Überlegung ist jetzt, ob einer von uns da hinfährt, anstatt das den Kollegen vor Ort zu überlassen. Auch wenn die Situation natürlich ... nicht passt, aber das gäbe uns die Möglichkeit, gleich ein paar Fragen zu stellen. Wenn wir mehr rauskriegen über die beiden jungen Männer, also welche Gemeinsamkeiten es vielleicht gibt ...«

Tabori legte den Finger auf die Lippen. »Bist du eigentlich blind?«, fragte er leise und deutete mit dem Kopf auf den Rücken des Fotografen.

»Verdammt«, stieß Lepcke hervor. »Das ist doch ... Ich hab ihn nicht gesehen, echt, tut mir leid. Aber ...«

Noch bevor er weitere Entschuldigungen anbringen konnte, hatte Tabori schon seine Tasse gegriffen und wechselte den Tisch.

»Hallo, Michael«, grüßte er freundlich, »lange nicht gesehen.«

Der Fotograf spielte das Spiel mit, ohne sonderlich überrascht zu wirken. Was Tabori endgültig davon überzeugt sein ließ, dass Michael Thomas mehr wusste, als er vorgab ...

»Tabori! Das ist ja mal was ganz Neues, dich hier in der Markthalle zu treffen. – Hauptkommissar Tabori«, erklärte er den beiden sehr jungen Frauen am Tisch, »und ein alter Freund, könnte man sagen. Wie lange ist das jetzt her, seit wir uns kennen? Nein, warte, sag nichts, das muss in meinem ersten Jahr als Polizeireporter gewesen sein! Verdammt lang her, mit anderen Worten. Und ich hab schon gehört, dass du wieder dabei bist. Freut mich, freut mich sogar sehr. – Es ist immer gut, mit jemandem zu tun zu haben, bei dem man weiß, dass man sich auf ihn verlassen kann«, wandte er sich wieder an die beiden Frauen. Praktikantinnen, dachte Tabori, oder Volontärinnen, und sie haben keine Ahnung, dass Thomas sie nur als leicht zu durchschauendes Alibi benutzt!

»Netzwerk, sage ich nur«, dozierte er weiter, »die richtigen Verbindungen sind das Wichtigste in unserem Beruf, das werdet ihr noch schnell genug lernen.«

Der Themenwechsel kam so überraschend, dass Tabori für einen Moment den Faden verlor, als Thomas ihm die Hand auf die Schulter legte und sagte: »Du kommst übrigens wie gerufen, da kann ich dich gleich nach deiner Meinung fragen. Ich habe nämlich eben noch erzählt, dass ich ein Kochbuch machen will! Ich habe so viel gekocht in letzter Zeit, verstehst du, vor allem für meinen Sohn, und weißt du, was echt nervt? Was das Problem bei so gut wie allen Kochbüchern ist? Dass die Fotos ganz einfach zu gut sind, ist ja auch klar, da sind Profis am Start, die das alles mit großem Aufwand ins Bild setzen, kann ich auch, natürlich, ich weiß ja, wie das gemacht wird. Aber jetzt denk einfach mal anders rum, denk mal an den, der jetzt irgend so ein Rezept nachkocht! Und was passiert dann? Richtig, er hat alles so gemacht, wie im Kochbuch angegeben, alles perfekt, aber wenn das Essen dann vor ihm steht, sieht es trotzdem nicht aus wie auf den Fotos. Im Gegenteil, es wirkt meistens irgendwie ... erbärmlich. Frag nicht, wie oft mir das selber schon so gegangen ist. Und deshalb ...« Thomas machte eine Kunstpause, die beiden Frauen nickten bereits bewundernd, da er ihnen die gleiche Geschichte ja schon mal erzählt hatte, und sie also die Pointe kannten. »Ich mach die Bilder mit dem Handy. Das ist es! Keine kunstvollen Arrangements, keine Tricks mit Licht und solchen Gimmicks, einfach nur ganz realistisch, was dabei rauskommt, wenn du dein Essen auf dem Teller hast. Und vergiss die ganzen aufwändigen Gerichte, mit denen dir irgendwelche Sterneköche kommen, nein, ganz normales Essen mit Zutaten, die du in jedem Supermarkt bekommst, ohne dafür erst dreimal durch die Stadt fahren zu müssen! Was sagst du? Was hältst du davon?«

»Können wir mal kurz unter vier Augen miteinander reden?«, fragte Tabori zurück und zog Thomas ein Stück mit sich, bis sie außer Hörweite der Volontärinnen waren. »Was hast du von dem Gespräch meines Kollegen mitbekommen? Und wieso bist du überhaupt hier? Erzähl mir nicht, dass das Zufall ist, Michael, woher hast du deine Informationen?«

Tabori wusste, dass die meisten Leute den Fotografen einfach nur mit »Michi« ansprachen, fand aber jede Verniedlichung von Vornamen gerade bei Erwachsenen immer schon unerträglich und beharrte deshalb auf der korrekten Form.

Der Fotograf hob die Hände und grinste.

»Einmal Bulle, immer Bulle, was? – Aber stimmt schon, erwischt! Obwohl ich dieses Kochbuch tatsächlich machen will ...«

»Michael!«

»Ist ja gut. – Ich weiß, dass ihr an irgendeiner Sache dran seid, und ich weiß, dass es irgendwas Größeres sein muss, sonst hättet ihr keine Nachrichtensperre verhängt. Aber dir ist ja wohl klar, dass trotzdem immer irgendwas durchsickert, obwohl es diesmal tatsächlich nicht mehr als ein paar vage Andeutungen sind. Ihr habt irgendwas im Maschpark zu tun gehabt, und gestern Abend wart ihr im Hanebuthwinkel, wenn ich tippen sollte, würde ich sagen, dass ihr eine Leiche habt. Zwei Leichen vielleicht, und ihr stochert im Nebel, ihr habt keine Ahnung, aber ihr wollt den Deckel draufhalten. Entweder um den Eindruck zu vermeiden, dass ihr so ziemlich im Regen steht, oder weil ihr Angst vor irgendeiner Panik habt, wenn das Ganze an die Öffentlichkeit kommt.«

»Womit du meine Frage noch nicht beantwortet hast«, beharrte Tabori, ohne auf die Überlegungen des Fotografen einzugehen. »Also noch mal, wieso bist du hier?«

»Ich habe einen Anruf bekommen, von der Zentrale in der HAZ durchgestellt. Entweder war die Verbindung ziemlich schlecht oder

der Anrufer hat sich bemüht, seine Stimme zu verstellen. Ich bin mir trotzdem ziemlich sicher, dass es ein Mann war.«

Tabori hatte wieder die Situation vor Augen, als er während seiner Party den Anruf des Straßenbahnfahrers erhalten hatte. Sie hatten Paust ohnehin noch mal für vierzehn Uhr aufs Kommissariat bestellt, er hatte den Termin nach seinen gestrigen Überlegungen eigentlich schon wieder absagen wollen, jetzt schien das bevorstehende Gespräch eher eine konkrete Vernehmung zu werden ...

»Und?«, forderte er Thomas auf weiterzureden.

»Von Anfang an ziemlich aggressiv. Dass er hoffen würde, die Zeitung wäre nicht genauso hinter dem Mond wie die Polizei, so was in der Art. Und er würde es als seine Bürgerpflicht erachten, mir einen Tipp zu geben. Ihr wärt gerade dabei, mit der Spurensicherung in der Markthalle anzurücken, das müsste doch wohl etwas sein, was mich interessiert. Und wir hätten ja schon alles verschlafen, was in den letzten vier Tagen passiert wäre, wir sollten endlich mal unserer Verantwortung nachkommen. Die Zeitungsleser hätten ein Recht darauf zu erfahren, was passiert ist. Mehr nicht, das war's.«

Vier Tage, dachte Tabori, das passte mit dem Zeitpunkt überein, an dem sie den gefälschten Haarmann-Kopf gefunden hatten. Und das konnte nur jemand wissen, der dabei gewesen war!

»Warum hat er gerade dir diesen Tipp gegeben? Hat er irgendwas gesagt, ob er dich kennt oder ...«

»Stimmt, ich habe ihn sogar konkret danach gefragt!«

»Und die Antwort?«

»›Sind Sie jetzt Polizeireporter oder nicht?‹«, gab Thomas die Erklärung des unbekannten Anrufers wieder.

Tabori rieb sich mit der Hand über die Wangen und das Kinn, als könnte er auf diese Weise seine lähmende Müdigkeit vertreiben.

»Könnte es sein, dass du ihn irgendwoher kennst? Jemand, der dich vielleicht schon mal mit Informationen versorgt hat – oder jemand, der dich mal vollgelabert hat! Ich meine, das passiert doch bei euch immer wieder, dass ihr Leute dran habt, die sich mit irgendwas wichtig machen wollen, nur um in die Zeitung zu kommen?«

»Die rufen normalerweise in der Redaktion an, nicht bei einem von uns.«

»An die Nummer kommen wir natürlich nicht ran ...?«

»Ich sag doch, ist über die Zentrale durchgestellt worden. Und ich würde auch noch nicht mal auf ein Handy tippen, sondern eher eine der letzten öffentlichen Telefonzellen, frag mich nicht, wie ich darauf komme, aber das war die ganze Zeit über so ein Gefühl. – Und jetzt bist du dran! Ich habe den Transporter der Spurensicherung hinten in der Anlieferzone gesehen, und du bist mit Sommerfeld und seiner Mannschaft in den Keller runter, außerdem hat Lepcke ... Ja, schon gut«, unterbrach er sich, als Tabori die Augenbrauen hochzog, »ich habe ein bisschen gelauscht, ist doch klar, wenn Lepcke und die anderen von deinem neuen Team da eine Lagebesprechung machen, dann ...« Er zuckte mit den Schultern. »Also komm, Tabori, worum geht es hier?«

»Ich kann dir nichts sagen, wirklich nicht. Aber du bist der Erste, den ich informiere, versprochen. Und wir werden eine Pressekonferenz ohnehin nicht mehr lange rausschieben können. Nur bis dahin musst du dich dran halten, absolute Informationssperre, okay?«

»Mann, Mann, wenn du es nicht wärst, dann ...«

»Danke.«

Eine halbe Stunde später trat Sommerfeld zu ihnen an den Tisch.

»Scheißkalt ist es da unten! Und tiefgefrorenes Fleisch macht es auch nicht unbedingt einfach, da auf Anhieb die Herkunft bestimmen zu können. Wir haben entsprechende Proben genommen und schaffen die jetzt ins Labor. Aber wenn ihr mich fragt, Leute, war das Ganze ein gewaltiger Schuss in den Ofen. Zumindest in den Lagerräumen ist nichts außer Schwein, Rind, Lamm, Geflügel, außerdem ein bisschen Wild und mehr Pferd, als ich mir das vorgestellt hätte – und ich schätze mal, das wird bei den Proben aus den Kühlräumen nicht anders sein. Kurz zusammengefasst und wie immer ohne Gewähr, bis wir das genauer untersucht haben: Ich fürchte, wir sind ganz einfach verarscht worden! Andererseits ist das wahrscheinlich das Beste, was uns passieren konnte, auch wenn es uns im Moment erst mal keinen Schritt weiterbringt. – Und jetzt hole ich mir eine Nudelsuppe beim Chinesen. Ich brauch was gegen die Kälte! Habe ich eigentlich schon gesagt, dass ich mich mehr oder weniger entschieden habe, Vegetarier zu werden?«

Er ist ein bisschen nervös. Zum ersten Mal eigentlich, seit alles seinen Lauf genommen hat wie das Räderwerk einer gut geschmierten Maschine. Aber er hat noch so viel zu bedenken. So viel zu tun, dass ihm fast bange wird vor dem, was vor ihm liegt. Aber diesmal wird es funktionieren! Nicht wie schon so oft zuvor, wenn er sich bereits fast am Ziel wähnte, und dann doch alles wieder vergeblich war. Zunichte gemacht von einem Wort, einem Satz – oder auch gar keiner Antwort. Eine Missachtung, die stärker wirkt, als jede noch so dümmlich formulierte Ablehnung.

Er hat dazugelernt. Er redet mit niemandem mehr. Konzentriert sich nur auf sein Ziel. Einen Schritt nach dem anderen. Er darf sich keinen Fehler erlauben – und vor allem darf er nicht zweifeln! Er muss selbstbewusst sein. Stark. Von sich und seiner Idee überzeugt.

Er kannte mal jemanden, der eine Zeitlang beim AWD gearbeitet hat. Jeder der Außendienstmitarbeiter bekam da eine Motivations-CD, die er am besten schon morgens beim Aufstehen hören sollte. Und gleich noch mal dann im Auto, frisch rasiert und mit zwei, drei Aufputschpillen auf dem Weg zum ersten Kunden, der zur Unterschrift überzeugt werden sollte.

Der AWD ist einsame Spitze. Ohne den AWD bin ich nichts. Aber wenn ich den AWD zufriedenstelle, komme ich mit jedem Abschluss meinem Ziel ein Stück näher. Alles, was ich tue, tue ich nicht nur für den AWD, sondern auch für mich. Heute ist ein guter Tag. Ich bin der Größte. Nichts kann mich aufhalten ...

So was in der Art. Nichts als eine Art Gehirnwäsche, hat er damals noch gedacht. Und: Man muss schon ziemlich doof sein, um darauf reinzufallen! Inzwischen sieht er das anders. Er ist überzeugt, dass es genauso funktioniert: Jeder ist sich selbst der Nächste! Und nur, was du für dich tust, bringt dich weiter. Du ganz allein hast es in der Hand. Du kannst alles erreichen, was du dir vorgenommen hast – solange du es wirklich willst.

Und er will es.

Er ist in der Lage, sie alle zu täuschen. Sollen Sie ihn ruhig für einen Langweiler halten! Sie werden sich noch früh genug wundern.

Es gibt keinen Grund, nervös zu sein. Er hat alles im Griff.

Dienstag, 29. September. 14.05 Uhr.

Tabori hatte Lepcke die Befragung von Joachim Paust überlassen. Er war sich mittlerweile doch wieder sicher, dass Paust tatsächlich nur zur falschen Zeit am falschen Ort gewesen war und sie ihn von der Liste der Verdächtigen streichen konnten. Allerdings war Lepcke dann mit der Theorie von zwei Tätern gekommen oder zumindest einer weiteren Person, die als Helfer fungiert hatte.

»Was erklären würde, wieso sie in der Lage waren, zeitgleich sowohl am Schiffgraben als auch in Lahe zu sein.«

Das Ganze erschien Tabori mehr als konstruiert, aber Lepcke hatte sich an seine Theorie geklammert wie an den sprichwörtlichen Strohhalm.

Paust schien nicht sonderlich irritiert, als die uniformierte Beamtin ihn in einen der Vernehmungsräume führte, statt in Taboris und Lepckes Dienstzimmer. Nach einem kurzen Blick, mit dem er sowohl das Mikrofon auf dem Tisch als auch die Kamera oben in der Ecke über der Tür registrierte, wandte er sich direkt zu der für ihn nicht durchsichtigen Scheibe, hinter der Tabori stand, und stellte achselzuckend fest: »Wie im Fernsehen.« Tabori war sich nicht sicher, ob der Kommentar wirklich ihm galt oder ob Paust nur mit sich selbst geredet hatte. Paust setzte sich und legte die Hände auf die Tischplatte, er saß sehr aufrecht, mit durchgedrücktem Kreuz, als wollte er signalisieren, dass er so weit wäre.

Die Staatsanwältin trat neben Tabori. Seit sie die Markthalle verlassen hatten, hatte sie kaum ein Wort gesagt. Tabori hatte jedoch den Eindruck gehabt, dass sie weiterhin bemüht war, Lepcke möglichst aus dem Weg zu gehen – und auf einen ungestörten Moment wartete, um mit Tabori unter vier Augen reden zu können. Nur dass es diesen Moment bislang nicht gegeben hatte.

»Was ist los?«, fragte sie jetzt. »Wo bleibt ... Lepcke?«

Tabori hatte die kurze Pause in ihrer Frage sehr wohl bemerkt. Entweder hat sie noch Mühe mit unserer dämlichen Angewohnheit, uns alle nur mit Nachnamen anzureden, dachte Tabori, oder sie hat sich gerade im letzten Moment noch bremsen können, bevor ihr »Markus« herausgerutscht ist. Lepckes Vorname. Den sie allerdings nur dann fast benutzt hätte, wenn es nicht das erste Mal war. Wenn sie bei Lepcke automatisch an »Markus« dachte, dann kannten die beiden sich womöglich längst besser, als er angenommen hatte ...

»Er kommt schon, keine Sorge«, antwortete er, ohne Paust dabei aus den Augen zu lassen. Es war eine Taktik, die Lepcke und er bereits früher benutzt hatten. Lepcke kam zu spät, aber wenn er dann seine Fragen stellte, wollte er nicht davon beeinflusst sein, wie sich die Person im Vernehmungsraum während der Wartezeit verhalten hatte – das würde Tabori erst hinterher beisteuern, wenn sie ihr Fazit zogen.

Paust hatte seine Haltung nicht verändert. Und auch als Lepcke endlich den Raum betrat, zeigte er keinerlei Anzeichen von Ungeduld. Er erwiderte Lepckes Gruß mit einem kurzen Nicken, als Lepcke das Aufnahmegerät einschaltete, frage er: »So offiziell?«

»Nur für die Akten«, erklärte Lepcke und leierte den üblichen Text herunter, als wäre es ein notwendiges Übel, auf das er nur zu gerne verzichten würde: Datum, Uhrzeit, Vernehmung des Zeugen Joachim Paust in der Sache ›Haarmanns Kopf‹ durch Hauptkommissar Lepcke, Mordkommission Hannover ...

»Ich dachte, Hauptkommissar Tabori wäre für den Fall zuständig?«, fragte Paust.

Lepcke blickte hoch. Ungefähr so, als würde er Paust zum ersten Mal wirklich wahrnehmen. Dann stand er auf und ging um den Tisch herum, bis er sich hinter Paust befand. Paust versuchte, ihm mit dem Kopf zu folgen, die Hände behielt er nach wie vor auf der Tischplatte.

»Wo waren Sie heute Vormittag zwischen ... zehn und elf Uhr?«, fragte Lepcke.

»Was? Ich denke, es geht um den Abend, an dem ich den Kopf gefunden habe?«

»Beantworten Sie einfach nur meine Frage! Heute Vormittag, zwischen zehn und elf, genauer gesagt ...« Lepcke zog sein Smartphone aus der Tasche. Tabori wusste, dass er solche kleinen Spielchen liebte – obwohl Lepcke natürlich die Uhrzeit, zu der der Anruf für den Fotografen durchgestellt worden war, zuverlässig im Kopf hatte. »Warten Sie ... hier hab ich's, um exakt zehn Uhr zwanzig! Wo waren Sie da?«

Paust zog die Augenbrauen zusammen. Seine Hände schlossen sich zu Fäusten.

»Das ist doch albern! Ich war auf einer Pressekonferenz zur Technik der neuen Elektrobusse, die jetzt auf der Ringlinie eingesetzt werden. Ich schreibe manchmal auch was für Fachzeitschriften ...«

»Die Konferenz war wo?«, unterbrach ihn Lepcke.

»Bei der ÜSTRA.«

»Also in diesem Gehry-Haus am Steintor?«

»Nein, um die Ecke, in der Alten Remise, oben, erster Stock rechts, Raum zwei, wenn Sie es genau wissen wollen. Das ist übrigens die ehemalige königliche Wagenremise, da standen früher auch oben Kutschwagen, und vor dem Ersten Weltkrieg war es mal Deutschlands größter Bier-Palast, dann eine Eislaufhalle. In den siebziger Jahren war da der Jesus-Laden. Und gleich daneben ein Shop für ... äh, Ehe-Hygiene.«

»Haben Sie während der Konferenz den Raum verlassen, um zu telefonieren?«

»Nein, wieso? Warum sollte ich? Ich versuche ja grundsätzlich, möglichst kein Wort zu verpassen. Mir sind echte Zitate lieber als vorformulierte Pressemitteilungen. Gerade in Fachzeitschriften darf es ruhig mal ein bisschen lebendiger sein ...«

»Samstagabend, als Sie den Kopf gefunden haben«, gab Lepcke jetzt unvermittelt einen Schuss ins Blaue ab, »da ist leider etwas schief gelaufen.«

»Was? Ich verstehe nicht ...«

»Doch, Sie verstehen mich ganz genau. Schöne Idee eigentlich mit dem zweiten Mann, clever ausgedacht. Nur leider dumm gelaufen. Sie hätten sich niemanden suchen sollen, der sich nicht unter Kontrolle hat und eine zufällige Zeugin beschimpft, so dass sie sich hundertprozentig an ihn erinnern kann. – Wobei hat er sich eigentlich am Bein verletzt? Ihr Kompagnon, meine ich?«

»Ich ...«

»Lahe? Der Parkplatz vom Friedhof?«

»Es tut mir leid, ich kapiere überhaupt nichts. Und ehrlich gesagt, finde ich das jetzt auch nicht mehr witzig! Ich bin freiwillig zu Ihnen gekommen, weil ich helfen wollte, und jetzt ...«

»Gut, vergessen Sie meine Frage«, wechselte Lepcke erneut die Taktik. »Danke für Ihre Bereitschaft, uns zu unterstützen, aber Sie werden ja sicher verstehen, dass wir alle ... Möglichkeiten abklopfen müssen. – Ich brauche dann nur noch einen Ansprechpartner bei der ÜSTRA, der mir die Sache mit der Pressekonferenz bestätigen kann.«

»Udo Iwannek, der Pressesprecher«, erwiderte Paust prompt. »Der saß mir direkt gegenüber. Und rechts von mir Bernd Haase von der HAZ. Hinterher haben wir übrigens noch einen Moment zusammengestanden und über Hannover 96 geredet.«

Tabori sah, wie sich Pausts Hände wieder entspannten. Bei den nächsten Sätzen allerdings war er ähnlich irritiert wie Lepcke.

»Aber das wird Sie ja eher nicht interessieren, schätze ich, genauso wenig wie wenn ich Ihnen jetzt lang und breit noch etwas über diesen neuen Elektrobus erzähle. Also sollten wir vielleicht wieder auf das Thema Haarmann kommen, meinen Sie nicht? – Sagt Ihnen der Name Heinrich Rätz etwas?«, fragte er unvermittelt. »Ich wollte das eigentlich Ihren Kollegen Tabori fragen, aber vielleicht können Sie es ja weitergeben ...«

»Was?«

Lepcke umrundete den Tisch und setzte sich. Er war eindeutig aus dem Konzept gebracht.

»Also, Heinrich Rätz, geboren am 12. September 1884, gestorben am 8. August 1943. Und soweit ich weiß, ist er der einzige Polizist in Hannover, für den es einen Gedenkstein gibt, der auf Kosten der Stadt restauriert wurde. Auf dem Neuen Nikolaifriedhof an der Strangriede in der Nordstadt. Und Rätz war der Polizist, der damals Haarmann gejagt und 1924 dann überführt hat.«

Lepcke starrte Paust mit halbgeöffnetem Mund an und machte eine Geste, als wollte er sich unwillkürlich an die Stirn tippen.

Seine Stimme klang heiser, als er fragte: »Warum erzählen Sie mir das? Und warum sollte das für meinen Kollegen ...«

»Ich habe es doch eben gesagt. Rätz hat Haarmann gejagt, und Haarmann ist tot, schon klar, mit dem Fallbeil hingerichtet, aber jetzt taucht plötzlich sein Kopf wieder auf! Ich meine, ich habe noch mal ein bisschen darüber nachgedacht, was das wohl bedeuten könnte. Korrigieren Sie mich ruhig, falls ich danebenliegen sollte, aber der Kopf könnte doch so was sein wie ein Zeichen, dass Haarmann sozusagen auferstanden ist und alles wieder von vorne losgeht! Also so was wie ein Nachahmer von Haarmann, das meine ich. Ich weiß ja nicht, ob Sie schon irgendwelche Leichenteile gefunden haben, in der Zeitung stand noch nichts, aber das muss nichts bedeuten, vielleicht wollten Sie die Sache erst mal geheim halten. Es ist auch klar, dass Sie mir da jetzt nichts weiter erzählen können, nur wenn ich recht habe, dann ist doch jeder Hinweis, der sich auf Haarmann bezieht, wichtig für Sie! Und Hauptkommissar Tabori ist ja gewissermaßen der Nachfolger von diesem Rätz damals, deshalb wollte ich das als Info an Sie weitergeben ...«

Paust weiß nicht, dass der Kopf gar nicht Haarmanns Kopf ist, dachte Tabori. Er reimt sich einfach irgendwas zusammen, aber er kommt der Sache dabei verdammt nahe. Oder weiß er es und spielt ein Spiel mit uns? Ist er wirklich so abgebrüht, dass er hier sitzt und ...

»Soll das ein Hinweis sein?«, fragt die Staatsanwältin neben ihm leise. »Gibt es da vielleicht irgendwas bei diesem Gedenkstein, von dem er geredet hat? Sind da noch mehr Leichenteile? Müssen wir das überprüfen?«

Tabori nickte. »Rufen Sie Carlos und Ulrike an. Die sollen da hinfahren und sich umsehen. Obwohl ich ...«

... eher glaube, dass es eine Sackgasse ist, wollte er sagen. Irgendein Gefühl ließ ihn davon ausgehen, dass Paust nichts weiter getan hatte, als ein paar naheliegende Mutmaßungen anzustellen. Und ganz offensichtlich war er jemand, der Spaß daran hatte, sich auch noch die abwegigsten Fakten zu merken, vor allem wenn es um Hannover ging. Dazu passte ein Detail wie dieser Gedenkstein auf dem Friedhof an der Strangriede genauso wie die ohne jede Mühe abrufbaren Informationen, die er bereits bei ihrem ersten Treffen für Tabori parat gehabt hatte.

Aber Paust prahlte nicht, er war kein Aufschneider, er wollte ihnen wahrscheinlich noch nicht mal klar machen, wie wenig sie im Gegensatz zu ihm wussten – er hielt ganz einfach nur seine eigene Begeisterung für selbstverständlich, er war fasziniert davon, wie viele Details zu einem Gesamtbild gehörten, das sich trotz allem niemals jemandem vollständig erschließen würde ...

Tabori hob die Hand, als die Staatsanwältin zu einer neuen Frage ansetzte: »Moment noch!«

Lepcke musste parallel zu ihm zu einem ähnlichen Ergebnis gelangt sein – und hatte seinen ursprünglichen Verdacht offensichtlich als haltlos abgetan. Gleichzeitig aber hatte er erkannt, dass womöglich irgendwo in Pausts Fundus an Informationen die sprichwörtliche Stecknadel im Heuhaufen versteckt sein konnte, die sie weiterbringen würde, wenn sie nur die richtigen Fragen stellten.

Sein Tonfall hatte sich jetzt deutlich verändert, mit einer Art jungenhaftem Charme verwickelte er Paust in ein Gespräch, das fast schon freundschaftlich war.

»Sie wissen viel mehr über Haarmann als wir, ich bin echt beeindruckt. Vor allem, dass Sie sich auch noch an Jahreszahlen erinnern können! Das war immer mein Problem in der Schule, ich weiß bis heute nicht, wann genau Goethe gelebt hat oder ... wann die Französische Revolution war und solche Sachen, wann Kolumbus Amerika entdeckt hat ...«

Übertreib es nicht, dachte Tabori noch, im gleichen Moment beugte sich Lepcke weit über den Tisch zu Paust: »Aber zurück zu Haarmann. Gibt es eigentlich in Hannover ... Ich weiß nicht, wie ich es formulieren soll, so was wie einen Fan-Kreis, nein, das trifft es nicht, ich meine eher Leute, die Haarmann als Spezialgebiet haben, Historiker vielleicht oder ...«

»Natürlich«, unterbrach ihn Paust, »Sie brauchen nur ins Netz zu gehen, da tummeln sich alle möglichen selbsternannten Fachleute. Was nicht heißt, dass sie wirklich etwas wissen! Solche Foren sind ja auch eher dazu da, dass jeder Idiot drauflos labern kann, der sich wichtig machen will ...«

Während Paust sich über das Halbwissen im Netz aufregte, merkte Tabori, wie seine Gedanken abschweiften zurück zu jenem Abend, an dem Paust ihm seinen grausigen Fund präsentiert hatte. Sie waren beide überzeugt gewesen, Haarmanns Kopf vor sich zu haben, auch wenn er jetzt wusste, dass der Kopf entsprechend präpariert worden war und zu jemandem gehörte, dessen Identität sie noch immer nicht kannten. Und der Kopf im Glas war sauber abgetrennt, mit einem einzigen Schnitt, hatte Bohnenkamp erklärt. Ein Schnitt wie von einem Fallbeil oder einer ähnlichen Tötungsmaschine. Keine solche Stümperei wie bei ihren weiteren Funden. Aber was hatte dieser Unterschied zu bedeuten? Was übersahen sie die ganze Zeit? Wer war dieses Opfer, das als Haarmann herhalten musste? Warum überhaupt der Aufwand, den Kopf zu präparieren ...?

Einem plötzlichen Impuls folgend stürmte Tabori aus dem Raum und rief noch auf dem Gang Sommerfelds Nummer auf.

»Der Kopf im Glas«, platzte er heraus, ohne sich erst mit irgendeiner Form von Begrüßung aufzuhalten, »wie sehr ist der verändert worden, um zumindest auf den ersten Blick Haarmann zu ähneln? Ich meine, was genau hat der Täter da ...«

»Ich glaube, ich weiß, was du meinst«, unterbrach ihn Sommerfeld, »warte einen Moment ...«

Tabori hörte, wie Sommerfeld mit dem Telefon am Ohr durch das Labor ging. »So, hier haben wir das Präparat. – Verdammt!«, stieß er gleich darauf hervor. »Da hätte ich auch selber drauf kommen können, du hast vollkommen recht! Eigentlich ist es nur die Frisur, dieser Seitenscheitel. Also ich will sagen, dieser Mann kann durchaus auch längere Haare gehabt haben, die der Täter dann entsprechend geschnitten und zum Seitenscheitel gelegt hat. Aber die Kopfform ... also, ich weiß nicht, inwieweit du dich da genau auskennst, wir unterscheiden da vor allem in rund, oval, quadratisch, auch dreieckig und trapezförmig, weiterhin spielt die Dominanz von Stirn, Oberkopf oder Hinterkopf eine wesentliche Rolle ...«

»Mach es kurz!«, bat ihn Tabori und spürte, wie ihm eine Gänsehaut über den Rücken lief. »Ich will nur dein Fazit hören.«

»Die Kopfform, die Nase, das Kinn, die Stellung der Augen, die gesamte Physiognomie, das passt alles. Die Ohren stimmen nicht, aber sonst ... Das Opfer sah Haarmann so ähnlich, als ob sie Brüder gewesen wären. Oder sein Sohn, sein Enkel ... Aber das können wir nicht überprüfen, wir haben keine DNA von Haarmann, und das, was von ihm noch übrig war, ist eingeäschert.«

»Habt ihr ein Foto von dem Kopf? Ohne das Glas?«

»Natürlich.«

»Schick es mir rüber. Jetzt gleich. Dann gebe ich das an die Presse raus. Irgendjemand muss den Typen wiedererkennen, das ist die einzige Chance, die wir im Moment haben.«

Tabori hatte gerade das Bild mit einem kurzen Text an die Zeitung geschickt und telefonisch vereinbart, dass die Suchmeldung am nächsten Tag im Lokalteil erscheinen würde, als Ulrike ohne zu klopfen das Dienstzimmer betrat.

»Hast du einen Moment Zeit?«

»Ich hatte eigentlich gedacht, ihr wärt auf dem Friedhof an der Strangriede. Die Staatsanwältin sollte euch Bescheid sagen ...?«

»Hat sie auch. Aber wir sind keine siamesischen Zwillinge, falls du das gedacht haben solltest.«

»Soll heißen?«

»Soll heißen, dass wir durchaus in der Lage sind, auch mal was alleine zu machen. – Carlos ist unterwegs zur Strangriede, aber ich hab hier ein paar Infos, die dich interessieren werden.«

Sie hatten gleich bei der ersten Teamsitzung vereinbart, sich täglich auszutauschen und abzusprechen, ansonsten aber unabhängig voneinander vorzugehen. Die Methode hatte den Vorteil, dass sie parallel zueinander verschiedene Ansatzpunkte verfolgen konnten – zumindest solange sie nichts Konkretes in der Hand hatten, was es rechtfertigen würde, alle anderen Alternativen außer Acht zu lassen.

Im Übrigen war Tabori sich sehr wohl darüber im Klaren, dass mit Carlos und Ulrike auch kaum eine andere Form der Zusammenarbeit möglich war. Und gerade jetzt lieferte ihm Ulrike einen neuen Beweis dafür, was sie und Carlos leisten konnten, wenn ihnen niemand in ihre Arbeitsweise hineinredete. Allerdings tischte sie ihm zunächst noch ein paar für ihren Fall eher nebensächliche Details auf, bevor sie zum Wesentlichen kam ...

»Heinisch«, begann sie. »Warum mischt er hier überhaupt mit? Wieso taucht ein ehemaliger Polizeipräsident, der noch dazu in einen handfesten Skandal verwickelt war, jetzt plötzlich wieder auf? Ohne jede offizielle Funktion, aber ganz offensichtlich mit kaum weniger Einfluss als zuvor?«

»Sag du es mir!«

»Er weiß irgendwas, was dem ganzen Apparat gefährlich werden kann. Aber er ist auch nicht der Typ, der damit an die Öffentlichkeit geht. Er steht mehr darauf, einen Deal zu machen, nach dem Motto: Eine Hand wäscht die andere! Ich bin mir noch nicht mal sicher, ob sein Rücktritt damals nicht ein von vornherein abgekartetes Spiel war. Er hat das Bauernopfer gegeben – und in Wirklichkeit sogar noch dabei gewonnen. Jedenfalls hat er einen echten Stressjob eingetauscht gegen einen gut bezahlten Vertrag als ... Berater!«

»Berater wofür?«, fragte Tabori irritiert.

»Interne strukturelle Veränderungen! Mit anderen Worten: Wer nicht nach seiner Pfeife tanzt, dessen Arbeitsplatz wird ... umstrukturiert. Oder gleich ganz gestrichen.«

»Damit hätten sie den Bock zum Gärtner gemacht.«

Ulrike nickte. »Der Piëch-Effekt.«

»Was?«

»Wie bei Piëch, der Typ von VW, erinnerst du dich nicht? Jemand, der alle Entscheidungen ausschließlich aufgrund seiner kleinen persönlichen Vorlieben und Launen trifft. – Was übrigens auch die Frage klärt, warum Heinisch uns diese Gudrun ten Berg hier ins Team gesetzt hat!«

»Sie ist seine Cousine. Er wollte ihr einen Gefallen tun, sie hat darum gebeten, weil ...«

»Das glaube ich nicht, denk an Piëch! Die Cousine ist ihm völlig egal, Carlos und ich haben da ein bisschen nachgehakt, er hat sich dreißig Jahre lang nicht um sie gekümmert, er war weder bei ihrer Hochzeit noch weiß er wahrscheinlich, dass sie längst wieder geschieden ist. Nein, er hat seine Macht ausgespielt, er wollte sehen, ob er damit durchkommt, wenn er verlangt, dass du sie ins Team nimmst. Das ist alles, er fühlt sich allmächtig, und solche kleinen Spielchen dienen nur dazu, seine Eitelkeit zu befriedigen. – Warte, ich weiß, was du sagen willst. Wir haben immer noch die unbeantwortete Frage, was diese Staatsanwältin selbst für ein Motiv hat, hier aufzutauchen. Dieses Geschwätz, dass sie uns nur bei der Arbeit kennenlernen will, kannst du dir sonst wohin schmieren! Aber Carlos und ich ...«

»Es reicht«, unterbrach Tabori die Kollegin. »Das ist unwichtig! Wir haben einen Fall, Ulrike! Wir müssen irgendwie weiterkommen, nur darum geht es im Moment.«

»Wie du willst.« Ulrike zuckte mit den Schultern. »Wir dachten nur, ein bisschen Hintergrundrecherche kann nicht schaden. Aber du bist der Teamleiter. Und dann würde ich doch glatt mal vorschlagen, dass du heute Abend mit mir in die Kneipe gehst.«

Tabori merkte, wie er zunehmend ungehalten wurde.

Gleichzeitig wusste er, dass Ulrike jetzt jeden Moment die Trumpfkarte ausspielen würde, die sie bislang noch zurückgehalten hatte. Er gab sich Mühe, nicht allzu gereizt zu klingen, als er fragte: »Welche Kneipe?«

»Das Kanapee in der List.«

»Und ...?«

»Du erinnerst dich, dass die Aufnahme mit dem Haarmann-Lied eindeutig live war? Von irgendeinem Konzert! Und wir haben uns mal die Veranstaltungskalender der letzten Wochen vorgenommen. Da gab es ein Konzert mit dem schönen Titel ›Ausgewählte Preziosen echt hannöverscher Musiken‹. Der Musiker heißt Arndt Schulz und gehört hier zur Rockszene. Aber viel wichtiger ist, dass im Ankündigungstext ein paar Songs aufgelistet waren, die zu seinem Programm gehören. ›Out in the rain‹ von Jane, zum Beispiel, und noch ein paar echt schräge Titel, der ›Kröpcke-Center-Marsch‹ und auch ein bisschen Punk, ›Jung kaputt spart Altersheime‹, und ...« Sie blickte Tabori auffordernd an.

»Das Haarmann-Lied!«

Ulrike grinste bestätigend.

»Und das Konzert war im Kanapee«, nickte Tabori.

»Genauso wie vielleicht der Täter, der den Song da auf seinem Handy mitgeschnitten hat.«

Er hat sie nur zufällig auf Facebook wiedergefunden, in einem Forum mit dem Namen »Du bist ein echter Hannoveraner, wenn …«

Sie haben beide ebenfalls Geschichte studiert. Allerdings nur die ersten Semester in Hannover, später dann an der Georg-August-Universität in Göttingen. Was sie auch nicht müde werden, immer wieder zu betonen. Mit dem Tenor, dass Hannover ja wohl, von der kurzen Zeit mit Hans Mayer, Oskar Negt und Peter Brückner abgesehen, nie wirklich mehr gewesen ist, als eben eine ehemalige Technische Hochschule – und jeder geisteswissenschaftliche Abschluss an dieser »sogenannten« Universität also kaum ernst zu nehmen ist. Es ist klar, dass sie damit ihn und seinen Magister-Abschluss meinen. Sie sind zwei arrogante Arschlöcher. Die sich tatsächlich für etwas Besseres halten, obwohl sie kaum etwas vorzuweisen haben, womit sie prahlen könnten.

Der eine ist im Stadtmuseum in Hildesheim angestellt, der andere ist Geschichtslehrer an einer IGS. Und ihre Freizeit scheinen sie hauptsächlich damit zu verbringen, dass sie auf Facebook regelmäßig irgendwelche dümmlichen Einträge posten wie: »Du bist ein echter Hannoveraner, wenn du weißt, auf wie vielen Buchenpfählen das Neue Rathaus steht.« Eben da haben sie auch auf das Konzert im Kanapee hingewiesen: »Ausgewählte Preziosen echt hannöverscher Musiken«.

Er hat im Kanapee-Programm kaum die Set-Liste mit dem Haarmann-Lied entdeckt, als er blöd genug gewesen ist, sich auch noch mit ihnen zu verabreden. Er hat sich nicht alleine ins Kanapee getraut, das ist eigentlich schon alles gewesen. Er mag es nicht, wenn die Leute denken, dass er vielleicht einsam wäre, unglücklich, frisch geschieden. Oder unheilbar krank! Ein armer Kerl, den man womöglich auch noch an seinen Tisch bitten muss, damit er wenigstens für einen Abend mal ein bisschen Gesellschaft hat.

Sie sind viel zu sehr mit sich selbst beschäftigt gewesen, um zu merken, dass er gleich am Anfang sein Handy auf den Tisch gelegt und das Lied mitgeschnitten hat. Aber dann haben sie ihn dazu verleitet, noch einen Wein zu trinken und noch einen, bis ihm schlecht geworden ist und er Hals über Kopf die Kneipe verlassen hat. Wenigstens das Handy hat er noch eingesteckt, aber seine Brille ist auf dem Tisch liegen geblieben.

Am nächsten Tag hat er noch gehofft, dass sie die Brille vielleicht an sich genommen haben – aber offensichtlich sind sie selber zu betrunken gewesen, um seinen Verlust überhaupt zu bemerken. Und der nächste Abend, an dem das Kanapee wieder geöffnet hatte, ist er zu diesem Konzert mit der Norwegerin gewesen, und prompt haben sie darauf bestanden, ihn erneut zu begleiten ...

Dienstag, 29. September. 20.00 Uhr.

Tabori war höchstens ein- oder zweimal im Kanapee gewesen, und er hatte das Lokal als plüschig und überladen in Erinnerung – umso überraschter war er jetzt, als er sich in der Wohnzimmer-Atmosphäre auf Anhieb wohlfühlte. Der neue Wirt war der alte Koch, informierte ihn Ulrike.

»Und, was glaubst du, wo er herkommt?«

»Wenn du nicht gefragt hättest, würde ich sagen, Schottland oder Irland«, antwortete Tabori mit einem Blick auf die rötlichen Haare und die karierte Mütze des Wirts, »aber ...«

Im gleichen Moment hörte er, wie die Bedienung hinter dem kleinen Tresen rief: »Yasir! Kommst du mal bitte?«

»Nahost«, tippte Tabori aufgrund des Namens.

»Das war unfair«, beschwerte sich Ulrike. »Aber du hast recht, Yasir kommt aus Israel, ist allerdings Palästinenser.«

Tabori hatte darauf verzichtet zu fragen, ob das bedeutete, dass sie Yasir schon länger beobachteten, und sich ein Glas Rotwein bestellt, das ihm der Wirt persönlich brachte. Der Wein kam aus Spanien und hieß »Mercedes«, Ulrike trank wie üblich nur Mineralwasser – und den wer-weiß-wievielten Espresso an diesem Tag.

Sie hatten nur mit Mühe noch zwei Plätze an einem größeren Tisch schräg gegenüber der Bühne bekommen. Das Lokal war nahezu ausgebucht, am Flügel saß eine zierliche blonde Frau mit hochgesteckten Haaren und spielte Grieg. Tabori kannte die Komposition als Hardrocksong von Ritchie Blackmores Gruppe Rainbow, er meinte sich auch daran zu erinnern, dass Herman Brood seine Konzerte mit diesem Titel eröffnet hatte, aber er war sich gerade nicht sicher, ob das Musikstück »In der Halle des Bergkönigs« hieß oder »In der Höhle des Bergkönigs«. Beides schien ihm irgendwie passend.

Dem Programmzettel auf dem Tisch konnte er entnehmen, dass die Musikerin Darlén Bakke war, in Hannover lebte und aus Norwegen kam. Tabori gefiel die selbstverständliche Leichtigkeit, mit der sie die Musik interpretierte.

Im Gegensatz zu den anderen Gästen waren ihre Tischnachbarn offensichtlich nicht besonders interessiert an dem Konzert, halblaut unterhielten sie sich die ganze Zeit weiter – wobei das Wort »Unterhaltung« die Sache nicht ganz traf, eher schien jeder von ihnen fest entschlossen, die jeweils anderen von der eigenen Wichtigkeit zu überzeugen. Drei mittelgroße Männer in Taboris Alter mit entsprechenden Halbglatzen, einer von ihnen mit einem sorgfältig gestutzten, rötlichen Vollbart, in den sich bereits so viele graue Haare mischten, dass er wie gefleckt wirkte, der Zweite mit Dreitagebart und Brille, der Dritte so dick, dass sein Bauch wie eingeklemmt hinter der Tischplatte wirkte. Aber alle drei hatten sie seltsam ähnlich wirkende Gesichtszüge, »blasiert« war die Bezeichnung, die Tabori am ehesten zu passen schien. Und ihre Haut wirkte ausnahmslos teigig und so bleich, dass Tabori sich unwillkürlich fragte, wann sie wohl das letzte Mal die Sonne gesehen hatten.

Ein hochgewachsener älterer Herr mit schlohweißer Mähne warf ihnen von seinem Einzelplatz neben der Bühne mehrfach böse Blicke zu, was sie jedoch nicht im Geringsten störte. Oder sie nehmen es noch nicht mal zur Kenntnis, dachte Tabori, sie sind so überzeugt von sich, dass neben ihnen nichts anderes existiert.

»Es ist alles nur eine Frage der Intelligenz«, ließ sich der Vollbärtige über die Musik hinweg vernehmen, »ich weiß noch, wie ich mit neunzehn in Amerika war, und natürlich haben wir da in aller Öffentlichkeit unsere Flasche Whiskey getrunken, auf einem Parkplatz an der Route 66, und dann kam der Sheriff und hat einen auf dicke Hose gemacht, aber ich habe ihm kurzerhand erklärt, dass wir Deutsche sind, und dass wir unsere Bürgerrechte verlieren würden, wenn wir nicht jeden Tag ordentlich was wegschlucken, so sei das nun mal in Deutschland! Ich sage ja, man muss nur wissen, wie man mit den Leuten umspringt, alles eine Frage der Intelligenz!«

»Apropos Intelligenz«, hakte der Dicke ein, »ihr könnt euch gar nicht vorstellen, wie sich das in den Schulen verändert hat. Ich erlebe es ja jeden Tag, und das eine ist mal sicher: Die Jungen haben keine Chance mehr in diesem System, die sind doch von vornherein als Vollpfosten abgestempelt! Aber die Mädchen, die können so blöd sein, wie sie nur wollen, die haben trotzdem alle Chancen. Die müssen nur ihre Titten zeigen und schon kriegen sie die besten Noten. Und später geht das doch genauso weiter, von wegen benachteiligt, das ist alles Quatsch, wenn hier einer benachteiligt ist, sind wir das. Gut, klar, es gibt auch Ausnahmen, neulich hatten wir eine im Abitur mit einem Vorbau wie Pamela Anderson, falls ihr euch an die noch erinnern könnt, aber trotzdem gar nicht so dumm, und was passiert da? Die wird gemobbt, und zwar von den anderen Mädchen! Ich sag's euch, das sind nicht die Männer, die es ihnen schwer machen, das sind sie selber, ihre eigenen Geschlechtsgenossinnen, wenn eine besser aussieht als die anderen oder dickere Dinger hat, hat sie's schwer. Aber ich hab das mit einem Kollegen zusammen schon hingebogen, dass sie ihr Abi kriegt, wie gesagt, gar nicht so dumm, da muss man dann natürlich auch mal die eigenen Vorurteile ein bisschen zurückstecken. – Auf die Männer!«

Er hob sein Glas und prostete seinen Kumpanen zu.

Tabori sah, wie sich Ulrikes Hand um die Wasserflasche krampfte.

»Gilt diese Idee der Inklusion jetzt eigentlich auch schon fürs Lehrerkollegium?«, stieß sie zu Tabori gewandt halblaut hervor.

Tabori hatte Mühe, sein Grinsen zu verbergen.

»Ich bin kein Lehrer«, reagierte der Vollbärtige prompt und rückte auf der schmalen Bank ein Stück näher an Ulrike heran, bis sich ihre Schultern fast berührten. »Und Sie? Wenn ich fragen darf ...«

»Nein, dürfen Sie nicht.«

»Sie hätten letzte Woche da sein sollen«, redete er weiter, als hätte er Ulrikes Antwort nicht gehört, »da war hier aber deutlich mehr Stimmung als heute! Ein hannoverscher Musiker, Arndt Schulz, werden Sie nicht kennen, dazu sind Sie noch ein bisschen zu jung, wie ich mal annehme, aber allererste Sahne! Schulz hat schon überall gespielt, Jane, Harlis, Power Man's Grave, was weiß ich noch alles, aber wenigstens Jane sagt Ihnen doch was, oder? Egal, ich hab die Platten zu Hause, alle! Wenn Sie wollen ...«

Er ließ seinen Satz offen, der Lehrer kicherte wie einer seiner

Schüler bei einem schlüpfrigen Witz. Der Dritte starrte mit zusammengekniffenen Lippen vor sich hin.

Tabori warf Ulrike einen schnellen Blick zu. Sie schloss kurz die Augen zum Zeichen, dass sie ihn verstanden hatte. Dann beugte sie sich zu dem Vollbärtigen.

»Ich habe eine Ankündigung gelesen, von dem Konzert mit diesem ... Arndt Schulze. War das wirklich so gut?«

»Schulz, ohne e«, korrigierte der Vollbärtige, um gleich darauf zu wiederholen: »Erste Sahne! Vor allem sein eigener Hannover-Song, und alles schön auf hannöversch, mit braatem A und so, ›solange die Kröpcke-Uhr mir noch die Zaat anzaacht ...‹«

»›Und so lange Ernst August auf saan Pferd raatet‹«, zitierte der Lehrer mit dem offensichtlichen Frauenproblem weiter. »›Solange waaßt du, dass in Hannover noch was geht!‹ – Obwohl ich mir andererseits nicht so sicher bin«, legte er gleich darauf nach, jetzt ebenfalls in dem Versuch, Ulrike mit seinem Wissen zu beeindrucken, »es gibt ja auch noch andere Hannover-Lieder, zum Beispiel von Dete Kuhlmann und Ossy Pfeiffer! Oder von dem Bürgermeister aus Hemmingen, auch nicht schlecht, was Klaus Schacht da gemacht hat.« Wobei er die Namen so selbstverständlich handhabte, als würde er durchweg von guten Freunden reden.

»Kaan Vergleich mit Arndt Schulz«, beharrte der Vollbärtige, »wenn ich Produzent wäre, würde ich ihn mit dem Ding sofort unter Vertrag nehmen.«

»Aber er hat auch das Haarmann-Lied gespielt an dem Abend, richtig?«, unterbrach ihn Ulrike, bevor er weiter ausholen konnte.

»Natürlich, klar. Das ist ja sozusagen ›A Must‹ für so ein Programm, ohne Haarmann geht gar nichts. Warte, warte nur ein Weilchen, dann kommt Haarmann auch zu dir ...«

So wie er sein Gesicht dabei wieder an Ulrike heranschob, bekamen die Zeilen etwas Zweideutiges, das er ohne Frage auch beabsichtigte. Gleichzeitig registrierte Tabori, wie der dritte Mann am Tisch seine Haltung veränderte und plötzlich angespannt wirkte. Nervös. Er hatte bislang ohnehin kaum etwas gesagt, aber jetzt schien es, als wollte er möglichst schnell das Thema wechseln. Oder vielleicht ist ihm auch nur die unverhohlene Anmache der beiden anderen peinlich, dachte Tabori.

»Ich finde das Lied auch toll«, erklärte Ulrike. »Und ich suche schon lange nach einer Aufnahme davon, nur leider bislang ohne jeden Erfolg.« Sie blickte die drei Männer der Reihe nach an. »Ihr wisst nicht zufällig, wo ich so was finden kann?«

»Ich kann's dir besorgen«, erwiderte der Vollbärtige anzüglich. »Du musst mir nur deine Nummer geben.«

Ulrike griff mit der Hand nach dem Kinn des Vollbärtigen und drehte sein Gesicht zu sich. Dann flüsterte sie ihm etwas ins Ohr. Der Vollbärtige fuhr so ruckartig mit dem Kopf zurück, dass er gegen die Wand hinter sich stieß, im gleichen Moment setzte der Applaus ein, die Musikerin am Flügel stand auf und verbeugte sich.

Der Wirt kündigte eine kurze Pause an. Ulrike nahm ein Schminketui aus ihrer Handtasche und zog sich die Lippen nach. Ihre Hände waren vollkommen ruhig.

Der Wirt trat an ihren Tisch. »Ich möchte Sie bitten zu gehen«, wandte er sich an die drei Männer. »Sie stören das Konzert, einige meiner Gäste haben sich schon beschwert. Die Getränke gehen aufs Haus, aber ich glaube, ein anderes Lokal ist besser geeignet für Sie, also bitte, ja?«

Der Lehrer wollte widersprechen, aber irgendetwas in der Haltung des Wirts ließ ihn mitten im Satz abbrechen. Ulrike stand bereits auf, um den Vollbärtigen vorbeizulassen. Als er aus der Bank rutschte, war er ganz offensichtlich bemüht, ihr nicht zu nahe zu kommen.

Sie nahmen ihre Jacken und drängten sich ohne ein weiteres Wort zwischen den Tischen hindurch zur Tür. Kurz entschlossen schob Tabori seinen Stuhl zurück und folgte ihnen. Als er ins Freie trat, sah er gerade noch, wie sie ein Taxi stoppten und einstiegen. Es war zu spät, um zu erkennen, ob einer von ihnen beim Gehen das Bein nachzog.

Tabori ging zurück ins Lokal. Ulrike wich seinem Blick aus und sagte leise: »Ich hab's vermasselt, ich weiß. Tut mir leid.«

»Was hast du ihm ins Ohr geflüstert?«

»Das würde ich nicht mal Carlos erzählen.«

Tabori sah, wie der Wirt an einer kleinen Kamera hantierte, die mit einer Teleskopstange an der Decke befestigt war.

»Eine Frage, nehmen Sie die Konzerte auf?«

»Natürlich, mein Lieber, ich nehme alles auf.«

»Das heißt, Sie haben letzte Woche auch die Veranstaltung mit diesem Hannover-Programm aufgezeichnet?«

Yasir nickte. »Wie ich es dir eben gesagt habe.«

»Die drei Männer bei uns eben am Tisch waren letzte Woche ebenfalls da«, erklärte Tabori. »Das haben sie gerade erzählt.« Er zog unauffällig seinen Ausweis aus der Tasche. »Ich würde gern mehr über die drei wissen.«

Yasir schob sich die Mütze zurück und zog die Augenbrauen zusammen. Jetzt steht es fünfzig zu fünfzig, ob er bereit ist, mehr über seine Gäste zu sagen, dachte Tabori. Ein Polizeiausweis bedeutet leider nicht zwangsläufig, dass die Leute anfangen zu reden.

Er hatte Glück. Yasir wechselte zwar wieder zum »Sie« und blickte sich kurz um, aber dann erklärte er leise: »Die Leute gehören nicht zu meinen Stammgästen, falls Sie das meinen. Letzte Woche war das erste Mal, dass ich sie hier gesehen habe. Und sie sind mir da schon aufgefallen, weil sie sehr laut waren. Aber bei dem Programm war das nicht so störend wie heute. Ich hatte allerdings gehofft, dass sie nicht wiederkommen. Und sie waren auch nur da, weil einer von ihnen seine Brille hier vergessen hatte. Die wollte er abholen. Aber dann sind sie leider geblieben.«

»Können Sie sich noch erinnern, an welchem Tisch sie gesessen haben? Letzte Woche, meine ich.«

Ohne zu zögern zeigte Yasir auf ein Sofa rechts von der Bühne.

»Dann müssen sie im Bild sein«, sagte Tabori mehr zu sich selbst. »Wir würden die Aufzeichnung gerne sehen«, setzte er hinzu, »am besten jetzt gleich.«

Zehn Minuten später hatte Yasir die Aufzeichnung für sie herausgesucht. Ulrike und Tabori saßen in der Künstlerwohnung über dem Kanapee, die gleichzeitig als Büro fungierte, und starrten auf den Monitor.

»Da sind sie!«

Ulrike zeigte auf das Sofa, der Vollbärtige und der Lehrer waren gut zu erkennen, der Dritte von ihnen saß auf einem Stuhl mit dem Rücken zur Kamera.

Während Yasir die Gäste und den Künstler begrüßte, redeten sie einfach weiter, als Arndt Schulz zur Eröffnung die ersten Akkorde des Haarmann-Liedes anschlug und zu singen anfing, klatschte der Vollbärtige laut Beifall.

»Spul noch mal zurück!«, forderte Ulrike Tabori auf. »Da, bei der ersten Zeile des Lieds! Stopp! Achte nur auf den dritten Typen, was macht er da?«

»Es sieht aus, als würde er etwas vor sich auf den Tisch legen ... aber ich kann es nicht erkennen, er sitzt direkt davor.«

»Es könnte ein Handy gewesen sein. Er hat sein Handy rausgeholt, auf Aufnahme gedrückt und es auf den Tisch gelegt.«

»Wenn, dann müssten die beiden anderen das bemerkt haben«, überlegte Tabori. »Dann hätte zumindest der mit dem fleckigen Bart schon aus Prahlerei so was zu ihm gesagt wie: He, du hast das doch mitgeschnitten! Zeig das doch mal der Lady ...«

»Vielleicht wäre das ja noch gekommen, er wollte nur erst eine große Show daraus machen. Und ich habe es versemmelt! Aber ich war so angepisst von dem Typen, dass ich ...«

»Es ist okay«, sagte Tabori und beugte sich noch mal zu dem Monitor. »Siehst du das da? Was immer er auf den Tisch gelegt hat, er hat nur die rechte Hand benutzt!« Tabori ließ das Band erneut anlaufen. »Da, jetzt wieder die rechte Hand, als er sein Glas hochnimmt, um zu trinken. Die linke hat er die ganze Zeit über in der Tasche seines Jacketts. Und vorhin am Tisch ist mir das Gleiche aufgefallen, allerdings ohne dass ich weiter darüber nachgedacht hätte.«

Im nächsten Moment drückte er wieder die Pausentaste. Auch Ulrike beugte sich jetzt weit vor, um das flimmernde Standbild genauer zu betrachten.

»Du hast recht, da zieht er ganz kurz die Hand raus! Und das sieht aus wie ein Verband ...«

»Das denke ich auch. – Erinnerst du dich an die Aussage des Pizzaboten? Weiße Handschuhe, hat er gesagt! Aber es war dunkel, unter dem linken Handschuh kann ohne Weiteres ein Verband versteckt gewesen sein. Wir müssen ihn noch mal danach fragen, und genauso die andere Zeugin, die ihn gesehen hat ...«

Noch während Ulrike sich eine Notiz machte, merkte Tabori, wie eine plötzliche Welle von Müdigkeit jeden weiteren Gedanken schon im Ansatz zu lähmen schien.

»Ich kann nicht mehr, Ulrike. Ich brauche dringend Schlaf! Es sind zu viele lose Enden, die wir haben. Lass uns morgen früh weitermachen. Dann entscheiden wir, ob wir gezielt nach diesem dritten Mann suchen. Wir haben beide mit ihm am Tisch gesessen, wir müssten irgendwie auch ein Phantombild von ihm zustande kriegen, obwohl ich mich im Moment an nichts erinnern könnte, was für eine Beschreibung ausreichen würde ... Grauer Anzug, hellblaues Hemd, Glatze. Brille, ja, das Licht hat sich in den Gläsern gespiegelt, aber das war's auch schon, mehr kriege ich nicht zusammen.«

»Ausgeprägte Stirn, eher volle Unterlippe, Dreitagebart mit deutlich grauen Stoppeln«, zählte Ulrike auf. »Relativ buschige Augenbrauen, dunkle Hornbrille mit rechteckigen Gläsern, braune Augen, leichter Dackelblick. Und stimmt, ja, hellblaues Hemd, die oberen beiden Knöpfe offen, graues Jackett von der Stange, C&A oder ähnliches. Schmale Statur, Schreibtischtäter. Will gefallen und gleichzeitig lässig, aber auch energisch wirken, durchsetzungsfähig, macht aber trotzdem einen irgendwie gehemmten Eindruck ...«

»Gut«, nickte Tabori. »Und wir haben den Taxifahrer, darum kümmern wir uns morgen als Erstes, vielleicht hat er sie in die nächste Kneipe gefahren, vielleicht ihre Stammkneipe, wo jemand weiß, wer unser Freund ist. Die Aufnahmen von den anderen beiden könnten hilfreich sein. Bittest du den Wirt, dass er uns den Film überlässt, damit wir ein Foto rauskopieren können?«

Als Tabori zur Tür hereingekommen ist, hat er im ersten Moment geglaubt, sie hätten ihn. Er hat nicht verstanden, wie es ihnen gelungen sein soll, ihn so schnell zu identifizieren. Natürlich hat er ein paar Spuren gelegt, aber doch nur, um Verwirrung zu stiften. Ein paar eindeutige Bezüge zu Haarmann, um klar zu machen, worum es geht. Der Kopf. Die Leichenteile in der Leine. Und ein bisschen was, was sie gehörig ins Schwitzen gebracht haben muss. Der abgetrennte Mittelfinger. Der Sack vor der Villa von Maschmeyer. Er ist sich sicher, dass sie den Zusammenhang mit dem Straßennamen kapiert haben. Hanebuth. Ein Serienmörder, genau wie Haarmann.

Aber ihre Spitzfindigkeit hat ihnen nicht weitergeholfen. Es ist eine Sackgasse gewesen. Ebenso wie das Handy mit dem Haarmann-Lied, das sie auf die Spur zur Markthalle gebracht hat. Nach wie vor hält er das Ganze für ein Bravourstück, auf das er zu Recht stolz sein kann. Und spätestens in der Markthalle müssen sie geahnt haben, dass er ihnen immer ein paar Schritte voraus ist. Mit dieser Aktion hat er sie in eine Falle gelockt, die ihre ganze Unfähigkeit offenbart.

Aber wieso taucht Tabori plötzlich hier auf? Und setzt sich auch noch an den gleichen Tisch? Das kann kein Zufall sein. Irgendetwas ist schiefgelaufen ...

Er hat keinen Fehler gemacht, da ist er sich sicher. Er hat seine Schritte genau durchdacht, um alle Imponderabilien auszuschließen. Ein schönes Wort, das Tabori wahrscheinlich noch nicht mal kennt. Von der Frau, die er da mitgeschleppt hat, mal ganz zu schweigen.

Dass sie ebenfalls eine Polizistin war, schien außer Frage zu stehen. Auch wenn seine beiden Bekannten es nicht merkten, sondern wie zwei Pawlow'sche Hunde über dem Tisch hingen und sich lächerlich machten. Es war geradezu peinlich, wie sie sich aufspielten und vor Geilheit fast sabberten. Aber sie haben keine Ahnung gehabt, was da in Wirklichkeit gerade ablief.

Die Polizistin hat ein Ziel verfolgt. Ihr ganzes Getue und ihre wie zufällig klingenden Fragen ließen so eindeutig darauf schließen, dass es fast schon eine Farce war. Und Tabori hat das Ziel gekannt und ließ sie nur machen, bis der richtige Zeitpunkt gekommen war, um sich einzumischen.

Sie waren beide stille Beobachter, er genauso wie Tabori. Mit dem einzigen Unterschied, dass er genau gewusst hat, wer Tabori war! Während Tabori ihn tatsächlich nicht wiederzuerkennen schien. Er hat ihn nur mit einem kurzen Blick gestreift und sofort als unwichtig eingeschätzt. Ein Mitläufer, der zufällig mit seinen Freunden ein Konzert besuchte. Mehr nicht. Vielleicht hat er noch nicht mal die verbundene Hand bemerkt …

Die beiden Polizisten haben nichts Konkretes, sie haben im Nebel gestochert. Und Tabori war voll und ganz auf das Gespräch konzentriert, das seine Kollegin geführt hat. Es gab keinen Anlass, in Panik zu geraten. Und die beiden alten Böcke haben nichts zu erzählen gehabt, was ihm gefährlich werden konnte.

Sie sind nur Bekannte, keine Freunde. Er hat keine Freunde. Und die Situation in der Kneipe hat nur wieder gezeigt, dass er gut daran tut. Es gibt niemanden, der ihn auch nur im Ansatz verstehen würde.

Eine Reihe von dummen Zufällen. Wobei ihm immer noch nicht klar ist, wie Tabori es geschafft hat, die Verbindung zwischen der Handy-Aufnahme und dem Abend im Kanapee herzustellen, denn genau das ist passiert, davon ist er inzwischen überzeugt.

Aber es scheint ihm fast schon zu viel an ermittlerischen Fähigkeiten zu sein! Und es ärgert ihn, dass er Tabori damit so etwas wie Respekt zollen muss. Tabori ist kein fähiger Ermittler, das kann gar nicht sein. Tabori ist noch genauso überheblich wie früher schon. Allein die Art, wie er andere schon nach kaum mehr als ein paar Blicken in irgendeine Schublade steckt, hat etwas … Verächtliches. Für Tabori bestehen die Menschen immer noch nur aus zwei Kategorien, entweder interessant und wert, wahrgenommen zu werden, oder aber so unwichtig, dass er ein Gesicht schon nach zwei Sekunden wieder vergessen hat.

Er merkt, wie ihn das wieder wütend werden lässt. Tabori hat ihn tatsächlich nicht erkannt. Er hat ihn lange schon vergessen, wahrscheinlich würde er sich noch nicht mal an seinen Namen erinnern. Für Tabori ist er … ein Nichts, als hätte es ihn nie gegeben.

Natürlich ist das im Moment gut so. Aber er wird alles daran setzen, dass es auch für einen Tabori keinen Tag mehr gibt, an dem er nicht an ihn denkt.

Er wird ihn bis in seine Träume heimsuchen, jetzt erst recht. Tabori hat es sich selbst zuzuschreiben.

Dienstag, 29. September. 22.20 Uhr.

Tabori nahm den Weg über die Podbi zurück nach Hause. Wie schon so oft hatte er das Gefühl, dass jede Ampel rot war. Egal, ob er dahinschlich oder Vollgas gab, an der nächsten Kreuzung stand er wieder. Aber er mochte die lange Ausfallstraße, vor allem wegen der Ansammlung hannoverscher Traditionsfirmen, die ihn jedes Mal mit einer Art kindlichem Stolz auf seine Heimatstadt erfüllte. Bahlsen, Pelikan, die alte Grammophon-Fabrik. Alles Firmen mit Weltruf, dachte er. Das frühere Läuferwerk kurz vor dem Mittellandkanal gehörte ebenfalls dazu, Tabori erinnerte sich noch lebhaft an die blauroten Radiergummis – angeblich sollte man mit der blauen Seite auch Tinte ausradieren können, meistens allerdings musste eher das Papier des Schreibheftes dran glauben.

Als er das lange schon zu einem modernen Bürokomplex umgebaute Geha-Werk passierte, musste er an die Glaubensfrage aus seiner Schulzeit denken, heute würde die Frage wahrscheinlich lauten: »Ey, Alter, schreibst du Pelikan oder Geha?«

Noch während Tabori den Saab in der Einfahrt zu seinem Haus parkte, griff er nach seinem Handy. Nach dem vierten oder fünften Klingelzeichen meldete sich Lisas Mailbox. Er sprach ihr eine kurze Nachricht auf Band und bat um Rückruf. Er wollte ihre Stimme hören, er wollte ihr endlich von diesem Fall erzählen, mit dem er nicht weiterkam. Lisas ganz besondere Fähigkeit bestand darin, die richtigen Fragen zu stellen, vielleicht wäre sie auch jetzt in der Lage, das Chaos seiner Gedanken in irgendeine Richtung zu lenken, die zu einer Lösung führte. Als er in der Küche stand und lustlos auf den mehr als übersichtlichen Inhalt seines Kühlschranks starrte, ertappte er sich dabei, dass er mantragleich vor sich hinredete: »Sie wird anrufen. Sie ruft ganz bestimmt an. Sowie sie meine Nachricht hört, ruft sie an ...«

Gleichzeitig hoffte er inständig, dass es dann auch wirklich Lisa wäre, wenn das Handy klingeln würde. Und nicht die Nachricht von einem neuen Leichenfund.

Statt etwas zu essen, wechselte er schließlich nur die kaputte

Birne des Kühlschranks aus. Lisa hatte sich schon lange darüber beschwert, aber wahrscheinlich würde sie gar nicht merken, dass das Licht jetzt wieder funktionierte. Und genauso wahrscheinlich wird sie auch nicht anrufen, dachte Tabori, ich hätte im Kanapee noch etwas essen sollen, die Gerichte auf der Speisekarte sahen gut aus. Ich hätte ja etwas ohne Fleisch nehmen können. Vielleicht hat Sommerfeld ohnehin recht, und ich sollte auch Vegetarier werden. Andererseits würde ich so etwas wie Wildschweinsalami bestimmt vermissen. Als ihm gleich darauf der alte Werbespruch einer hannoverschen Schlachterei durch den Kopf ging – »Was der König unter den Fürsten, ist Violka unter den Würsten« –, beschloss er, das Handy auszuschalten und ins Bett zu gehen.

Eine Weile lag er noch schlaflos unter dem schrägen Dachfenster und starrte in den Nachthimmel, ohne die schweren grauen Wolken, die vor dem Mond dahintrieben, wirklich zu sehen. Stattdessen kreisten seine Gedanken um dieses Kochbuch mit den Handyfotos, von dem der Polizeireporter erzählt hatte. Um den Gedenkstein für den Polizisten, der Haarmann überführt hatte. Um dickbusige Mädchen, die ihr Abitur nur mit der Hilfe von ihnen wohlgesonnenen Studienräten schafften. Und um irgendeinen Sheriff an der Route 66, der keine Ahnung von deutschen Bürgerpflichten hatte …

Kurz bevor ihm die Augen zufielen, erkannte er plötzlich mit völliger Klarheit das Problem, das er hatte. Die Leute redeten zu viel, das war es! Als würden sie nur auf ein Stichwort warten, um endlose Monologe zu halten, in deren Mittelpunkt ausschließlich sie selber standen.

Als er am nächsten Morgen den Saab startete, blinkte am Armaturenbrett eine Kontrollleuchte auf, die dem Fahrer die anstehende Inspektion des Wagens empfahl. Ohne lange zu überlegen, bog Tabori nicht nach rechts in Richtung Stadt ab, sondern nahm den kürzesten Weg zu der Autowerkstatt, ohne die Lisas alter Ducato-Lieferwagen schon längst auf dem Schrottplatz gelandet wäre. Aber »Blechschmidt & Schlegel« fanden immer wieder auch da noch eine Lösung, wo jede Vertragswerkstatt das Handtuch geworfen hätte. Und auch wenn Tabori schon ahnte, dass die beiden KFZ-Meister das silberne Saab-Coupé eher skeptisch begutachten würden, wollte er auf jeden Fall vermeiden, seinen Psychologen-Freund zu informieren. Er würde auch die Rechnung für die Inspektion selbst bezahlen, das war immer noch besser als die Frage, mit der der Psychologe ihn bei der Erwähnung der blinkenden Kontrollleuchte sonst wahrscheinlich konfrontieren würde: »Passiert dir das öfter, dass du das Gefühl hast, ausgerechnet ein Auto würde mit dir kommunizieren wollen?«

»Du stehst mal wieder in der Zeitung«, begrüßte ihn der Meister, der die Aufträge annahm, »mit Foto sogar!« Er schob ihm die Tageszeitung über den Tresen.

Das Foto war ein altes Bild aus dem Archiv und mit »Michael Thomas« gekennzeichnet. Es zeigte Tabori und Lepcke an irgendeinem Tatort, wie sie sich gerade unter dem rotweiß-gestreiften Flatterband der Absperrung hindurchbückten. Lepcke hatte noch deutlich längere Haare, Tabori blickte so böse in die Kamera, dass er sich selbst erschreckte.

Der Artikel war inhaltlich kaum der Rede wert. Von dem Einsatz in der Markthalle war nichts erwähnt, stattdessen ging es noch mal um Taboris Rückkehr zur Mordkommission – mit dem eher vagen Hinweis, dass er bereits in einem neuen Fall ermittelte, der womöglich etwas mit der Suche nach einer bislang nicht identifizierten Person zu tun haben könnte.

Die Zeitung hielt sich sehr wohl an die Nachrichtensperre, hatte es aber nicht lassen können, doch einen minimalen Bericht zu bringen und dafür die Suchmeldung genutzt, um sie ein bisschen auszuschmücken.

Wenigstens war das Foto von dem Kopf des unbekannten Opfers nicht nur groß und so platziert, dass es dem Leser sofort ins Auge sprang, sondern auch geschickt retuschiert – wer es nicht besser wusste, würde nicht auf die Idee kommen, dass es sich um den Kopf eines Toten handelte. Die Bildredaktion der Zeitung hatte gute Arbeit geleistet.

»Und, wer ist der Typ?«, fragte der KFZ-Meister. »Der Mörder oder das Opfer?«

Keine schlechte Frage, dachte Tabori, bevor er erwiderte: »Zu eurem Kundenkreis gehört er nicht zufällig, oder?«

Der KFZ-Meister schüttelte den Kopf.

»Aber wenn ich tippen sollte, würde ich sagen: Typischer Saab-Fahrer, falls dir das weiterhilft. – Nein, vergiss es«, grinste er gleich darauf, »ich wollte dich nur ein bisschen ärgern, wegen dem silbernen Rentier-Schlitten da draußen, den du dir ja wohl hoffentlich nicht gekauft hast.« Er tippte auf das Foto in der Zeitung. »Der Typ hier sieht eher nach einem kleinen Japaner aus, als Auto, meine ich. Wenn ihr ihn findet, sagt mir mal, ob ich richtig lag.«

Tabori rief aus der Werkstatt Ulrike und Carlos an, während er darauf wartete, dass sie ihn abholten, stand er lange vor einem Ro 80, der in der Kundenhalle geparkt war. Sein Vater hatte von diesem Wagen geträumt und nicht oft genug die Vorzüge eines Wankelmotors schildern können, war dann aber bis zu dem Zeitpunkt, als er den Führerschein abgab, seinem Audi treu geblieben, mit der umhäkelten Klopapierrolle auf der Hutablage und der Esso-Landkarte im Handschuhfach, nach der sie schon zu Taboris Kinderzeit jedes Wochenende die Umgebung erkundet hatten.

Carlos und Ulrike hatten die aufgeschlagene Zeitung auf dem Armaturenbrett liegen, als sie ankamen.

»Ich hab's gerade gesehen«, sagte Tabori. »Hoffen wir mal, dass das Foto etwas bringt.«

»Hat es vielleicht schon«, erklärte Ulrike und rief die Online-Ausgabe der HAZ auf ihrem Laptop auf. Sie scrollte bis zu dem Bericht und tippte auf die ersten Leser-Kommentare, die bereits eingegangen waren.

»Lies mal!«

Während Carlos auf den Messeschnellweg in Richtung Pferdeturm einbog, überflog Tabori die Einträge.

Das ist Hamann, hatte jemand geschrieben.

Das kann ja nur Fritz sein, der mit dem Hackebeilchen, lautete der nächste Kommentar.

Und gleich noch mal: *Den kennt jeder! Das ist Fritze Hamann! Wieso sucht ihr den? Der ist tot.*

Dann hieß es: *Macht ihr das mit Absicht? Der Kerl hieß Haarmann, ihr Kulturbanausen! Ich hoffe nur, ihr seid keine Hannoveraner, denn sonst wär's echt peinlich.*

Aber Ulrike meinte den letzten Kommentar, der deutlich länger als die anderen Beiträge war:

Fritz Haarmann wurde am 15. April 1925 auf dem Hof des Gerichtsgefängnisses enthauptet. Sein Kopf wurde zu Forschungszwecken in der Göttinger Rechtsmedizin gelagert und 2014 eingeäschert, da das Präparat keinen wissenschaftlichen Wert hatte. Aber das ist typisch für die hannoversche Polizei! Nicht nur, dass sie da ganz offensichtlich Haarmann nicht kennen, sondern jede Wette, dass sie mal wieder einen Fall haben, bei dem sie nicht weiter wissen. Dazu passt auch, dass ein gewisser Hauptkommissar Tabori die Ermittlungen leitet. Tabori ist vollkommen unfähig und eine Schande für die Kriminalpolizei. Statt solche Leute weiterhin mit einem ganz sicher nicht zu knapp bemessenen Beamtengehalt zu belohnen, sollte man das Geld lieber verwenden, um sich noch mal mit der Geschichte Haarmanns auseinanderzusetzen! Aber diesmal richtig, wenn ich bitten darf. Es wird Zeit, Haarmann endlich so zu zeigen, wie er wirklich war. Und die Zeitung sollte sich dringend überlegen, ob die Herren Redakteure nicht allesamt ausgetauscht gehören, da sie ja eine Story noch nicht mal dann erkennen, wenn man sie mit der Nase darauf stößt. Ich stelle hier nur mal die Frage, was die Spurensicherung eigentlich gestern in den Kühlräumen der Markhalle gesucht und nicht gefunden hat!

»Gezeichnet Dr. Revonnah«, beendete Tabori die Lektüre und sah im Hochblicken gerade noch, wie Carlos rücksichtslos einen Reisebus schnitt, um im letzten Moment auf die Ausfahrt zur Hans-Böckler-Allee zu kommen.

»Hannover falsch rum geschrieben«, kommentierte Ulrike. »Dieses Re-von-nah ist von Schwitters, aber in den Neunzigern gab es einen Performance-Künstler hier, der ebenfalls gerne solche Wortspielereien gemacht und zwei oder drei Bücher in einem Verlag mit dem Namen Re-von-nah veröffentlicht hat.«

»Friedhelm Kändler«, kam es von Carlos, während er den VW-Bus bei Dunkelgelb über die Kreuzung prügelte. »Lebt jetzt irgendwo in einem kleinen Kaff in Hessen. Aber von dem dürfte der Eintrag wohl kaum sein.«

»Sondern von jemandem, der mehr weiß, als er wissen dürfte«, fasste Tabori zusammen. »Die Sache mit der Markthalle! Womit wir wieder bei dem geheimnisvollen Anrufer wären, der dem Fotografen gestern Morgen die Info zugespielt hat. Und er hält sich für einen Fachmann, was den Fall Haarmann angeht. Er meint sich selbst, wenn er sagt, dass es an der Zeit ist, Haarmann so darzustellen, wie er wirklich war. Er ist derjenige, der das könnte, das will er damit doch zum Ausdruck bringen.«

»Aber die Zeitungsleute sind zu blöd, um das zu begreifen«, machte Ulrike weiter. »Und die Polizei, also wir, sowieso! Dass er dich dabei namentlich nennt, würde übrigens ganz gut zu dem abgeschnittenen Finger auf deiner Pizza passen. Der Typ kennt dich irgendwoher, anders kann es gar nicht sein. Und egal, was er sonst noch für eine Vollmeise hat, er hat auch noch eine Rechnung mit dir offen.«

»Unser IT-Nerd ist schon dabei rauszukriegen, wer sich hinter Dr. Revonnnah versteckt«, warf Carlos ein. »Aber ich bin mir fast sicher, dass es nicht nur jemand ist, der sich wichtig macht und zufällig etwas gegen Tabori hat. Er ist unser Mann, jede Wette. Und dann hat er gerade einen großen Fehler gemacht.«

»Angenommen, du hast recht und er ist es wirklich«, überlegte Tabori, »dann sieht es verdammt so aus, als wollte er uns herausfordern, das verschafft ihm einen zusätzlichen Kick, er will beweisen, dass er uns immer einen Schritt voraus ist – und er lockt uns auf die nächste Fehlfährte! Ich fürchte, die Suche nach seinem richtigen Namen ist nichts als eine neue Sackgasse.«

»Wart's ab. Wir werden ja sehen.«

»Oder er will, dass wir ihn kriegen«, setzte Ulrike leise hinzu. »Vielleicht hat er uns längst schon viel mehr Hinweise geliefert, nur dass wir die Zusammenhänge nicht kapieren.«

Tabori schlug mit der Faust aufs Armaturenbrett.

»Verdammt«, stieß er hervor. »Und je länger wir brauchen, umso größer ist das Risiko, dass er immer weitermacht. Wie viele Opfer hatte Haarmann auf dem Gewissen? Vierundzwanzig? Wir sind gerade bei Nummer drei angelangt. Eventuell vier. Zumindest so weit wir wissen. Wobei durchaus die Möglichkeit besteht, dass es bereits noch mehr gibt. Die er uns im wahrsten Sinne des Wortes Stück für Stück präsentieren wird ...«

Die Stimmung bei der Teamsitzung im Präsidium war eher resigniert.

Dass die Laboruntersuchung der Proben aus der Markthalle keine Anhaltspunkte für Menschenfleisch ergeben hatte, war das einzig Positive, was es zu vermelden gab. Wenn damit auch die Frage verknüpft blieb, aus welchem Grund sie überhaupt auf diese Fehlfährte gelockt worden waren.

An dem Gedenkstein auf dem Friedhof an der Strangriede gab es – wie erwartet – keine Spuren oder weiteren Hinweise.

Ebenso wenig zeigte das Handy mit der Musikaufnahme irgendwelche Fingerabdrücke oder ließ sich einem Besitzer zuordnen.

Der Taxifahrer, der die drei Männer aus dem Kanapee mitgenommen hatte, hatte sie im Rotlichtviertel am Steintor abgesetzt. Die Fahrt hatten sie bar bezahlt, mehr war ihm nicht aufgefallen.

Ein Abgleich des Fotos von dem Kopf im Laborglas mit den Bildern ihrer Kartei war ohne Ergebnis geblieben.

Nach wie vor fehlten die Rümpfe zu den einzelnen Leichenteilen, die sie gefunden hatten ...

Der Anruf in der Telefonzentrale der HAZ für den Polizeireporter war tatsächlich aus einer öffentlichen Telefonzelle gekommen. Standort Leinstraße, direkt am Eingang zur Markthalle.

»Fast schon zu dreist«, kommentierte Lepcke. »Er scheint darauf zu stehen, uns vor der Nase rumzuhampeln. Ihr glaubt gar nicht, wie sehr mir dieser Fall auf den Wecker geht. Ich habe das Gefühl, dass wir uns die ganze Zeit nur im Kreis drehen. Wäre schön, wenn mir einer von euch jetzt einfach nur mal mitteilen würde, dass ich den ganzen Scheiß nur geträumt habe.«

Tabori wusste, was Lepcke am meisten zu schaffen machte. Lepcke war ein Profi und hatte viel zu viel Erfahrung, um vor einem Fall zu resignieren, der sie mit jedem neuen Schritt, den sie machten, wieder zwei zurückzuwerfen schien. Aber es gab immer wieder eine ganz bestimmte Situation, die keiner von ihnen so einfach wegstecken konnte – und genau darum ging es auch jetzt.

Lepcke war am vergangenen Nachmittag bei den Familien der beiden identifizierten Opfer gewesen, um ihnen die Nachricht vom Tod ihrer Söhne zu überbringen. Die Staatsanwältin hatte ihn dabei begleitet, Tabori bezweifelte allerdings, dass es das für Lepcke einfacher gemacht hatte.

»Ebenfalls nichts, was uns weiterhelfen würde«, versuchte Lepcke jetzt bei seinem Bericht gerade, sich ausschließlich an die Fakten zu halten. »Lars Ebeling, das ist der aus Burgdorf, wollte sich für einen Job als Schaufensterdekorateur bei einem Baumarkt auf der Vahrenwalder Straße bewerben, ist aber zu dem Vorstellungsgespräch nicht aufgetaucht. Er hat alleine mit seiner Mutter gelebt, Freunde scheint es so gut wie keine gegeben zu haben. Ein Einzelgänger, Muttersöhnchen, keine Hobbies, außer dass er ein absoluter Spielfilm-Junkie war. Seine Mutter hat uns das Zimmer gezeigt, zwei Regale bis unter die Decke, ausschließlich Hollywood-Filme, bis zurück in die fünfziger Jahre, unter anderem alles von Humphrey Bogart. Die Mutter sagt, er hätte ihr manchmal beim Abendessen ganze Dialoge vorgespielt ...«

Wie üblich referierte Lepcke, ohne irgendwelche Notizen dafür zu brauchen. Allerdings wechselte er mehrfach die Position zwischen Türrahmen und Aktenschrank. Er ist nervös, dachte Tabori. Er hat das Gefühl, dass er es auch den Opfern gegenüber schuldig ist, endlich mit etwas aufzuwarten, was den Durchbruch bringt. Aber er hat nichts!

»Der andere, Paul Schultz, wohnt bereits alleine, und zwar in Celle, wo er eine Ausbildung als Koch macht. Er hat aber relativ viel Kontakt zu seinen Eltern gehabt, als die Mutter ihn das letzte Mal angerufen hat, hatte er keine Zeit, weil er auf eine Party nach Hannover eingeladen war und den Zug kriegen musste. Sie haben sich also für den nächsten Tag verabredet, um länger miteinander zu sprechen. Nur dass er sich dann nicht gemeldet hat und so weiter, Lars Ebeling ist seit Dienstag vergangener Woche verschwunden, Paul Schultz seit Mittwoch.« Er drehte sich zu Tabori. »Von dem Jungen aus Ostfriesland fehlt seit Donnerstag jede Spur. Dienstag, Mittwoch, Donnerstag. Aber das ist auch schon so ziemlich alles, was auf ein Muster hinweisen könnte.«

Gudrun ten Berg meldete sich wieder mit erhobener Hand. Tabori merkte, dass er zunehmend gereizt auf diese Angewohnheit reagierte, die ihn an ein Schulmädchen erinnerte. Fehlt nur noch, dass sie mit den Fingern schnippt, dachte er und nickte ihr zu.

»Einen gemeinsamen Nenner gibt es ...«, setzte sie an und blickte zu Lepcke, als wäre sie sich nicht sicher, ob sie weiterreden sollte.

»Einen gemeinsamen Nenner gibt es«, nahm Lepcke den Faden auf und holte tief Luft. »Ebeling und Schultz waren beide schwul.«

»Homosexuell«, korrigierte die Staatsanwältin.

»Sag ich doch«, nickte Lepcke. »Die Eltern von Paul haben uns das ganz offen erzählt, bei der Mutter von Lars sind wir uns noch nicht ganz sicher, ob sie es wusste, aber ...«

»Natürlich wusste sie es. Sie war seine Mutter!«, warf Gudrun ten Berg ein. Ihre Stimme klang verärgert.

»Woher wisst ihr es?«, fragte Tabori mit der Betonung auf dem »ihr«.

»Wissen ist vielleicht zu viel, aber wir haben den berechtigten Verdacht, dass ...«

Die Staatsanwältin räusperte sich. »Ich finde das Wort ›Verdacht' in diesem Zusammenhang völlig unmöglich!«

»'tschuldigung«, sagte Lepcke. »So meinte ich es nicht. Aber wir haben kurz in seinen PC geguckt. Er war zumindest Mitglied in verschiedenen Foren, die ...«

»Mit-Glied«, kicherte Sommerfeld.

»Reiß dich bitte zusammen, sonst kannst du gehen«, wies ihn Tabori zurecht.

Lepcke warf Tabori einen irritierten Blick zu, die Staatsanwältin biss sich auf die Unterlippe und machte den Eindruck, als wollte sie sich am liebsten verkriechen.

Tabori fand selbst, dass er unnötig scharf geworden war, aber gerade nach der Begegnung vom vergangenen Abend im Kanapee gingen ihm schlüpfrige Herrenwitze mehr denn je auf die Nerven.

Sommerfeld tippte sich an die Stirn, sagte aber nichts.

Carlos grinste. Es war nicht klar, was er mehr genoss, dass Sommerfeld einen Rüffel abbekommen oder Tabori sich seiner Meinung nach gerade lächerlich gemacht hatte.

Schließlich war es Ulrike, die die Situation rettete: »Passt doch, wenn beide schwul waren! So rein haarmannmäßig, meine ich.«

Tabori holte tief Luft. »Kann bitte mal jemand checken, ob unser dritter Mann, also der aus Ostfriesland, ob der ebenfalls ... homosexuell war. Wenn nicht, können wir ihn eventuell ganz von der Liste streichen, falls ja ...«

»Ich übernehme das«, bot die Staatsanwältin an, noch bevor Tabori seinen Satz beenden konnte. »Das heißt, wenn das für alle hier in Ordnung ist natürlich nur.«

Das Telefon klingelte.

Lepcke war dem Apparat am nächsten und griff nach dem Hörer.

»Besprechung«, blaffte er und war schon dabei, den Hörer zurück auf die Gabel zu knallen, als er plötzlich mitten in der Bewegung innehielt. »Was? Sagen Sie das noch mal! – Und der ist sich sicher? – Ja, das sehe ich genauso. – Nein, stellen Sie das Gespräch nicht erst durch, wir kommen selber. Haben Sie die Adresse? – Ja, gut, wir sind schon unterwegs.«

Nachdem er aufgelegt hatte, blieb er für einen Moment am Fenster stehen, ohne etwas zu sagen.

»Würdest du uns vielleicht an deinen Gedanken teilhaben lassen?«, fragte Ulrike.

»Es sieht so aus, als wüssten wir endlich, zu wem der angebliche Haarmann-Kopf gehört ...«

Er kannte die Druckerei noch aus seiner Studentenzeit. Er hat um die Ecke zur Untermiete gewohnt, im gleichen Haus wie eine Kunstmalerin mit ihrer fast hundertjährigen Mutter. Viele der großformatigen Ölbilder im Neuen Rathaus mit den Porträts früherer Bürgermeister stammen von dieser Malerin. Eine angenehme Frau, nicht so aufdringlich und neugierig wie die anderen Hausbewohner. Trotzdem kann er sich an ihren Namen nur noch vage erinnern. Der Eckladen schräg gegenüber hieß Knappheide, das weiß er noch.

Ein paar Tage lang hat er sich immer wieder in der Nähe der Druckerei herumgedrückt, bis er sich sicher war, dass es kaum noch Kunden gab und außer dem Besitzer und einem graubärtigen Altdrucker nur einen weiteren Angestellten.

Er ist ihm bis zu der Kneipe gefolgt, in der er regelmäßig sein Feierabendbier trank. Immer Herrenhäuser, und je nach Wochentag mehr oder weniger Ouzo. Fünf am Freitag, wenn er seinen Lohn bekommen hatte.

Über den Ouzo sind sie ins Gespräch gekommen, Griechenland war ohnehin allgegenwärtiges Thema, wenn es ihn auch nicht wirklich interessierte und er im Stillen der Meinung war, dass das Land kaum mehr zu bieten hat als ein paar von Ziegen und Schafen zugeköttelte Ruinen.

Aber der Drucker war auch gar kein Grieche, sondern kam aus Kroatien. Und bereits nach dem zweiten gemeinsamen Abend an der Theke haben sie einen Deal gehabt – Vesić würde nicht nur nach Feierabend für ihn drucken, sondern sich auch um die notwendigen Vorarbeiten kümmern, die Filme, die Montage der Seiten. Der Preis, den sie ausgehandelt haben, lag weit unter dem, womit er gerechnet hatte, er konnte mühelos noch eine Art Sondergratifikation drauflegen – und sich damit Vesićs Schweigen erkaufen.

»Schon klar«, hat Vesić geantwortet. »Ich kann schweigen wie ein Grab, ist ja auch in meinem Interesse.«

Allerdings hat er nicht damit gerechnet, dass der Drucker dann die Frechheit besitzen würde, sich einzumischen! Vielleicht hat es etwas mit seinem Beruf zu tun gehabt, dass Drucker überzeugt davon sind, sie würden begreifen, was sie da drucken, vielleicht war der Kroate auch einfach nur anmaßend. Ein Besserwisser, der glaubt, seine Meinung hätte tatsächlich eine Bedeutung.

Es war der erste Abend, an dem Vesić ihn durch die Hintertür in die Druckerei gelassen hat, um ihm einen Ausdruck der Titelseite zu zeigen. Aber die Farben haben ihm nicht gefallen, er hatte einen Chamois-Ton erwartet, stattdessen wirkte das Foto jetzt gelbstichig. Und auch das Papier war falsch, er wollte etwas, das alt wirkte, brüchig, kostbar, wie ein lange verschollenes Original und nicht wie eine billige Reproduktion.

»Anders geht es nicht«, hat Vesić behauptet. »Nicht solange ich irgendwelche Restbogen nehme, die wir hier noch liegen haben. Wenn ich anderes Papier besorgen muss, wird es teurer.«

Streit haben sie aber erst bekommen, als er plötzlich hinzugesetzt hat: »Aber es ist doch auch egal, den Quatsch glaubt doch sowieso keiner. Ich habe ein bisschen in die Seiten reingelesen und mal im Netz geguckt, wer dieser Haarmann eigentlich war. Ganz schlimmer Finger, was? Aber das ändert nichts daran, dass er komplett schwachsinnig gewesen ist! Ich meine, er war ja auch nicht umsonst in der Irrenanstalt. Außerdem hat er schon vorher an kleinen Jungen und Mädchen rumgefummelt, ein Kinderficker, das war er. Und später dann nichts als ein mieser, schwuler Polizeispitzel. Und pervers! Bei dem haben aber so einige Rädchen nicht richtig getickt. Oder wie würden Sie es sonst bezeichnen, wenn einer die Typen, mit denen er gerade zugange ist, dabei auch noch in den Hals beißt? Er hat sie totgebissen! Wie so ein Scheiß-Vampir aus den Karpaten, nur schlimmer, weil die Vampire wenigstens ihr Ding dabei in der Hose gelassen haben …«

Vesić hat auf keine der gängigen Verleumdungen verzichtet, die Haarmann schon seit seiner Hinrichtung grundsätzlich als Schlächter, Vampir, Werwolf, Totmacher darzustellen versuchen. Und er hat nichts von dem verstanden, was er mit seiner radikal neuen Theorie beweisen will!

Stattdessen hat er ihm fast mitleidig die Hand auf die Schulter gelegt und gesagt: »Wenn Sie mich fragen, vergessen Sie das Ganze! Und dieser Haarmann wird ja auch nicht mehr lebendig, egal, was Sie da erzählen. Fritze hat ausgedient. Rübe ab und fertig. Ich wüsste da üb-

rigens noch so einige, für die das durchaus auch in Frage käme. Stimmt doch, wäre doch eine elegante Lösung, oder?«

Es ist nur ein schneller Griff gewesen, eine einzige Bewegung.

Er hat nicht gewusst, mit welcher Kraft das Blut aus einer durchschnittenen Schlagader schießt. Und wie weit es spitzt und wie lange es dauert, bis der pulsierende Strahl endlich in sich zusammenfällt. Und erst als der abgetrennte Kopf vor ihm auf dem Boden lag, mit dem Gesicht nach oben, ist ihm die verblüffende Ähnlichkeit zu Haarmann aufgefallen.

Mittwoch, 30. September. 12.20 Uhr.

Die Druckerei war in einer kleinen Seitenstraße in der Südstadt. Tabori und Lepcke folgten dem Schild an dem schmalen Durchgang zum Hinterhof, Sommerfeld hielt sich mit seinem Koffer dicht hinter ihnen.

Der Druckereileiter kam ihnen schon auf dem Hof entgegen, ein älterer Mann im grauen Kittel, beide hatten schon bessere Tage gesehen, dachte Tabori, genauso wie ganz offensichtlich auch die Druckerei selbst. Das Riffelglas der Eingangstür war mit Paketklebeband geflickt, das Fenster zum Büro war fast blind vor Schmutz. Der Mann zog heftig an einer Zigarette, um sie gleich darauf in der hohlen Hand hinter dem Rücken zu halten, als wollte er sie verstecken.

»Besser«, nuschelte er und streckte ihnen die freie Hand hin.

»Was?«, fragte Tabori.

Erst als Lepcke sie der Reihe nach vorstellte, begriff er, dass der Druckereileiter nicht »Besser«, sondern »Bresser« gesagt hatte. Tabori fragte sich, ob der Drucker vielleicht mit dem gleichnamigen Schriftsteller aus der List verwandt war. Michael Bresser, mit dem er vor einiger Zeit zufällig ein Guinness in Geraldine MacGowans altem Pub in der Odeonstraße getrunken hatte. Aber er wollte nicht nachfragen und es spielte auch keine Rolle weiter.

»Ich habe Sie angerufen. Als ich das Bild in der Zeitung gesehen habe, habe ich ihn sofort erkannt. Vesić, meine ich. Also Miroslav Vesić, so heißt der Kollege. Und wie ich ja schon gesagt habe, er ist seit über einer Woche nicht zur Arbeit gekommen. Eigentlich habe ich ihn auch längst abgeschrieben. Obwohl er noch seinen Lohn ausstehen hat.«

Bresser zog wieder an seiner Zigarette, bevor er sie fallenließ und mit der Schuhspitze austrat. Seine Schuhe waren auf Hochglanz poliert, was einen merkwürdigen Kontrast zu dem fleckigen Arbeitskittel ergab.

»Passte gar nicht zu ihm, auf seinen Lohn zu verzichten«, setzte er hinzu. »Er wollte immer bar ausgezahlt werden. Er kam aus Jugoslawien.«

»Gibt's nicht mehr«, sagte Lepcke. »Serbien? Kroatien?«

»Irgendwo da«, nickte Bresser.

»Und haben Sie versucht, ihn irgendwo ausfindig zumachen?«, hakte Tabori jetzt ein.

»Warum? Seine Sache, wenn er nicht mehr kommen will. Wir haben sowieso kaum Aufträge. Die Hälfte der Maschinen steht schon seit Monaten still. Und ich habe auch noch einen anderen Drucker, den ich bezahlen muss.«

»Gut, er ist also seit mehr als einer Woche verschwunden. Können Sie den genauen Tag sagen, an dem Sie ihn zum letzten Mal gesehen haben?«

»Freitag. Vorletzte Woche.«

»Ich hätte eher auf Montag getippt«, meinte Lepcke halblaut. »Montag. Dienstag. Mittwoch. Donnerstag. Das wäre doch wenigstens mal eine klare Struktur gewesen.«

Tabori nickte Bresser zu, als wollte er ihm zu verstehen geben, dass er sich nicht um Lepckes Einwurf kümmern sollte.

»Haben Sie eine Adresse von ihm?«

Bresser schüttelte den Kopf und zündete sich eine neue Zigarette an.

»Hat in Lehrte gewohnt. Ist jeden Morgen von da mit dem Zug gekommen, und abends wieder zurück. Mehr weiß ich nicht.«

»Sie müssen doch irgendeinen Arbeitsvertrag mit ihm gehabt haben, Versicherungspapiere oder ...«

»Müsste ich suchen. Keine Ahnung, in welchem Ordner der ganze Kram ist. Die Sekretärin, die das sonst gemacht hat, gibt's nicht mehr. Und ich kann mich nicht um alles kümmern. Aber ich hab's gewusst, es war ein Fehler, Sie überhaupt anzurufen.«

»Es war eher ein Fehler, Miroslav Vesić schwarz zu beschäftigen«, erklärte Lepcke. »Aber das interessiert uns gerade nicht, darum sollen sich die Kollegen kümmern. Wenn wir sie überhaupt informieren«, setzte er mit deutlicher Betonung auf dem »wenn« hinzu.

Bresser hob in einer resignierten Geste beide Hände. »Dann machen sie mir den Laden eben dicht! Ehrlich gesagt, wäre es mir sogar recht.«

»Sie sollen am Telefon irgendwas davon erwähnt haben, dass Sie Blutspuren im Drucksaal entdeckt haben?«, übernahm Tabori wieder das Gespräch. »An dem Morgen, an dem er dann nicht zur Arbeit gekommen ist! Also am Montag, ist das richtig?«

»Montag, ja. Er kann sich natürlich am Freitag davor an einer der Maschinen verletzt haben, ohne was davon zu sagen. Aber es war relativ viel Blut, stimmt schon, sonst hätten wir das gar nicht bemerkt. Hat mir einen ganzen Stapel Rohbogen versaut versaut.«

Sommerfeld trat einen Schritt vor. »Können wir uns das mal ansehen? Den Drucksaal, meine ich.«

Wie Bresser bereits gesagt hatte, war keine der Druckmaschinen in Betrieb, die Stille hatte etwas Unheimliches. Im Licht der Neonröhren war ein Mann im Rentenalter über einen hölzernen Setzkasten gebeugt, er trug ebenfalls einen grauen Kittel und blickte noch nicht mal auf, als Bresser vor ihnen her durch den Raum schlurfte.

Im Vorübergehen wischte Sommerfeld über einen Papierstapel, der auf einer Palette gelagert und mit einer dicken Staubschicht bedeckt war. Gleich darauf wiederholte er das Gleiche an dem zerschrammten Metalltisch, der als Arbeitsplatte diente.

»Hier hat jemand sauber gemacht ...«

»Ich war's nicht«, erwiderte Bresser. »Aber stimmt, jetzt wo Sie es sagen ...«

Sommerfeld ging in die Hocke, um den Fußboden zu betrachten. »... und zwar gründlich«, setzte er seinen Satz fort, während er sich stöhnend wieder aufrichtete. »Geht ihr mal alle ein paar Meter zurück?« Er griff nach seinem Koffer. »Das gute alte Luminol wird uns gleich zeigen, was wir wissen wollen.«

Während Sommerfeld seine Utensilien zusammensuchte, wandte sich Tabori wieder an Bresser.

»Dieses Papier, von dem Sie vorhin gesprochen haben, gibt es das noch?«

»Haben wir weggeworfen, war ja nicht mehr zu gebrauchen.« Bresser wies mit dem Kopf zu dem Kollegen am Setzkasten.

»Aber es war sowieso Hannes' Abteilung. Hochdruck, nicht Offset. Bleisatz. Hannes' Abteilung«, wiederholte er, »vielleicht kann der Ihnen mehr sagen.«

Hannes nickte, ohne Tabori anzusehen. Tabori musste sich weit zu ihm beugen, um ihn zu verstehen.

»Der Chef weiß nichts davon«, flüsterte er heiser. »Aber Miroslav hat neulich mal was mit der Heidelberger-Vier-Farben gedruckt. Nach Feierabend, als keiner weiter da war. Um die Kasse ein bisschen aufzubessern. Ich hab ihm meinen Schlüssel gegeben. Miroslav war in Ordnung.«

Tabori merkte, wie sich sein Herzschlag beschleunigte. »Wissen Sie für wen? Oder was?«

»Einer der Filme ist noch da. Hatte Miroslav auf dem Montagetisch vergessen. Liegt jetzt in der Schublade da drüben. Ich dachte ja immer, er kommt noch mal wieder.«

Als der alte Drucker die Schublade aufzog, stieß Tabori unwillkürlich die Luft aus. Das Foto auf dem Filmbogen war im Negativ, die hellen Bereiche waren dunkel und umgekehrt. Dennoch erkannte Tabori das Motiv sofort. Haarmann zwischen zwei Polizeibeamten in Zivil, kurz nach der Gerichtsverhandlung, bei der er zum Tod durch das Fallbeil verurteilt worden war. Darunter waren in Frakturbuchstaben die Wörter abgesetzt: *Ich. Fritz Haarmann.* Und kleiner die beiden Zeilen: *Haarmanns Tagebücher. Mit einem Nachwort von Hubert Ritter.*

Im gleichen Moment, in dem Tabori noch versuchte, den Zusammenhang zu verstehen, meldete Sommerfeld: »Jede Menge Blut! Überall hier in den Fugen auf dem Boden und an der Wand hoch. Außerdem an den Beinen vom Tisch. Da hat jemand ein ziemliches Gemetzel veranstaltet. Aber auf der Arbeitsplatte kann ich nichts finden, obwohl es da genug Kratzer gibt, in denen was sein müsste. Es sei denn ...«

Er richtete sich auf und blickte sich suchend um.

Tabori reagierte als Erster. »Was ist das da drüben? Wozu ist das da?«

»Ein Papierschwert«, erwiderte Bresser achselzuckend. »Zum

Schneiden der Bogen. Funktioniert noch von Hand, und hat schon so manchen Kollegen einen Daumen oder Finger gekostet.«

»Oder den Kopf«, sagte Lepcke trocken.

Sommerfelds Untersuchung bestätigte ihren Verdacht. Die Schneidefläche des gut eineinhalb Meter langen Papierschwertes wies mehr als genügend Blutspuren auf, ebenso die Kanten an dem Spalt der Arbeitsfläche.

»Ich nehm jetzt eine Probe für die DNA«, erklärte Sommerfeld. »Aber ich verwette mein Reihenhaus darauf, dass wir eine hundertprozentige Übereinstimmung haben. Und noch eine andere Frage sollten wir gerade geklärt haben.« Er blickte Tabori an und fuhr sich mit der flachen Hand über den Hals.

»Die Tatsache, dass der Schnitt in diesem Fall sauber war«, nickte Tabori. »Wobei wir noch nicht wissen, warum! Warum nur bei Vesić?«

Er zog Sommerfeld und Lepcke ein Stück außer Hörweite der beiden Drucker, die mit bleichen Gesichtern versuchten, irgendetwas von dem zu verstehen, was gerade geschah. Noch bevor Tabori seine Kollegen über den Fund in der Schublade informieren konnte, fing das Handy in seiner Tasche an zu vibrieren. Das Display meldete *M. Thomas (HAZ)*. Während Tabori das Gespräch annahm, hörte er noch, wie Lepcke sich wieder an Bresser wandte: »War Miroslav Vesić eigentlich schwul?« Dann konzentrierte er sich ganz auf den Polizeireporter.

»Ich hatte gerade einen merkwürdigen Anruf, der dich interessieren wird. Ich bin mir nämlich fast sicher, dass es dieselbe Stimme wie neulich war, die mir den Tipp mit der Markthalle gegeben hat.«

»Und was wollte er?«

»Völlig schräg! Ob ich als Fotograf vielleicht wüsste, mit was für einer Kamera damals die Hinrichtung von Haarmann fotografiert worden sein könnte. Er würde nämlich genau diese Kamera suchen! Also nicht einfach nur ein ähnliches Modell aus der Zeit, sondern genau das! – Klar, ist ein bisschen zeitaufwändig, aber kann man natürlich rauskriegen, im Netz findet man alles. In diesem Fall wusste ich aber sogar jemanden, der ihm da wahrscheinlich schneller weiterhelfen kann, die Leute vom Deutschen Fotomuseum in Leipzig, die sind ziemlich fit, wenn es um antike Kameras geht. Aber was ich eigentlich sagen wollte: Ich glaube, ich weiß, wer der Typ ist! Und damit wäre auch klar, warum er gerade mich angerufen hat – er hält mich für so was wie seinen persönlichen Draht zur Zeitung, seit er letztes Jahr meinen Schrebergarten am Lindener Berg kaufen wollte. Ehemaliger Kollege übrigens, wobei Kollege vielleicht zu viel gesagt ist, eigentlich Historiker, wahrscheinlich Geschichtslehrer, der dann keine Anstellung gekriegt hat, ging ja vielen so. Hat dann als Zeilenschinder für so ein Wochenblatt in Schleswig-Holstein gearbeitet und wollte unbedingt hier zum Feuilleton, war aber ein Schuss in den Ofen. Hält sich für eine Koryphäe, was Haarmann angeht, hat auch irgendeine Arbeit über ihn geschrieben. ›Die ganze Wahrheit über Fritz Haarmann‹ oder so was, unter Garantie völliger Quatsch, aber das passt auch zu der Frage mit der Kamera, der hat echt einen an der Waffel! Wobei ich immer noch nicht verstehe, was der Tipp mit der Markthalle sollte. Also wenn er das wirklich war, aber wie gesagt …«

»Hast du einen Namen?«

»Warte, du weißt ja, mein Namensgedächtnis ist nicht besonders gut, aber ist ja kein Wunder bei der Menge an Leuten, mit denen ich ständig zu tun habe. Irgendwas, was mich an seinen eigentlichen Beruf erinnert hat, also was mit Mittelalter, meine ich …«

»Ritter«, sagte Tabori. »Hubert Ritter.«

»Genau. Das war's! Aber woher …«

»Was weißt du sonst noch über ihn? Kannst du ihn mir beschreiben?«

»Mann, Tabori, ich bin kein Auskunftsbüro! Aber okay, weil du es bist: Verklemmt, würde ich sagen, eher keine Familie, aber das weiß man ja nie so genau. Glatze, Brille, so um die Fünfzig. Ich hab ihn nur einmal gesehen, als er sich den Garten angeguckt hat. Kein besonders sympathischer Typ, obwohl er sich Mühe gegeben hat, möglichst locker rüberzukommen. Aber ich hab sofort gemerkt, dass er mir nur was vormacht. Hab den Garten dann auch nicht an ihn verkauft, sondern an zwei Schauspieler aus Linden, Laetitia Mazzotti und ...«

»Hat er dir damals zufällig auch erzählt, wo er wohnt?«

»Hat er. Gleich neben der Faust, Walter-Ballhause-Straße. Eine Hausnummer habe ich natürlich nicht, aber die Straße habe ich mir gemerkt, weil es ja diesen Musiker gibt, Robby Ballhause ...«

»Danke, Michael, du hast mir sehr geholfen. Ich melde mich.«

»Du schuldest mir was, denk dran!«

»Ich weiß. Ich kaufe eins von deinen Kochbüchern, wenn sie fertig sind.«

»He, warte mal ...«

Tabori unterbrach die Verbindung. »Wir fahren nach Linden«, informierte er Lepcke und Sommerfeld leise. »Und wir brauchen ein Einsatzkommando. Jetzt. Sofort. Ohne Durchsuchungsbeschluss, Gefahr im Verzug. Wir haben ihn! Den Rest erzähle ich euch im Wagen.«

Er überließ Lepcke die Verabschiedung von den beiden Druckern, während er selbst die Filmfolie mit dem Foto von Haarmann aus der Schublade nahm und zusammenrollte. Er war schon auf dem Hof, als Hannes ihn einholte und an der Jacke festhielt.

»Was ist jetzt mit Miroslav? War das sein Blut? Ist er ...«

»Ich kann Ihnen dazu nichts sagen, das ist eine laufende Ermittlung«, leierte Tabori den üblichen Standardsatz herunter. Dann zögerte er und setzte leise hinzu: »Aber Ihr Kollege wird nicht mehr wiederkommen, tut mir leid, wirklich.«

Als er ihm flüchtig über den Arm strich, sah er, wie Hannes die Tränen in die Augen traten.

3. Buch

THE END
(Augenlid-Tätowierung von Timm Ulrichs)

Als er morgens die Zeitung aufschlägt, ist er zunächst irritiert. Er hat fest damit gerechnet, dass der fehlgeschlagene Einsatz in der Markthalle der Aufmacher für die Seite eins im Lokalteil sein würde.

Aber stattdessen geht es um den Oberbürgermeister, der höchstpersönlich und mit einem Bauarbeiterhelm auf dem Kopf den Bagger mit der Fallbirne gesteuert hat, um medienwirksam den endgültigen Abriss des Ihmezentrums einzuleiten.

Weiterhin weiß die Zeitung zu berichten, dass Stefan Schostok hinterher zur Feier des Tages im eigens errichteten Festzelt noch ein alkoholfreies Bier getrunken hat, während einer seiner Vorgänger, Herbert Schmalstieg, ja bekanntlich nur Kamillentee schlürfte. Und am Abend ist der Abriss dann mit einem Sonderprogramm der »Nachtbarden« aus dem gegenüberliegenden Theater am Küchengarten gefeiert worden, moderiert wurde die Veranstaltung von einem Redakteur der HAZ …

Erst auf Seite drei springt ihm völlig unerwartet Haarmanns Foto ins Auge. Er braucht eine Weile, um zu begreifen, dass es in Wirklichkeit Vesić ist, der verdammte Drucker, der sich lustig über ihn gemacht hat und ihn auch noch hatte belehren wollen. Der sein Schicksal selbst herausgefordert hat, noch bevor er es so ganz besonders witzig fand, seinen Kopf unter das Papierschwert zu halten.

Die Bullen haben seinen kleinen Trick also durchschaut! Aber noch wissen sie nicht, wessen Kopf sie da in dem Laborglas gefunden haben. Und selbst wenn jemand den Drucker erkennen würde, gibt es keine Verbindungen, die sich bis zu ihm zurückverfolgen lassen. Er hat sorgfältig darauf geachtet, keine Spuren zu hinterlassen, niemand weiß, dass er den Drucker jemals getroffen hat. Außer vielleicht den unangenehmen Gestalten in der griechischen Kneipe, aber er bezweifelt, dass sie mit ihren Ouzo-vernebelten Erinnerungen eine brauchbare Beschreibung von ihm abgeben können.

Trotzdem muss er sich jetzt bereits zum zweiten Mal eingestehen, dass er Tabori möglicherweise unterschätzt hat. Wieder ist es also Tabori, wegen dem er sich plötzlich in die Enge getrieben fühlt. Aber noch bleibt ihm genügend Zeit, um seinen Plan der neuen Situation anzupassen. Er hat sowieso verschwinden wollen, es ist alles längst vorbereitet, jetzt muss es nur schneller sein, als er erwartet hat. Und Tabori wird keine Chance haben, sondern nur mit leeren Händen dastehen. Die Zeit, in der er ihm seinen Willen aufzwingen konnte, ist endgültig vorbei. Die Zeit, in der ihm irgendjemand seinen Willen aufzwingen konnte ...

Es ist allerdings mehr als ärgerlich, dass die Zeitung nicht mitgezogen hat. Andererseits ist das nichts Neues, sie erkennen eine gute Story noch nicht mal, wenn man sie ihnen direkt unter die Nase hält. Trotzdem ist er frustriert. Enttäuscht. Auch von diesem Fotografen, von dem er gehofft hat, dass er anders wäre. Jemand, der auch mal einen Alleingang wagen würde.

Vielleicht ist es ein Fehler gewesen, dass er sich in einer ersten Reaktion dazu hat hinreißen lassen, diesen Online-Kommentar abzugeben. Aber irgendwie muss es doch möglich sein, eine Öffentlichkeit herzustellen. Den Leuten klarzumachen, dass sie der Zeitung nicht vertrauen können. Dass wichtige Informationen einfach verschwiegen werden. Oder so verfälscht, dass die Wahrheit nicht mehr erkennbar ist!

Nichts anderes ist auch Haarmann passiert, ein Netz von Lügen und Intrigen, denen er hilflos ausgeliefert war.

Für einen Moment fühlt er sich Haarmann so nah wie noch nie zuvor.

Sein nächster Gedanke ist, dass es ja vielleicht sogar längst funktioniert hat! Vielleicht ist Tabori schon nach ganz oben zitiert und zur Schnecke gemacht worden, weil er keine Ergebnisse vorzuweisen hat. Die Polizei kann es sich nicht leisten, als unfähig dazustehen. Jetzt müssen sie nur noch begreifen, dass es Tabori ist, den sie sich nicht leisten können!

Mittwoch, 30. September. 13.20 Uhr.

Noch in dem Durchgang zur Straße telefonierte Tabori mit Carlos und Ulrike, als sie dann in Lepckes Passat saßen, fasste er kurz die Informationen des Polizeireporters zusammen. Die Sache mit dem Film hob er sich bis zum Schluss auf.

»Ein Spinner!«, erklärte Sommerfeld von der Rückbank aus, nachdem er eine Weile auf den Titel unter dem Foto gestarrt hatte. »Was soll das denn? Die Tagebücher von Fritz Haarmann! Gab es so was überhaupt?«

»Das erinnert mich verdammt an diesen Film mit Götz George«, knurrte Lepcke. »Nicht der Haarmann-Film, sondern der andere, ›Schtonk‹ oder so ähnlich, über die angeblichen Hitler-Tagebücher! Ein abgefuckter Journalist, der sich wichtig machen will und das ganz große Geld wittert. Endlich der Durchbruch, der ihn berühmt machen soll!«

»Bingo!«, sagte Tabori. »Nächste Frage: Warum geht er damit nicht zu einem Verlag oder zur Zeitung? Und warum will er die Dinger unbedingt auf eigene Kosten drucken lassen? – Erstens, weil ihm keiner glauben würde«, gab er gleich darauf sich selbst die Antwort. »Aber wenn plötzlich so was wie ein neuer Haarmann auftaucht und die Leute in Panik versetzt, dann hat er die Öffentlichkeit, die er braucht. Er konnte nicht ahnen, dass wir es tatsächlich schaffen, die Presse da bisher rauszuhalten. Er spielt Haarmann und kommt dann als der große, investigative Journalist mit den Tagebüchern, die er aufgespürt hat. Und zweitens, wenn ihm die Zeitungsleute immer noch nicht glauben oder kein Verlag darauf anspringt, hat er die Dinger trotzdem schon fertig und kann sie übers Netz verkaufen.«

»Dr. Jekyll und Mr. Hyde«, nickte Sommerfeld. »Mit einem klaren Sinn fürs Geschäftliche. Klingt weit hergeholt, könnte aber passen.«

»Passt nicht«, warf Lepcke kopfschüttelnd ein. »Es muss ihm doch klar sein, dass er damit nicht durchkommt. In dem Moment, in dem er diese angeblichen Tagebücher auspackt, muss selbst der blödeste Bulle im Stall einen Zusammenhang erkennen. Oder da zumindest nachhaken! Und dann ist er dran! Genau die Situation haben wir ja jetzt schon. Gut, das war ein Zufall, dass wir auf ihn gekommen sind, aber er hat zu viele Spuren hinterlassen, es wäre ohnehin nur eine Frage der Zeit gewesen ...«

»Vielleicht ist es ihm egal. Er legt es vielleicht nicht unbedingt darauf an, dass wir ihn kriegen, aber er hat gewonnen, selbst wenn er im Knast landet! Die unstrittige Verurteilung würde erst recht dazu beitragen, dass er seinen Dreck veröffentlichen kann. Es gibt genug Verlage, die da sofort mitziehen! Und endlich würden die Leute über ihn reden, sich mit ihm beschäftigen. Erinnert euch an die Geschichte von Haarmann selber, bei seiner Hinrichtung! Er war stolz darauf, dass die Leute ihn kannten, dass er berühmt war, alles andere war ihm egal.«

»Apropos Haarmann: Das Muster stimmt nicht. Miroslav Vesić war nicht schwul, da waren sich die beiden alten Drucker absolut sicher. Es tut mir leid, Tabori, aber da wird kein Schuh draus, fürchte ich. Das Ganze ist noch lange nicht wasserdicht!«

Den Rest der Fahrt legten sie schweigend zurück. Tabori zweifelte selbst noch an seiner Theorie, auch wenn Einiges dafür sprach, dass er im Großen und Ganzen richtig lag ...

Am vorletzten Wochenende hatte Ritter den Drucker enthauptet, der schwarz für ihn gearbeitet hatte. Dann hatte er sich irgendwo das Laborglas besorgt, im Zweifelsfall aus dem Netz. Und noch bevor er ihnen das Glas präsentiert hatte, hatte er sich bereits seine nächsten Opfer gesucht. Dienstag, Mittwoch, womöglich auch Donnerstag. Er konnte mit ihnen nicht wieder in die Druckerei, um das Papierschwert zu benutzen, also musste er sie an einem anderen Ort zerstückelt haben. Mit irgendwelchen Werkzeugen, mit denen er normalerweise nichts zu schaffen hatte. Er war Journalist, Historiker, ein Schreibtischtäter. Er hatte zwei linke Hände. Und er war auch niemand mit einem medizinischen Vorwissen. Soweit passte alles.

Aber es blieb immer noch die Frage nach der Verbindung zwischen ihm und Ritter! Hubert Ritter, wiederholte er im Stillen immer wieder, ohne dass der Name auch nur die geringste Erinnerung in ihm auslöste.

Sie hatten gerade das Heizkraftwerk passiert und bogen in die Kochstraße ab, als Taboris Handy einen Anruf des Polizeidirektors anzeigte. Kurzentschlossen drückte er das Gespräch einfach weg. Die SMS folgte, als Lepcke den Passat hinter der engen Kurve zur Walter-Ballhause-Straße parkte.

Rufen Sie mich umgehend zurück, schrieb Gallus. *Die Presse macht mir die Hölle heiß. Wir müssen zeitnah einen Termin für die Pressekonferenz ansetzen. Und wir brauchen Ergebnisse!*

Der nächste Anruf war von Ulrike. »Das SEK braucht noch einen Moment. Viertelstunde, zwanzig Minuten, bis dahin sind wir auch da. Die Hausnummer ist übrigens 34, Eingang ist vom Hinterhof aus, er wohnt im dritten Stock, die Wohnung links. Aber macht keinen Alleingang, Tabori, wartet, bis wir alle da sind.«

Lepcke blickte ihn fragend an.

»Nummer 34«, sagte Tabori. »Das SEK ist in frühestens zwanzig Minuten hier.«

»Und?«

»Wir warten nicht, wir gehen jetzt rein.«

»Dachte ich mir schon«, nickte Lepcke und überprüfte den Sitz seines Schulterhalfters. »Okay. – Sommerfeld?«

»Kommt mit bis zur Haustür, nicht weiter.« Tabori drehte sich zu dem Spurensicherer. »Und das ist eine Dienstanweisung, ich hoffe, das ist klar.«

Sommerfeld kicherte. »Auch wenn es vielleicht nicht angemessen ist, aber das kommt mir gerade vor wie ein Déjà-vu. Wie früher! Gut, dass du wieder da bist, Tabori, wenn ich das mal so sagen darf. Es war irgendwie verdammt langweilig ohne dich.«

Die Durchfahrt zum Hof war vollgestellt mit Fahrrädern, Fahrradanhängern, Bobby-Cars und Bollerwagen. Unter der Decke hing ein Kanu, eine große graue Ratte verschwand eilig in einem Loch an der Hauswand. Die Katze, die vor der offenen Tür zum Treppenhaus lag, rührte sich noch nicht mal. Erst als Tabori und

Lepcke über sie hinwegstiegen, stellte sie die Ohren auf und zuckte kurz mit der Schwanzspitze.

An der Tür war ein altertümliches Metallschild befestigt:

Das Ankleben von Zetteln und Beschriften der Wände wird nach § 303/304 StGB strafrechtlich verfolgt.

Darunter stand mit Filzstift geschrieben:

Der Hausbesitzer ist doof.

Auf dem ersten Treppenabsatz stand ein Küchenhocker mit einem Pappkarton mit Büchern, obenauf lagen Dan Browns »Illuminati« und zwei Bücher von Kersten Flenter, »Bevor du mich schön trinkst« und »Wir sind nicht für die Wirklichkeit gemacht, sondern für die Liebe «.

Hinter einer Wohnungstür war Musik zu hören, ein unsäglich trauriger Countrysong, Tabori tippte auf Townes van Zandt. Auf dem Klingelschild stand der Name El Kurdi.

Lange wird es das Haus nicht mehr geben, dachte Tabori, die fortschreitende Gentrifizierung des Stadtteils wird bald auch den letzten Countrymusik liebenden Araber vertrieben haben, ebenso wie die Mieter von nebenan, unter deren Türspalt hindurch der deutliche Geruch nach Cannabis keinen Zweifel daran ließ, womit sie schon nachmittags ihre Zeit verbrachten. Und nur die Ratten werden überleben, sowohl die im grauen Fell als auch die in den grauen Anzügen ...

Die hölzernen Treppenstufen knarrten laut unter ihren Schritten, Lepcke hob warnend die Hand, als sie den letzten Absatz erreichten. Sie stellten sich links und rechts neben der Tür auf, der Name »Ritter« war mit Kugelschreiber auf einen gelben Notizzettel geschrieben und mit Reißzwecken am Türrahmen befestigt.

Lepcke schob den Mantel zurück, um ungehindert die Dienstwaffe ziehen zu können, Tabori tastete nach der kurznasigen SIG Sauer P228, die Lepcke ihm noch im Wagen kommentarlos in die Hand gedrückt hatte und die jetzt die Tasche seiner Lederjacke ausbeulte.

Aus der Wohnung war kein Geräusch zu hören. Und auch nachdem Lepcke geklingelt hatte, rührte sich nichts.

Beim nächsten Versuch ließ Lepcke den Daumen solange auf dem Klingelknopf, dass auch jemand, der im Tiefschlag lag, es nicht überhören konnte. Das Resultat war unverändert.

»Nicht zu Hause«, stellte Lepcke fest und zog fragend die Augenbrauen hoch. »Das Schloss ist alt, wenn wir Glück haben, gibt es auch keine Kette. – Gefahr im Verzug?«

Tabori nickte. »Dein Job.«

Lepcke zog den Mantel aus und faltete ihn ordentlich zusammen, bevor er ihn über das Treppengeländer legte.

Dann trat er einen Schritt zurück und riss das Bein hoch. Sein brauner Halbschuh traf das Türblatt exakt an der Stelle, auf die er gezielt hatte. Mit einem kurzen Knacken gab das Schloss nach, die Tür war noch kaum aufgesprungen, als Tabori schon mit vorschriftsmäßig gezückter Waffe im Flur stand.

Die Wohnung bestand nur aus Bad, Küche und einem einzigen großen Raum, in dem mit Hilfe eines Regals eine Art Schlafecke abgeteilt war. Tabori und Lepcke blickten sich irritiert an. Auf dem billigen Teppichboden waren noch deutlich die Abdrücke eines Sofas zu sehen, eines Sessels, eines Tischs. Ein paar hellere Flecken an der Wand ließen erkennen, wo Bilder oder Plakate gehangen hatten, aber bis auf die Matratze hinter dem Regal war das Zimmer vollständig leergeräumt.

In der Küche sah es ähnlich aus, nur der vor Dreck starrende Herd war noch da. Und eine vertrocknete Graslilie auf dem Fensterbrett, mit einem Kaffeebecher ohne Henkel daneben, der irgendwann mal die Funktion einer Gießkanne gehabt hatte.

In dem muffig riechenden Badezimmer fanden sie eine angebrochene Packung mit einem Anti-Allergikum gegen Heuschnupfen sowie eine ausgefranste Zahnbürste, die neben dem Abfluss in der Badewanne lag. Die Borsten waren mit einer schwarzgrauen Schicht aus Haaren und Dreck verklebt. In der Kloschüssel hatte sich eine braune Pfütze gesammelt, auf deren Oberfläche schillernde Fettaugen schwammen.

Noch einmal nahmen sie sich den Wohnraum vor. Das Regal war nur an den Kanten mit einer Staubschicht bedeckt, es musste bis unter die Decke mit Büchern vollgestellt gewesen sein, nach der Größe der Abdrücke zu urteilen, hatten auf den unteren Böden vor allem Bildbände gestanden, erst weiter nach oben dann Bücher in kleineren Formaten. Romane vielleicht. Oder auch Fachbücher.

Vor dem Fenster musste noch ein weiterer Tisch gestanden haben. Lepcke zeigte auf die Steckdose und den Telefonanschluss über der Fußleiste.

»Schreibtisch wahrscheinlich. Und der Abdruck da auf dem Teppich sieht aus wie vom PC.«

Aber erst, als Tabori die fleckige Matratze im hinteren Teil des Raumes anhob, wurden sie fündig. Er hielt das verblichene Schwarzweiß-Foto in der Hand, als es an der Wohnungstür klopfte, die immer noch offen stand.

»Hallo? Seid ihr da?« Sommerfeld war noch außer Atem vom Treppensteigen, aber er erfasste die Situation auf einen Blick. »Der Vogel ist ausgeflogen, würde ich sagen. Und es sieht nicht so aus, als ob er vorhätte, noch mal wiederzukommen.«

Lepcke nickte nur kurz und trat zu Tabori. »Was ist das? Was hast du da?«

»Ein Klassenfoto.«

»Bist du das da in der ersten Reihe? Der Typ mit dem Fußballhemd, das bist doch du! Dasselbe freche Grinsen, und die Haare genauso nach allen Seiten abstehend wie jetzt, als würde es keinen Friseur geben. – Echt, hast du mal Fußball gespielt? Ist ja wohl schräg. Aber ...«

Tabori machte eine unwillige Handbewegung, als wollte er Lepcke beiseite schieben, um sich ausschließlich auf das Foto konzentrieren zu können. Aber Lepcke hatte recht, auch wenn Tabori sich selber nur mit Mühe wiedererkannte – und wenn er das auf dem Foto war, dann musste der Junge neben ihm sein Freund sein, der jetzt Psychologe war. Und ...

Er drehte das Foto um. Auf der Rückseite war ein Zettel aufgeklebt, auf dem mit Schreibmaschine getippt stand: *Leibnizschule, Klasse 5c*. Und dann die Namen, immer von links nach rechts. Heinisch war ganz außen, in der mittleren Reihe, und der letzte Name aus der hinteren Reihe war ... Hubert Ritter!

Auf der Aufnahme war er halb verdeckt von Heinisch, aber Tabori konnte ihn jetzt mühelos identifizieren: »Hubsi!«, stieß er halblaut hervor. »Natürlich, wir waren zusammen auf der Schule! Aber nur für ein oder zwei Jahre, dann ist er weggezogen und ... wir haben ihn immer nur Hubsi genannt, seinen richtigen Namen hatte ich längst vergessen. Und ich hab auch nie wieder was von ihm gehört, keine Ahnung, was er dann gemacht hat.«

»Jetzt weißt du es«, bemerkte Lepcke trocken. »Und jede Wette, dass er genau verfolgt hat, was aus dir geworden ist. Der kennt dich, Mann, der hat dich nicht vergessen. Bleibt noch die Frage, ob er das Foto hier wirklich nur aus Versehen liegengelassen hat oder ob das Absicht war. Er hat jedenfalls was gegen dich! Was hast du damals mit ihm gemacht? Hast du ihn beim Sport nicht in deine Fußballmannschaft gewählt, oder was?«

Sommerfeld nahm Tabori das Foto aus der Hand. »Du hast schon mal erzählt, dass du mit Heinisch in einer Klasse warst. Aber kann es da noch einen ganz anderen Zusammenhang geben? Ich meine, zwischen Heinisch und diesem Ritter?«

»Was denn?«, fragte Lepcke. »Dass Heinisch und Hubsi gemeinsam irgendwelche Leichen zerlegen? Quatsch, was soll das? Das ist mit Sicherheit Zufall. Hannover eben, jeder kennt hier jeden, weil er mal zusammen mit ihm auf der Schule war oder die gleiche Freundin hatte. Mach es jetzt nicht komplizierter, als es ist.«

»Ich dachte ja nur, weil ...«

»Wir müssen ihn finden«, unterbrach Tabori seine Kollegen. »Wir müssen wissen, wann er hier mit seinen Sachen verschwunden ist und ... wohin! Lass uns mit den Nachbarn anfangen, irgendwas werden sie ja wohl mitgekriegt haben. – Mist, das SEK!«, setzte er gleich darauf hinzu. »Die brauchen wir hier jetzt wirklich nicht mehr, völlig unnötig, das ganze Haus in Panik zu versetzen.«

Lepcke hatte schon das Handy in der Hand, als Sommerfeld vom Fenster her meldete: »Zu spät. Sie laufen gerade zu Hochform auf.«

Eine Treppe tiefer traf Tabori auf den Gruppenleiter, dicht hinter ihm folgten seine Leute, mit den üblichen schwarzen Anzügen, schwarzen Sturmhauben und schussbereiten Waffen.

Tabori nahm sicherheitshalber die Hände hoch, während er gleichzeitig in wenigen Sätzen erklärte, was los war. Der Gruppenleiter nickte und war noch dabei, über das Mikrophon an seiner Schulter die Kollegen im Hof und auf der Straße über die veränderte Situation zu informieren, als sich die Tür hinter Tabori öffnete.

»Was ist los? Was machen Sie hier?«

Die Augen des Arabers weiteten sich vor Schreck, als er die schwerbewaffneten Polizisten auf der Treppe sah. Er schluckte heftig, dann fuhr er ruckartig zurück und wollte die Tür schießen. Tabori schaffte es gerade noch, seinen Fuß in den Spalt zu schieben.

»Kein Grund zur Panik«, sagte er. »Hauptkommissar Tabori, Kripo Hannover. Es geht nicht um Sie, ich möchte nur ...«

»Das sagen Sie«, unterbrach ihn El Kurdi. »Aber solange sie Ihren Fuß da nicht wegnehmen, glaube ich erst mal gar nichts. Und noch schöner wäre es, wenn Sie versichern, das ich mir dieses Rollkommando da hinter Ihnen auf der Treppe nur einbilde, weil ich letzte Nacht zu wenig geschlafen habe.«

Tabori musste grinsen. Die Antwort war nicht schlecht gewesen.

»Schon gut, ich kann Ihnen alles erklären«, erwiderte er und zog seinen Fuß zurück.

Prompt drückte El Kurdi die Tür ins Schloss, öffnete sie aber gleich darauf und sagte: »Ich höre.«

Sein Deutsch war ohne jeden Akzent, Tabori vergewisserte sich mit einem Blick auf das Klingelschild, dass er sich nicht geirrt hatte. Er musste sich eingestehen, unwillkürlich etwas vorausgesetzt zu haben, was nicht zutraf. Ein arabischer Name an der Tür bedeutete noch lange nicht, dass der Mieter kein Deutsch sprach. Oder nur bruchstückhaft vor sich hinstammeln konnte. Solche Vorurteile entsprachen genau dem alltäglichen Rassismus, über den er mit Lisa oft genug diskutiert hatte! Und es ärgerte ihn im Stillen, dass er selber ganz offensichtlich nicht frei davon war ...

Im Hintergrund lief immer noch die gleiche Musik. Oder schon wieder. Townes van Zandt, eine Live-Aufnahme, Tabori erkannte jetzt auch den Song, »If I needed You«.

El Kurdi musterte ihn mit zusammengezogenen Augenbrauen und wartete auf eine Antwort. Für einen Moment blieb Taboris Blick an seinem roten Kapuzenshirt hängen, das die Aufschrift irgendeiner amerikanischen Universität trug, von der er noch nie gehört hatte.

Er riss sich zusammen und stellte ohne weitere Erklärungen seine Fragen nach dem Mieter aus der Wohnung im oberen Stockwerk. El Kurdis Antworten waren vorsichtig und eher einsilbig, passten aber ins Bild. Ein Mieter, der nicht weiter aufgefallen war, allerdings auch nur gerade so eben grüßte, wenn man ihn im Treppenhaus traf. Vor einiger Zeit schon hatte es mehrmals den Anschein gehabt, als würde er ausziehen. Er hatte jedoch niemals Helfer gehabt. Das Sofa und andere größere Möbelstücke waren dann eine Woche zuvor vom »Fairkaufhaus« abgeholt worden. Aber erst am gleichen Vormittag noch hatte Ritter wieder verschiedene kleinere Einrichtungsgegenstände und Umzugskartons alleine die Treppen hinunter zu einem gemieteten Kleinlaster getragen. An den Namen der Vermietfirma konnte oder wollte sich El Kurdi nicht erinnern.

»Und in letzter Zeit, haben Sie da vielleicht zufällig mal Freunde von ihm gesehen, die ihn besucht haben? Pärchen oder auch ... jüngere Männer vielleicht?«

»Was wollen Sie jetzt wissen, ob er einen Swinger Club da oben hatte oder ob er schwul war?« El Kurdi lachte spöttisch. »Nein, ganz im Ernst, keine Ahnung. Aber ...«

»Sie würden es mir auch nicht sagen, wenn es so wäre. Weil Sie nicht hinter Ihren Nachbarn herspionieren.«

»So ungefähr, ja.«

Townes van Zandt sang jetzt »Wating around to die«, El Kurdi bewegte lautlos die Lippen, als würde er im Stillen mitsingen.

»Dann war's das, ich danke Ihnen.«

Tabori verzichtete darauf, ihm eine Karte zu geben, er hatte das sichere Gefühl, El Kurdi würde sie ohnehin nur wegwerfen. Umso verblüffter war er, als El Kurdi nicht sofort die Tür schloss, sondern sagte: »Falls Sie heute noch irgendwas Sinnvolles tun wollen, um die Erfolgsstatistik ein bisschen aufzubessern, könnten Sie mir ja vielleicht meine Säge wiederbeschaffen!«

»Was?«

»Wie, was? Meine Säge! Ist geklaut worden! Und zwar aus meinem Keller! Schloss aufgebrochen, Säge geklaut. Ist doch gar nicht so schwer zu verstehen, oder?«

Er wollte ihn provozieren, das war klar, aber bevor Tabori noch etwas erwidern konnte, war Lepcke vom oberen Treppenabsatz zu ihnen getreten und stieß hervor: »Keller! Verdammt, natürlich, er muss einen Keller gehabt haben!«

Der Keller, der zu Ritters Wohnung gehörte, war die frühere Waschküche, und hatte genau wie der danebenliegende Heizungsraum eine feuersichere Tür aus Metall. Die Männer des SEK brauchten keine zwei Minuten, um sich Zutritt zu verschaffen.

Carlos und Ulrike kamen mit der Staatsanwältin auf den Hof, als Lepcke gerade aus dem Keller stürzte, um kreidebleich und mit kaltem Schweiß auf der Stirn nach Luft zu schnappen. Zwei Kollegen des Einsatzkommandos waren dicht hinter ihm und schafften es mit Mühe noch bis zum Zaun, bevor sie sich keuchend zusammenkrümmten und ihr Mittagessen auf die Wiese spuckten. Tabori konnte im letzten Moment verhindern, dass die Staatsanwältin den Keller betrat.

Natürlich ist es nie Tabori alleine gewesen, an dem er sich hat rächen wollen. Und er hat nicht nur Taboris Laufbahn aufmerksam verfolgt. Er weiß auch, dass einer von ihnen Psychologe geworden ist. Und der widerliche Heinisch hat es sogar bis zum Polizeipräsidenten geschafft! Dass er sich dann selber ein Bein gestellt hat, ist ihm vorgekommen wie eine Fügung des Schicksals, das wenigstens manchmal für so etwas wie Gerechtigkeit sorgt.

Und wo das Schicksal nicht mitspielt, muss er eben selber die Dinge in die Hand nehmen. Tabori ist immer schon der Erste auf seiner Liste gewesen, aber er hat auch keinen der anderen vergessen, die ihn über die Jahre hinweg immer wieder gedemütigt haben. Ohne es in ihrer Überheblichkeit überhaupt zu bemerken! Die Redakteure in den Fachzeitschriften, die Verlagslektoren, die seine Texte vielleicht noch nicht mal gelesen haben. Auch das Staatstheater, dem er ein Stück angeboten hat, ohne jemals auch nur eine Antwort zu bekommen. Und das jetzt ein Musical aus seinem Stoff machen will! Auch wenn sie den Titel verändert haben und behaupten, es hätte nichts mit Haarmann zu tun, ist er sich absolut sicher, dass es seine Idee gewesen ist, die sie überhaupt erst darauf gebracht hat.

Aber natürlich werden sie die Sache vollkommen falsch angehen. Ohne jeden wissenschaftlichen Hintergrund, nur auf ein Spektakel abgezielt, das dann wieder mal all den Unsinn verbreitet, der schon viel zu lange über Haarmann existiert.

Er ist es sich und viel mehr noch Haarmann selber schuldig, endlich die Wahrheit ans Licht zu bringen. Und diesmal werden sie ihm zuhören!

Aber für den Moment ist es die richtige Entscheidung gewesen, von seinem ursprünglichen Plan zumindest geringfügig abzuweichen. Auch wenn es bedeutet, dass er darauf verzichten muss, die restlichen Leichenteile irgendwo zu platzieren. Was er aufrichtig bedauert! Er hat die verschiedenen Orte ja bereits festgelegt – und sogar die Fundstücke genau aufgelistet!

Das Menschenfressergrab auf dem Gartenfriedhof: ein Rumpf, an den Grabstein gelehnt. Das ehemalige Wohnhaus von Jasper Hanebuth in Groß-Buchholz: ein Arm, ein Bein, ein abgetrennter Fuß vor dem

Sockel der Bronzefigur. Der Kellerabgang zum Kreuzgewölbe der Kneipe »Jack the Ripper's« am Kröpcke: ein weiterer Rumpf auf der öffentlich zugänglichen Toilette. Der Pavillon, wo früher das Gerichtsgefängnis gestanden hat, auf dessen Hof Haarmann hingerichtet worden ist: der dritte Rumpf, in dem flachen Teich an der Rückseite des Gebäudes.

Und als besonders perfiden Fundort schließlich die Schlagerbar »Barcarole« in Linden, die über vierzig Jahre lang die älteste Kneipe der hannoverschen Gay-Szene gewesen ist: ein abgetrennter Penis, hinter die Türklinke gesteckt!

Alles Puzzlestücke, die ganz bewusst nicht ausschließlich auf Haarmann verweisen – und seine persönliche Herausforderung an Tabori sein sollten ...

Es ist in höchstem Maße frustrierend, dass er sein Spiel mit Tabori nicht bis zu Ende spielen kann. Aber es wird noch genügend andere Möglichkeiten geben, um ihnen allen klarzumachen, dass er es ist, der sie nach Belieben dirigieren kann.

Und wenigstens muss er jetzt nicht noch mal in den verdammten Keller. Der erstickende Geruch nach Blut und Verwesung scheint ohnehin schon für immer an seinem eigenen Körper zu haften, egal wie oft er mittlerweile geduscht und die Kleidung gewechselt hat.

Mittwoch, 30. September. 14.15 Uhr.

Der Boden um den alten Waschkessel herum schwamm in einer Blutschicht, die so hoch stand, dass die Lache nur an den äußeren Rändern getrocknet war. Ein zerstückelter Rumpf lag direkt neben dem Kessel, Knochensplitter und Fleischreste hatten den Abfluss verstopft, Rumpf zwei und drei waren unter dem Handwaschbecken an die blutbespritzte Wand geschoben, einzelne Gliedmaßen waren über den gesamten Kellerraum verteilt.

El Kurdis Säge lag auf der Handmangel, gleich daneben ein Küchenmesser mit geriffelter Klinge und ein Beil, auf dessen Stiel noch die Werbeaufschrift des Baumarktes zu lesen war.

Sommerfelds Stimme klang gepresst, als er fast tonlos seinen ersten Eindruck zusammenfasste: »Aus der Erinnerung würde ich sagen, dass wir alle noch fehlenden Gliedmaßen haben, ich werde das natürlich nachher genau überprüfen. Allerdings kann ich nirgends eine Hand entdecken, an der der Mittelfinger fehlt, obwohl die Hände jetzt meiner Meinung nach vollzählig sind, zumindest, solange wir von drei Opfern ausgehen, worauf ja alles hindeutet.«

Nachdem Sommerfelds Team eingetroffen und das SEK abgerückt war, standen Tabori und seine Kollegen auf dem Hof. Der Zugang zum Keller war mit Flatterband abgesperrt, zwei uniformierte Streifenwagenbeamte hatten die Aufgabe, eventuell auftauchende Hausbewohner ohne weiteren Kommentar in ihre Wohnungen zurückzuschicken.

Tabori zog eine Zigarettenschachtel aus der Tasche und hielt sie den anderen hin, bis auf Carlos griffen alle zu. Sie rauchten schweigend, jeder versuchte, auf seine Weise mit dem grausigen Fund zurechtzukommen. Natürlich hatten sie damit gerechnet, irgendwann noch die fehlenden Leichenteile zu finden, aber der an einen Schlachthof erinnernde Keller übertraf ihre schlimmsten Erwartungen.

Schließlich war es Ulrike, die als erste wieder etwas sagte, während sie eine neue Zigarette am Stummel der alten anzündete. »Und wir haben im Kanapee noch zusammen mit ihm am gleichen Tisch gesessen. Womöglich hatte er da gerade erst ...«

»Hör auf«, bat Tabori. »Das bringt uns nicht weiter. Ich hätte ihn erkennen müssen, habe ich aber nicht. Im Gegenteil, ich habe sogar noch gedacht, dass ihm seine beiden Freunde mit ihren zotigen Sprüchen peinlich sind und er deshalb so still ist! Und ich fand ihn als Einzigen von den dreien am Tisch nicht einfach nur ... zum Kotzen.«

»So kann man sich irren«, kam es von Lepcke.

Im gleichen Moment hörte Tabori, wie über ihnen ein Badezimmerfenster geschlossen wurde. Nach dem Stockwerk zu urteilen, musste es die Wohnung von El Kurdi sein.

Vom Faust-Gelände herüber schallten die Töne eines Intruments, das Tabori nicht zuordnen konnte.

»Dudelsack«, kommentierte Lepcke und trat seine Zigarette aus.

Auch als sie bereits wieder im Präsidium waren, fühlten sie sich immer noch wie gelähmt. Nur mit Mühe schaffte es Tabori, sich auf die Telefonate zu konzentrieren, die er führen musste ...

Carlos hatte kurz berichtet, warum sie erst mit Verspätung in der Walter-Ballhause-Straße erschienen waren. Nachdem sie von Tabori Ritters Namen erfahren hatten, waren sie bei verschiedenen Einträgen gelandet, die sich auf Ritters Geschichtsstudium an der Leibniz-Uni bezogen.

»Die damals ja noch einfach nur Uni Hannover hieß, aber rate mal, wer da mit ihm zusammen studiert hat. Jemand, mit dem wir gerade erst zu tun hatten!«

»Geschichte, sagst du? – Paust! Der Straßenbahnfahrer ...«

»Bingo. Die beiden Vögel kennen sich also. Und es kommt noch besser, Paust und Ritter haben in irgendeinem Hauptseminar ein Referat abgeliefert, das auch in einem selbstgedruckten Sammelband mit dem Titel ›Hannover in den Zwanziger Jahren‹ erschienen ist. Thema ihrer Arbeit ... na, was glaubst du?«

»Haarmann«, hatte Tabori nur geantwortet und kaum, dass Carlos nickte, auch schon den Notizzettel mit Pausts Telefonnummer aus dem Chaos auf seinem Schreibtisch gesucht.

Paust nahm bereits nach dem ersten Klingeln ab.

»Tabori hier. Sie haben uns nicht gesagt, dass Sie selber über Haarmann gearbeitet haben«, eröffnete er das Gespräch, ohne Paust zu Wort kommen zu lassen. »Das wäre doch aber vielleicht eine Information gewesen, von der Ihnen klar gewesen sein musste, dass sie uns interessiert. Zumal wir Sie sogar nach Personen gefragt haben, die als Fachleute für Haarmann gelten könnten! Sie haben damals am Historischen Seminar hier an der Uni eine Arbeit über Haarmann geschrieben, und zwar zusammen mit einem Hubert Ritter ...«

»Ach du je, der Spinner! Wie sind Sie denn jetzt ausgerechnet auf den gekommen?«, lachte Paust ungerührt von Taboris deutlicher Verärgerung. »Das ist kein Fachmann, das ist nur jemand, der unbedingt versucht hat, sich mit irgendwas in den Vordergrund zu spielen! Okay, ich geb's zu, natürlich weiß er was über Haarmann, aber ich hatte immer das Gefühl, dass er das Thema nur benutzen wollte, weil nun mal jeder den Namen Haarmann kennt und der Fall natürlich auch bis heute genug Fragen aufwirft, die vor allem die Polizei in keinem besonders guten Licht dastehen lassen. Diese ganze Geschichte, dass Haarmann als Spitzel eingesetzt war, meine ich, da ließen sich ja durchaus sogar Bezüge zu anderen Fällen aus der Gegenwart herstellen! Aber darum ging es Ritter gar nicht, das war übrigens auch der Grund, warum wir uns bei diesem Referat so zerstritten haben, dass wir dann nie wieder irgendwas miteinander zu tun hatten. Ritter wollte Haarmann als Opfer sehen, der nichts als eine Marionette gewesen war, deren Fäden ganz andere Leute in der Hand hielten. – Warten Sie, er hat sogar noch einen draufgesetzt: Haarmann als verkannter Künstler, der auch nicht leicht unterbemittelt war, sondern ganz im Gegenteil, und der eigentlich nie etwas anderes wollte, als eine Art Jüngerscher Lyrik zu schaffen, seine Taten also eher aus Recherchegründen begangen hat! Das war dann auch der Punkt, an dem ich endgültig ausgestiegen bin, da gab es keinerlei Ansatzpunkte mehr für mich, über die man eventuell noch hätte reden können. Aus, vorbei, das war mir einfach zu ... durchgeknallt. – Haben Sie die Arbeit gelesen?«

»Nein, aber ...«

»Dann haben Sie auch nichts verpasst, glauben Sie mir. Obwohl ich damals schon alles versucht habe, um da wenigstens eine halbwegs nachvollziehbare Linie reinzukriegen ...«

Auf Taboris Nachfrage berichtete Paust noch, dass Ritter die gleiche Theorie – Haarmann als Opfer und verkannter Künstler – auch in seiner Magisterarbeit wieder aufgegriffen hatte. Und dass die Arbeit von der Uni glatt abgelehnt worden war! Soweit Paust wusste, war Ritter das Gleiche dann bei verschiedenen Verlagen und Fachzeitschriften passiert, denen er seinen Text zur Publikation angeboten hatte. Ob Ritter überhaupt jemals mit einem anderen Thema einen Uni-Abschluss erhalten hatte, war ihm nicht bekannt, auch nicht, was er heute machte.

Wir haben also mehr oder weniger richtig gelegen mit unserer Einschätzung, dachte Tabori resigniert, nachdem er das Gespräch mit Paust beendet hatte. Ritter hat eine Lösung gefunden, wie er sich und seine Theorie doch noch ins Spiel bringt. Und er hat zwei Freunde oder zumindest Bekannte, die sich womöglich auch noch für seine abstrusen Ideen begeistern können! Es sei denn, er hat im Laufe der Zeit genug dazugelernt, um seinen Mist für sich zu behalten und auf den großen Moment zu warten, in dem er ihnen allen endlich beweisen kann, was in ihm steckt.

Das nächste Telefonat führte er eigentlich nur, um Zeit zu gewinnen, bis er sich darüber im Klaren war, wie sie weiter vorgehen sollten.

»Ist was mit meinem Auto?«, fragte sein alter Freund, kaum dass er gehört hatte, wer am Apparat war.

»Nein, nein, alles prima, läuft gut, Ende der Woche hast du ihn wieder. – Aber sag mal, erinnerst du dich noch an die fünfte Klasse in der Leibnizschule? Da gab es doch damals einen Typen, der nur kurz bei uns war und dann weggezogen ist, Hubert Ritter ...«

»Sagt mir nichts. Und ich bin auch froh, dass ich das Meiste aus der Zeit ohnehin vergessen habe! Aber was ist los? Fängst du jetzt etwa an, dich mit der Schule zu beschäftigen? Dann hast du ein Problem, würde ich sagen, und wir sollten dringend darüber reden. Träumst du auch schon von den alten Kameraden?«

»Hubsi«, sagte Tabori. »Wir haben ihn Hubsi genannt.«

»Hubsi sagt mir was, warte mal ... Natürlich, Hubsi! Der diese Krampfanfälle hatte, fast spastisch schon! Wenn er sich mit jemandem geprügelt hat, hat er ihn irgendwann umklammert und nicht mehr losgelassen, man konnte ihn mit dem Kopf gegen die Tischkante oder gegen die Wand hauen, aber er hat trotzdem nicht losgelassen. Im Grunde das gleiche Verhalten wie bei einer Bulldogge, wenn die sich in etwas verbeißt und der Kiefer sich selbst mit Gewalt nicht mehr öffnen lässt. Interessanter Fall eigentlich, jetzt, wo du es erwähnst, wäre es vielleicht spannend zu wissen, was aus ihm geworden ist.«

»Haben wir ... oder habe ich mal irgendwas mit ihm gemacht, was weiter ging als die üblichen Auseinandersetzungen unter Fünftklässlern?«

»Weiß ich nicht. Glaube ich auch nicht. Kann sein, dass wir ihn öfter als andere ... verarscht haben. Oder uns sonst irgendwie lustig über ihn gemacht haben. Er war ja nicht gerade das, was man einen Klassenhelden nennen könnte, eher der typische Streber, der eben ab und zu mal eins auf die Fresse bekommt, einfach nur weil er sich zu oft gemeldet hat oder dem Lehrer die Tasche trägt, so was in der Art. – Doch, warte! Der Typ, den wir damals im Wald an den Baum gebunden haben, das war er, ganz sicher! Als wir das Klassenbuch geklaut hatten und zu diesem Rodelberg in der Eilenriede sind, um es da irgendwo zu vergraben, da ist er doch plötzlich aufgetaucht und wollte uns anschwärzen, wenn wir ihm nicht ... Was weiß ich, Geld war es nicht, was er wollte. Dazu gehören, mit uns befreundet sein, eher so was. Aber jedenfalls hast du dann doch die Idee gehabt, ihn an einen Baum zu binden, um ihm Angst zu machen. Und dann kam das Gewitter und wir sind abgehauen und haben ihn da einfach stehenlassen. Ich weiß bis heute nicht, wie er sich eigentlich befreit hat. Aber das war er, Hubsi.«

»Stimmt, ich erinnere mich dunkel an so eine Geschichte. Bist du dir sicher, dass wir wirklich abgehauen sind?«

»Natürlich. Und das Klassenbuch haben wir auch nicht vergraben, sondern am nächsten Tag schön brav wieder zurückgelegt, weil wir Schiss hatten, dass er doch was sagen würde.«

»Mal ganz im Ernst, als Psychologe, ist es vorstellbar, dass diese Nummer reicht, um sich noch Jahre später ... irgendwie dafür rächen zu wollen?«

»Mal ganz im Ernst, als Psychologe, es haben sich schon Leute für weniger gegenseitig umgebracht. Und allein die Tatsache, dass deine Phantasie ausreicht, um dir das als Motiv vorstellen zu können, ist doch Beweis genug, dass jemand anders vielleicht genau so tickt. Aber natürlich müsste man mehr wissen, über die Persönlichkeitsstruktur, das soziale Umfeld, möglicherweise traumatische Erlebnisse ... wem sag ich das, du kennst das doch alles selber. Aber reden wir doch überhaupt mal über dich: Passiert dir das eigentlich in letzter Zeit öfter, dass du ...«

»Ich muss Schluss machen, tut mir leid«, unterbrach ihn Tabori schnell und war froh, dass Carlos und Ulrike gerade in den Raum traten. »Die Kollegen brauchen mich! Ich melde mich noch mal bei dir, spätestens ja sowieso, wenn ich weiß, wann genau ich dir den Saab zurückbringen kann.«

Carlos und Ulrike waren bei ihrer Suche nach Informationen über einen möglichen Aufenthaltsort von Ritter nicht viel weiter gekommen. Ritter hatte sich offiziell nicht abgemeldet, es gab auch keinen Eintrag für einen Nebenwohnsitz, bei den größeren Mietwagenfirmen war er nicht aufgetaucht, der Wagen, mit dem er den Umzug gemacht hatte, ließ sich zumindest zum gegenwärtigen Zeitpunkt nicht zu einem Vermieter zurückverfolgen. Seine Eltern lebten nicht mehr, weitere Verwandte schien er nicht zu haben.

»Eine Oma väterlicherseits gab es da bis vor einem Jahr noch«, berichtete Carlos, »aber auch das ist eher eine Sackgasse. Sie muss in irgendeiner Gartensiedlung gewohnt haben, ohne konkrete Anschrift. Behelfsbauten, die nach dem Krieg errichtet worden sind, für die es später nach dem Zusammenbruch der DDR eine Art

Bestandsschutz als dauerhafte Bleibe gegeben hat, die erst mit dem Tod des jeweiligen Besitzers erlischt. Wir haben die Kollegen vor Ort darauf angesetzt, aber das kann dauern ...«

»Was meinst du mit ›nach dem Zusammenbruch der DDR‹?«, fragte Tabori irritiert.

»Ganz einfach, diese Oma war in Leipzig gemeldet und ist da auch verstorben. Wieso, was ist daran komisch?«

»Leipzig«, wiederholte Tabori und versuchte sich zu erinnern, in welchem Zusammenhang ihm die Stadt vor kurzem erst untergekommen war. Gleich darauf hatte er den Hörer in der Hand.

»Michael, ich bin's schon wieder, Tabori. Du hast mir doch heute Mittag erzählt, dass du Ritter einen Tipp gegeben hast, wegen seiner Frage nach der Kamera. Deutsches Fotomuseum, erinnere ich das richtig? In Leipzig?«

»Na ja, nicht direkt Leipzig. Ist so eine Art Vorort, Markkleeberg heißt das da ...«

»Wie?«

»Markkleeberg«, wiederholte der Polizeireporter. »Aber stimmt, jetzt fällt mir auch wieder ein, dass ich mich noch gewundert habe, wieso Ritter mit dem Namen sofort etwas anfangen konnte. Also, ich meine, du hast ja eben an dir selber gemerkt, dass das Kaff eigentlich niemandem etwas sagt, es sei denn ...«

»Er kennt sich in Leipzig und Umgebung aus«, brachte Tabori den Satz zu Ende. »Danke, Michael, ich kaufe zwei von deinen Kochbüchern!«

»Was ist?«, fragte Ulrike, als Tabori den Computer hochfuhr und den Begriff »Deutsches Fotomuseum« in die Suchmaschine eingab.

»Ich weiß es noch nicht. Es ist auch nicht viel mehr als ein verdammter Strohhalm. Und wahrscheinlich fange ich schon an, auf so was wie ein Wunder zu hoffen, aber ... hier, da ist es!«

Er las die Nummer laut mit, während er sie ins Telefon tippte.

Der Anschluss war besetzt. Und auch zehn Minuten später hatte Tabori immer noch kein Glück. Er schrieb sich die Nummer auf einen Zettel und machte sich auf die Suche nach dem Rest seines Teams. Sein T-Shirt unter der Lederjacke war verschwitzt und klebte ihm am Rücken, gleichzeitig war ihm so kalt, dass er fröstelnd die Schultern hochzog.

Auf dem Gang kam ihm Lepcke entgegen. »Haftbefehl steht, Fahndung geht heute noch raus. Wir haben ein Foto von ihm aufgetrieben, ist zwar schon älter, aber Ulrike meint, es trifft ihn ganz gut. Ein Techniker ist eben noch dabei, nach ihren Angaben ein paar Korrekturen zu machen, Haare grauer, Haaransatz weiter zurück, tiefere Furchen an den Mundwinkeln, solche Sachen.«

Sommerfeld war noch in der Pathologie und machte Überstunden, die Staatsanwältin hatte sich mit Kopfschmerzen entschuldigt und war nach Hause gefahren. Tabori war überzeugt, dass ihre Reaktion in unmittelbarem Zusammenhang zu den Fotos aus der Waschküche stand, die Lepcke an die Wand des Besprechungszimmers geheftet hatte. Auch wenn die Bilder zwangsläufig hinter der Realität zurückbleiben mussten, war ihre Wirkung immer noch schockierend genug – hinzu kam, dass das grelle Blitzlicht die fürchterlichen Wunden bis ins kleinste Detail hervortreten ließ. Die zersplitterten Knochen, die Hautfetzen, die durchtrennten Muskeln und Sehnen ...

»Carlos und Ulrike meinen, du hast vielleicht was?«, fragte Lepcke in seine Gedanken hinein.

»Ich hab Kopfschmerzen und mir ist übel, das ist alles, was ich dir bieten kann. – Sorry, tut mir leid, du kannst nichts dafür, das weiß ich selber. Aber ich habe das Gefühl, wir ersticken gerade in einem Berg von Puzzleteilen, die jedes für sich durchaus Sinn ergeben, uns aber trotzdem keinen Schritt weiterbringen.«

»Wir kriegen ihn«, antwortete Lepcke. »Es ist nur eine Frage der Zeit. Aber früher oder später macht er einen Fehler, und dann ... Wir kriegen ihn«, wiederholte er, als müsste er sich selbst überzeugen. Er fasste Tabori am Arm. »Und etwas Positives hat das Ganze vielleicht sogar! Korrigier mich, wenn ich danebenliege, aber so wie ich das sehe, muss er gemerkt haben, dass wir ihm auf der Spur sind. Verstehst du, er handelt gerade unter großem Druck, das Spiel läuft nicht mehr unbedingt nach seinen Regeln! Er versucht, sich abzusetzen, er hat es noch nicht mal mehr geschafft, die restlichen

Leichenteile aus dem Keller irgendwo zu platzieren, und wenn wir nur ein bisschen Glück haben, bedeutet das auch, dass ihm die Zeit fehlt, um noch weitere Morde zu begehen.«

Zum ersten Mal fielen Tabori die dunklen Schatten unter Lepckes Augen auf. Und die Frustration in seiner Stimme, die er trotz aller Anstrengung nicht verbergen konnte.

Er wusste nicht, warum er Lepcke nicht über den erneuten Hinweis auf Leipzig informierte – aber noch war es mehr als fraglich, ob sich der Anruf im Fotomuseum überhaupt zu einer konkreten Spur entwickeln würde. Und er wollte nicht eine Hoffnung wecken, die sich vielleicht doch wieder nur als weitere Sackgasse herausstellte.

»Hör zu, Markus«, sagte er und benutzte ganz bewusst Lepckes Vornamen. »Wir sind jetzt seit Tagen fast rund um die Uhr im Einsatz, das geht so nicht. Wir brauchen alle Schlaf. Lass uns wenigstens für ein paar Stunden versuchen, hier rauszukommen, bis wir wieder halbwegs klar denken können. Sonst machen wir irgendwelche Fehler, die uns später leid tun.«

»Wahrscheinlich hast du recht«, gab Lepcke zu. »Machen wir es so, ich sage Carlos und Ulrike Bescheid.«

Als Tabori durch die Glastür ins Treppenhaus trat, sah er über das Geländer hinweg gerade noch rechtzeitig den Polizeidirektor mit Heinisch im Schlepptau aus dem unteren Stockwerk kommen.

»Das geht so nicht«, regte sich Gallus auf. »Wir müssen diese Pressekonferenz machen, morgen! Und ich brauche einen vernünftigen Text, den ich verlesen kann. Außerdem muss Tabori dabei sein, vielleicht war es ein Fehler, ihm gleich wieder einen Fall zu überlassen, bei dem absolutes Fingerspitzengefühl erforderlich ist. Und Ergebnisse! Kein langes Rumgeeier, sondern zack, hier haben wir die Opfer – und hier den Täter!«

Tabori wartete nicht auf Heinischs Erwiderung. Mit zwei schnellen Schritten war er zurück durch die Tür und verschwand auf der Herrentoilette. Es tat ihm leid für Lepcke, aber er fühlte sich nicht in der Verfassung, jetzt irgendwelche Antworten zu geben, die er selber nicht kannte. Geschweige denn, sich die Pseudo-Vorschläge von Heinisch anzuhören, wie er seinen Job machen sollte.

Er wartete, bis die Schritte auf dem Gang vorüber waren, bei dem flüchtigen Blick in den Spiegel über dem Waschbecken kam ihm sein Gesicht erschreckend alt vor. Alt und grau und fremd.

Zu Hause hatte er eine Nachricht auf dem Anrufbeantworter. Die Autowerkstatt teilte mit, dass der Saab dringend neue Bremsscheiben brauchte, außerdem war seit zwei Monaten der TÜV abgelaufen.

Tabori löschte die Nachricht, ohne eine Entscheidung getroffen zu haben, wie er damit umgehen sollte. Vielleicht würde er den Wagen einfach nur zurückgeben, ohne etwas zu sagen. Oder seinen alten Schulfreund fragen: »Passiert dir das eigentlich öfter, dass du Schwierigkeiten mit so einfachen Sachen wie beispielsweise dem TÜV-Termin hast?«

Von Lisa war noch immer nichts auf dem Band. Aber dafür erreichte er jetzt problemlos das Fotomuseum in Markkleeberg. Der Leiter hieß Mueller, »Müller mit ue«, wie er betonte. Nichts an seiner Aussprache ließ darauf schließen, dass er aus Sachsen war. Oder Thüringen, was für Tabori ungefähr auf das Gleiche rausgekommen wäre.

Tabori stellte sich als Hauptkommissar der Kriminalpolizei vor. Ohne einen Ort zu nennen.

Die Antwort kam prompt. »Aber ganz bestimmt nicht aus Leipzig!«

»Richtig, Hannover. Aber ...«

»Sind Sie dann überhaupt zuständig?«

»Es geht nur um eine kurze Frage, eher inoffiziell. Aber Sie würden mir bei einer Ermittlung sehr helfen. Es geht um einen Hubert Ritter, der Sie eventuell schon kontaktiert hat oder sich bei Ihnen noch melden wird. Es ist auch durchaus möglich, dass er einen anderen Namen benutzt – aber unter welchem Namen auch immer, er wird Sie nach einer ganz bestimmten Kamera aus den zwanziger Jahren fragen ...«

Tatsächlich hatte Ritter bereits angerufen. Und Mueller teilte Tabori jetzt auch bereitwillig mit, dass sie nicht nur länger miteinander gesprochen hatten, sondern Ritter sich bereits am nächsten

Tag bei ihm wieder melden wollte, um einen Termin auszumachen – Ritter würde also ins Museum nach Markkleeberg kommen!

»Ich habe ihm gesagt, dass es schwierig werden könnte, exakt diese Kamera aufzutreiben, nach der er sucht. Aber zumindest will er ein Foto mitbringen, auf dem sie abgebildet ist, so dass wir erst mal entscheiden können, von was für einem Modell wir überhaupt reden, und uns dann weiter rantasten. Wir haben hier selber ja so Einiges in der Ausstellung und vor allem im Archiv, unter anderem die vollständige Sammlung des Fotografen und Kamerahistorikers Peter Langner, und einige echte Raritäten, historische Reise- und Atelierkameras, sogar Detektivkameras, die Sie sonst kaum irgendwo anders finden werden, oder mit Petroleum betriebene Projektoren, so was gab's tatsächlich …«

Mit Petroleum betriebene Projektoren, dachte Tabori und war sich nicht ganz sicher, ob er Mueller wirklich richtig verstanden hatte.

»Tun Sie mir einen Gefallen«, unterbrach er den Redefluss. »Wenn Herr Ritter sich bei Ihnen meldet, erwähnen Sie bitte auf keinen Fall, dass Sie mit mir gesprochen haben. Und bringen Sie ihn unbedingt dazu, dass er wirklich zu Ihnen kommt, im Zweifelsfall erfinden Sie irgendetwas, dass Sie glauben, die richtige Kamera wäre sogar bei Ihnen im Haus oder so was. Machen Sie einen Termin mit ihm, der mir möglichst Zeit genug lässt, um … entsprechende Schritte in die Wege zu leiten, wahrscheinlich komme ich selber zu Ihnen. Sagen wir, vier bis fünf Stunden nach seinem Anruf, das sollte reichen. Und geben Sie mir sofort Bescheid, ich sage Ihnen eben meine private Handynummer durch, da erreichen Sie mich, egal wie spät es ist.«

Er war gerade dabei, die erstbeste Tiefkühlpizza, die er gefunden hatte, in den Backofen zu schieben, als sein Handy eine SMS von Ulrike meldete. Nur ein einziger Satz, der sich auf Gudrun ten Berg bezog und bei dem er noch überlegte, ob er von irgendeiner Relevanz wäre, als er vor dem Fenster den Wagen in die Einfahrt einbiegen sah.

Wie aufs Stichwort, dachte er irritiert und öffnete der Staatsanwältin die Tür.

»Sehe ich wirklich so schlimm aus?«, fragte sie, als sie seinen Blick bemerkte. Unwillkürlich fuhr sie sich durch die Haare und warf die langen Locken über die Schulter. »Entschuldigung, ich bin noch nicht mal dazu gekommen, mir etwas anderes anzuziehen, geschweige denn zu duschen. Ich war zwar schon bei mir zu Hause, aber dann …«

»Kommen Sie rein.«

»Danke.«

Sie trat hinter ihm in die große Wohnküche und blickte sich neugierig um. An der Wand mit den gerahmten Fotos beugte sie sich zu einem Bild, auf dem Lisa mit den beiden Suchhunden zu sehen war. Das Foto war vor Jahren bei einem Einsatz am Maschsee aufgenommen worden, bei dem er die Ermittlungen geleitet hatte. Er stand direkt hinter Lisa und hatte die Hand auf ihrer Schulter.

Da Gudrun ten Berg nicht nachfragte, sah er auch keinen Anlass für irgendeine Erklärung.

Er holte sich ein Glas Wasser von der Spüle. »Sie auch? Wasser, meine ich.«

»Ein Schluck Wein wäre mir fast lieber. Sorry, aber irgendwie habe ich das Gefühl, als würde ich das jetzt brauchen.«

»Das Gefühl kenne ich«, nickte Tabori und öffnete eine Flasche Wein, die noch von seiner Einstiegsparty übrig geblieben war. »Ich muss erst was essen«, erklärte er, als er nur ein Glas einschenkte. »Ich habe gerade eine Pizza in den Ofen geschoben, wenn Sie wollen …«

»Gerne, ja. Aber ich will Ihnen nichts wegessen, oder ganz und gar den Abend verderben, ich weiß ja gar nicht, was Sie vielleicht vorhaben. Es war nur so, dass ich … ich habe Ihre Adresse aus dem Telefonbuch. Ich brauchte einfach jemandem zum Reden.«

»Und jetzt sind Sie da«, erwiderte Tabori. »Kein Problem.«

Er war gespannt, wie lange sie brauchen würde, um mit dem wirklichen Grund ihres Besuchs herauszurücken. Und nach Ulrikes SMS hatte er auch bereits eine leise Ahnung, worum es gehen würde. Aber sie musste den Anfang machen, dann würde er weitersehen.

»Ich heiße übrigens Gudrun«, sagte sie jetzt, während sie an ihrem Glas nippte. »Aber das wissen Sie natürlich«, setzte sie mit einem leisen Lachen hinzu.

Das Grün ihrer Augen ist wirklich faszinierend, dachte Tabori. Und sie hat sehr wohl geduscht und sich umgezogen. Ihre Haare sind im Nacken noch feucht, Lippenstift und Lidschatten sind frisch.

Außerdem trug sie nicht mehr einen ihrer üblichen schwarzen Pullover unter der Motorradjacke, sondern ein weit ausgeschnittenes Top, wie er jetzt registrierte, als sie ihr Glas auf die freistehende Küchenzeile setzte und sich zu ihm beugte. Ein sehr weit ausgeschnittenes Top.

»Gudrun«, wiederholte sie. »Und? Oder ist es unverschämt, einen Hauptkommissar nach seinem Vornamen zu fragen?«

»Normalerweise nicht«, grinste Tabori. »Normalerweise haben die Leute aber auch Vornamen, die schlimmstenfalls vielleicht einfallslos sind oder manchmal auch gewöhnungsbedürftig, aber ganz sicher nicht ...« Er zuckte mit den Schultern. »Lassen wir es bei Tabori. Und wenn du es wirklich wissen willst, dann kannst du ja in den Akten nachsehen.«

Oder Heinisch fragen, dachte er noch, während er die Pizza aus dem Ofen nahm und auf den Tisch wies.

»Iss was, bevor es kalt wird.«

Es dauerte eine ganze Weile, bis sie wieder etwas sagte. »Ich danke dir, das hat gutgetan. Ich konnte vorhin nicht alleine sein, ich hatte buchstäblich Angst, dass mir die Decke auf den Kopf fällt.«

»Du hättest Lepcke anrufen können.«

Sie zuckte zusammen, tupfte sich dann aber erst mit der Serviette die Lippen ab und trank noch einen Schluck Rotwein, bevor sie fragte: »Du weißt das?«

»Ich bin Polizist. Und ich kenne Lepcke gut genug, um eins und eins zusammenzählen zu können. Obwohl ich zugeben muss, dass ich mir erst nicht sicher war. Ihr habt es ganz gut kaschiert, vielleicht ein bisschen zu viel sogar.«

Gudrun ten Berg schüttelte unwillig den Kopf. »Es war nur einmal, gleich am ersten Abend. Und ich weiß auch nicht genau, wie es passiert ist. Ich glaube, wir waren beide ...«

»Stopp!«, sagte Tabori. »Das interessiert mich nicht. Das ist eure Sache.«

Er sah, wie sich vom Hals her eine leichte Röte über ihr Gesicht ausbreitete, den nächsten Schluck stürzte sie in einem Zug hinunter, um sich sofort nachzuschenken.

Tabori griff nach ihrer Hand, bevor sie das Glas erneut heben konnte. »Wollen wir mal Klartext reden, Gudrun? Warum bist du wirklich gekommen? Und erzähl jetzt bloß nicht, dass du mich gerne besser kennenlernen würdest oder irgendeinen ähnlichen Unsinn. Dass du darauf stehst, mit Polizisten zu vögeln, zum Beispiel, und nachdem du Lepcke ja schon im Bett hattest, bin ich jetzt dran. – Nein, warte, ich entschuldige mich, das war unfair. Aber ich kann dir die Antwort geben, falls es dir das leichter macht ...«

Tabori zog seine Hand zurück und richtete den Blick auf einen Punkt auf der Wand, bevor er weitersprach. »Du versprühst hier deinen Charme, weil du mir was beichten willst. Du wolltest mich neulich schon alleine sprechen, aber dann hast du einen Rückzieher gemacht oder es passte nicht. Aber ich schätze mal, es geht um Heinisch. Und du willst mir endlich erzählen, warum du ihn gebeten hast, dich bei uns ins Team zu bringen. Das ist nicht auf Heinischs Mist gewachsen, du hast dich nur seiner Eitelkeit und seinem Allmachtsdenken bedient. Und jetzt wird es wirklich interessant für mich!«

Tabori machte eine kurze Pause, als sich ihre Blicke trafen, flackerten ihre Augen. »Du hast ein persönliches Interesse an diesem Fall, das ist es. Und es geht um die jungen Männer, die verschwunden sind, genauer gesagt, um den, von dem bislang immer noch jede Spur fehlt. Onno Behrends aus Neugaude. Du kennst ihn. Du hast nämlich bis zu deinem Umzug hier nach Hannover selber in Neugaude gewohnt!«

Tabori hatte damit gerechnet, dass sie alles leugnen und sich auf einen Zufall berufen würde. Oder in Tränen ausbrechen und irgendwelche Entschuldigungen stammeln. Aber sie reagierte so heftig, dass er unwillkürlich zurückwich, als sie ihm entgegenschleuderte: »Du bist nichts als ein ... arroganter Sack! Weißt du das eigentlich? Hattest du wenigstens deinen Spaß dabei, ja? Zu sehen, wie ich mich hier vor dir lächerlich mache? Oder wie ich jeden Tag verzweifelt versuche, mir nichts anmerken zu lassen, wenn wieder neue Leichenteile gefunden worden sind? Und ich jedes Mal denke, lass es nicht Onno Behrends sein, lass es jemanden sein, mit dem ich nie etwas zu tun hatte. Aber bitte nicht den Sohn ... meiner ältesten Freundin, den ich von klein auf kenne, dem ich stundenlang vorgelesen habe, wenn er nicht einschlafen wollte, dem ich die Hand gehalten habe, wenn er krank war, und meine Freundin keine Zeit hatte, weil sie arbeiten musste. Verdammt, wie kann man nur so vollkommen gefühllos sein! Wenn du es gewusst hast, hättest du doch etwas sagen müssen, mit mir darüber reden, mich beruhigen vielleicht, und vor allem endlich was tun, damit Onno gefunden wird. Wenn Ritter ihn wirklich hat, dann ... lebt er vielleicht noch!«

Sie umklammerte den Stiel ihres Weinglases, ihre Fingerknöchel traten weiß hervor.

»Vorsicht!«, sagte Tabori unwillkürlich. »Tu dir nicht weh. Wenn das Ding zerbricht ...«

Sie setzte das Glas so heftig auf den Tisch, dass der Rotwein nach allen Seiten spritzte. Dann stand sie auf und drehte sich zum Fenster.

»Noch mal von vorne«, sagte Tabori, »ich verstehe deine Logik noch nicht ganz. Du wirfst mir vor, dass ich nichts gesagt habe, aber ... ich wusste es nicht. Ich habe mich gewundert, dass die DNA so schnell da war, der Zusammenhang wird mir jetzt erst klar. Und ich habe auch erst heute Abend erfahren, dass du in Neugaude gewohnt hast.«

Er stand auf und trat hinter sie, wobei er darauf achtete, ihr nicht so nahe zu kommen, dass sie sich berührten.

»Onno ist also der Sohn deiner Freundin«, redete er dann leise weiter. »Und die Lederjacke ist seine, richtig?«

»Ich habe gedacht, es wäre ein gutes Omen«, erwiderte sie fast tonlos, ohne den Blick von der Scheibe zu wenden. »Und ich wollte jede Sekunde daran erinnert werden, dass ich ihn finden muss. Ich will jede Sekunde daran erinnert werden.«

»Der Sohn deiner Freundin ist verschwunden. Und dann hörst du davon, dass zur selben Zeit noch andere junge Männer in Hannover vermisst werden, und dass die eingeleiteten Ermittlungen womöglich in einem Zusammenhang zu dem Fall stehen, den ich gerade übernommen habe ...«

»Es war nur ein Zufall. Ich hatte mich mit Heinisch verabredet, er ist ja nun mal mein Cousin.« Sie zuckte mit den Schultern, als wäre damit bereits alles erklärt.

»Und er hat ein bisschen aus dem Nähkästchen geplaudert, um sich aufzuspielen«, machte Tabori weiter. »Dir war klar, dass du da offiziell keinen Zugriff bekommst, aber du hast schnell reagiert. Du hast ihn irgendwie dazu gekriegt, dass er dich ins Team bringt.«

»Ich habe nur angezweifelt, dass sein Einfluss wirklich so groß ist, wie er behauptet hat.«

»Nicht schlecht. Und es hat funktioniert. Aber ich kapiere immer noch nicht, warum du dann damit nicht zu mir gekommen bist! Spätestens als dir klar geworden ist, mit was für einer ... Dreckscheiße wir es hier zu tun haben, muss doch deine Panik ...«

Gudrun ten Berg drehte sich so schnell um, dass ihre Gesichter sich fast berührten. Ihr Atem ging keuchend, als sie hervorstieß: »Hättest du mich dann im Team gelassen? Nein, das hättest du nicht! Und ich hätte wieder zu Hause gesessen und Tag und Nacht darauf gewartet, dass es klingelt und einer von euch vor meiner Tür steht, so wie Lepcke und ich bei der Mutter von Lars Ebeling aus Burgdorf. Ich habe noch deutlich vor Augen, wie sie ... Vergiss es, es spielt keine Rolle weiter. Ich versuche dir nur zu erklären, was du dir eigentlich auch selber denken kannst.«

Sie drängte sich an Tabori vorbei und griff nach der Weinflasche auf dem Tisch. Unentschlossen stand sie einen Moment im Raum, bevor sie zum Sofa hinüberging und sich setzte. Dann streifte sie die Stiefeletten von ihren Füßen und zog die Beine unter sich. Abwesend starrte sie auf das Etikett der Weinflasche in ihren Händen.

»Du hast recht«, gab Tabori nach kurzem Zögern zu. »Natürlich hätte ich dich nicht im Team gelassen.«

Irgendwas stimmt nicht, dachte er gleichzeitig. Sie sagt nicht die ganze Wahrheit, da gibt es noch etwas anderes.

Als sie anfing zu weinen, trat er zum Sofa. Sie hob die Hand, um ihn zu stoppen. »Nicht!«, sagte sie und bemühte sich, ihre Schluchzer zu unterdrücken. »Es ist gleich vorbei.«

Er kann nicht verstehen, was manche Leute gegen Schrebergärten haben. Natürlich ist es spießig, aber es ist auch eine überschaubare Ordnung. Es gibt Regeln, Vorschriften, klare Strukturen. In der Erde zu wühlen und Unkraut zu zupfen, hat etwas Beruhigendes. Und wenn seine Fingernägel vor Schmutz starren und ihm der Schweiß von der Stirn tropft, hat er schon mehr als nur einmal gedacht, dass er vielleicht alles hätte anders machen sollen. Von seiner Hände Arbeit leben. Etwas mit reiner Muskelkraft schaffen.

Manchmal, wenn es warm genug ist, zieht er sich sogar bis aufs Unterhemd aus, auch wenn er nur am Computer arbeitet. Aber es verschafft ihm ein ungeahntes Gefühl von ... Freiheit! Dann meint er, spüren zu können, wie seine Haut gierig die Sonne aufsaugt und er mit jedem Atemzug neue Kraft sammelt. Auch wenn er hinterher nur einen Sonnenbrand hat und ihm seine mageren Arme im Spiegel peinlich sind.

Die Nachbarn sind ein Problem, vor allem im Sommer. Wenn ihm ihr grillseliges Gegröhle zu sehr auf die Nerven geht, schließt er die Fensterläden und verbarrikadiert sich in der Hütte. Aber es lässt sich nur schwer vermeiden, dass sie ihn am nächsten Tag auf dem schmalen Gartenweg ansprechen und fragen, warum er nicht einfach mal dazukäme. Ein Bier mit ihnen trinken würde. Dümmliche Witze erzählen, die soweit unter seinem Niveau liegen, dass ihm alleine schon der Gedanke daran ein Gefühl der Übelkeit bereitet.

Manche kennen ihn ja noch von früher, wenn er die Ferien bei seiner Oma verbracht hat. Sie meinen es nicht böse, vielleicht freuen sie sich sogar oder sind stolz darauf, dass der »Wessi« jetzt mehr oder weniger einer von ihnen geworden ist, auch wenn er immer nur ein paar Tage in der Kolonie verbringt. Aber sie sind neugierig, sie wollen mehr über ihn wissen.

Es ist gut, dass er den Einfall gehabt hat, sich als Schriftsteller auszugeben. Das ist ein Beruf, mit dem sie nichts anfangen können. Sie sind deutlich enttäuscht gewesen, als er ihnen gestehen musste, dass er keine Romane wie Dan Brown schreibt, sondern »eher etwas Wissenschaftliches«.

Ganz sicher ist er damit auch in ihrer Achtung gesunken, jetzt halten sie ihn endgültig für einen Sonderling und bringen ihm auch immer seltener einen Korb mit Kirschen oder ein Glas eingeweckte Gurken.

Und tatsächlich hat er es bislang vermeiden können, dass irgendeiner von ihnen bis in seine Laube vorgedrungen ist. Was zweifellos besser so ist, vor allem jetzt, wo er ja wirklich etwas zu verbergen hat. Trotzdem hat er ein paar Vorkehrungen getroffen, so dass niemandem auf den ersten Blick etwas Verdächtiges auffallen würde.

Und das Ende des Sommers ist ohnehin eine Erlösung, es gibt bereits Tage, an denen die Kolonie wie ausgestorben scheint. Er hat es sogar schon wiederholt gewagt, sich in der Dämmerung auf das Gelände der Alten Baumwollspinnerei zu schleichen. Ohne Angst gehabt zu haben, dass ihn irgendjemand beobachten und ihm dumme Fragen stellen würde.

Er fühlt sich wohl zwischen den hohen Backsteingebäuden mit den Ateliers und den kleinen Kunstgalerien hinter den früheren Laderampen. Wenn eine Gruppe lautstark diskutierender Künstler oder angetrunkener Hipster seinen Weg kreuzt, ist immer noch genug Zeit, sich schnell in den Schatten zu drücken. Oder mit demonstrativ abweisender Miene einfach weiterzulaufen, grußlos und scheinbar versponnen in seiner eigenen Welt. Ein Künstler unter Künstlern!

Vielleicht fragen sie sich nach der Begegnung mit ihm sogar, ob er wohl wichtig wäre. Ob sie ihn kennen müssten. Allein das verschafft ihm eine Befriedigung, die er sonst schon viel zu lange vermisst hat.

Donnerstag, 1. Oktober. 05.50 Uhr.

»Sagst du mir jetzt deinen Vornamen?«, flüsterte sie.

»Nur wenn du versprichst, nicht zu lachen. Und ihn gleich wieder zu vergessen!«

»Ich verspreche es. Ich schwöre!«, kicherte sie und strich sich eine Haarsträhne aus dem Gesicht, während sie sich zu seinem Ohr beugte. Er spürte deutlich ihren warmen Atem. »Also los, ich höre ...«

»Degenhard.« Als sie nicht reagierte, sagte Tabori leise. »Ich hab dich gewarnt. Du wolltest es so.«

»Der Name gefällt mir. Jetzt müssen wir nur noch rausfinden, ob er auch den Tatsachen entspricht.«

Ihre Hand wanderte über seine Brust, bis hinab zum Bauch und dann weiter.

Sie kicherte wieder. »Nomen est omen ...«

Als sie den Rock hochstreifte und sich rittlings auf ihn setzte, fragte er sich verwundert, wann sie eigentlich die Strumpfhose ausgezogen hatte.

Er legte die Hände um ihren Hintern. Sie küsste ihn mit weit geöffnetem Mund, er hatte das Gefühl, in ihr zu versinken ...

Er fuhr hoch, als sich ihm plötzlich schmerzhaft der Lauf eines Revolvers in die Seite bohrte.

Es war stockfinster. Er lag alleine auf dem Sofa. Der Revolver war die leere Weinflasche, die sie in der Nacht gemeinsam geleert hatten. Er und Gudrun ten Berg ...

Der Blick auf seine Uhr sagte ihm, dass es kurz vor sechs war. Er hatte Kopfschmerzen. Ihm war kalt. Die Wolldecke lag als dunkler Schatten auf dem Boden. Und die Bilder aus seinem Traum erschienen ihm immer noch so real, dass er irritiert war, vollständig angezogen zu sein. Nur seine Turnschuhe standen neben dem Sofa. Von Gudrun ten Berg fehlte jede Spur, fast erleichtert registrierte er das zweite Glas auf dem Tisch, sonst hätte er womöglich daran gezweifelt, dass sie überhaupt da gewesen war.

Er versuchte sich zu erinnern.

Sie hatte geweint.

Er war sich sicher gewesen, dass sie nicht die ganze Wahrheit gesagt hatte. Aber er hatte den Punkt nicht erkennen können, an dem ihre Geschichte unstimmig war oder die entscheidende Lücke aufwies.

Irgendwann hatten sie nebeneinander auf dem Sofa gesessen. Sie hatte ihm weitere Details zu Onno Behrends und seinem Verschwinden erzählt.

Es war ihm unwahrscheinlich vorgekommen, dass Onno tatsächlich ein weiteres Opfer von Ritter sein sollte. Onno passte vor allem deshalb nicht in das Muster, weil Ritter seine Opfer noch am selben Tag tötete, an dem er ihre Bekanntschaft gemacht hatte. Davon war Tabori überzeugt. Aber die Leichenteile, die sie gefunden hatten, ließen sich vollständig den drei identifizierten Personen zuordnen. Bis auf die fehlende Hand mit dem abgeschnittenen Mittelfinger. Aber da war die DNA-Analyse von Anfang an eindeutig gewesen – der Finger gehörte nicht Onno Behrends! Dennoch hatte er damit Gudrun ten Bergs Argument noch nicht entkräften können, dass es zumindest ein viertes Opfer gab. Zu dem eben dieser Mittelfinger gehörte. Und damit auch die vage Möglichkeit eines fünften Opfers. Onno. Der vielleicht tatsächlich noch am Leben war, weil sie Ritter zu nahe gekommen waren und er keine Zeit mehr gehabt hatte, um seinen ursprünglichen Plan durchzuführen.

Es lief alles darauf hinaus, dass sie Ritter finden mussten. Vorher würden sie keine Gewissheit haben.

Er erinnerte sich jetzt wieder, noch eine zweite Flasche Wein geöffnet zu haben. Die er zum größten Teil selbst getrunken hatte, wohl wissend, dass er es am nächsten Tag bereuen würde.

Sie mussten Musik gehört haben, der CD-Player war noch eingeschaltet. Und er musste irgendwann auf dem Sofa weggedämmert sein. Seinen Vornamen hatte er ihr jedenfalls ganz bestimmt nicht verraten, und alles andere ... Sein Traum war ihm peinlich. Er war fast zehn Jahre älter als Gudrun ten Berg, was bildete er sich eigentlich ein? Für einen Moment kam er sich vor wie der Studienrat im Kanapee.

Als er aufstand, um direkt an der Spüle ein Glas Leitungswasser zu trinken und ein Aspirin zu schlucken, fiel sein Blick auf den Notizzettel aus dem Büro. Er hatte von der Küche aus mit dem Fotomuseum telefoniert, am Rand des Zettels war deutlich seine Notiz zu lesen: *Deutsches Fotomuseum, Markkleeberg = Leipzig. Ritter will einen Termin vereinbaren.*

Im selben Moment war er sich fast sicher, dass er die Information von Carlos und Ulrike irgendwann am Abend zuvor erwähnt hatte. Dass Ritter an keinem Ort mit einem Nebenwohnsitz gemeldet war, dass er keine Eltern mehr hatte, dass die einzige Verwandte, die Carlos und Ulrike ausfindig gemacht hatten, eine Oma in Leipzig war – die allerdings verstorben war.

Von seiner vagen Hoffnung, dass Ritter wirklich in diesem Fotomuseum auftauchen würde, hatte er nichts gesagt.

Aber das war auch nicht nötig gewesen. Sie hat den Zettel entdeckt, dachte Tabori. Und sie hat nur gewartet, bis ich eingeschlafen war. Sie ist besessen genug von der Idee, den Sohn ihrer Freundin doch noch zu finden, um das in einem Alleingang zu machen. Und sie traut mir nicht. Sie traut dem ganzen Apparat nicht. Sie hat Angst, dass es zu spät sein könnte, bis wir einen offiziellen Antrag auf Amtshilfe in einem anderen Bundesland durchbekommen. Sie weiß selber am besten, dass kein Staatsanwalt allein aufgrund dieser mehr als vagen Möglichkeit irgendein entsprechendes Papier unterschreiben würde ... Sie ist unterwegs nach Leipzig, dachte er. Im selben Moment brach ihm der Schweiß aus. Aber noch bevor er die Taschen seiner Lederjacke durchsuchte, wusste er, dass sie leer sein würden. Gudrun ten Berg hatte die Waffe mitgenommen, die Lepcke ihm gestern geliehen hatte!

Wenn er Glück hatte, war ihr Vorsprung nicht allzu groß. Andernfalls wurde das Problem, das er hatte, mit jeder Minute, die verstrich, nur noch größer.

Er suchte ihre Nummer aus dem Adressbuch des Handys. Natürlich nahm sie das Gespräch nicht an. Auch ihre Mailbox war ausgeschaltet. Und Tabori hatte keinen Wagen. Der Saab stand in der Werkstatt. Lepcke wollte er in die Sache nicht mit reinziehen, er hatte einen Fehler gemacht, jetzt musste er sehen, wie er das alleine wieder in den Griff bekam.

Inzwischen war es halb sieben, die Dunkelheit vor dem Fenster wich langsam einem grauen Dämmerlicht.

Ulrike musste fest geschlafen haben, sie brauchte einen Moment, bis sie auf Taboris Frage reagierte.

»Kannst du mir ein Auto besorgen? Und zwar keinen offiziellen Wagen! Aber ich will auch kein Taxi nehmen, das Ganze würde wohl kaum als Dienstfahrt durchgehen. Und ich muss unabhängig sein und meine Pläne jederzeit ändern können, wenn es nötig sein sollte.«

»Du kannst meins haben. Wenn du versprichst, dass ich es zurückbekomme, ohne dafür unbedingt einen Abschleppwagen zu brauchen.«

Während er auf Ulrike wartete, duschte er und zog sich frische Sachen an. Er löffelte gerade eilig eine Portion Müsli in sich hinein, als er den Wagen kommen hörte.

Er hatte nicht gewusst, dass Ulrike privat einen Porsche fuhr. Einen 911er, ein älteres Baujahr, eher noch aus den Siebzigern als aus den Achtzigern. Mit deutlichen Rostspuren und einem mit Gaffa geflickten Außenspiegel, aber mit neuen Reifen und einem nachträglich fest eingebauten Navigationsgerät.

»Der Zweite hakt beim Runterschalten«, informierte ihn Ulrike. »Ansonsten braucht er bei 130 am wenigsten Sprit, ab 160 merkst du, dass der Motor richtig Spaß hat.«

Sie stellte keine Fragen und gab auch keinen Kommentar, als er seine Reisetasche aus dem Haus holte.

»Wie kommst du jetzt zurück?«, fragte Tabori. »Soll ich dich noch schnell irgendwo absetzen?«

»Ich laufe. Tut mir ganz gut.«

Tabori hatte keine Ahnung, wo sie wohnte. Ich weiß nahezu nichts von ihr, dachte er, während er den Fahrersitz für sich zurechtstellte und einen Blick auf die fünf Rundinstrumente vor sich warf, die schon als Kind für ihn der Inbegriff eines echten Autos gewesen waren.

Er hob kurz die Hand zum Gruß. »Sag Lepcke, dass ich mich melde. Ich lasse das Handy eingeschaltet, falls irgendwas ist. Aber ich werde kein Gespräch annehmen, das nicht von dir kommt.«

Oder von Gudrun ten Berg, korrigierte er sich im Stillen. Von Mueller. Von Lisa ...

Auf der Autobahn herrschte schon relativ dichter Verkehr, die Lkw nutzten die Zeit kurz vor dem Berufsverkehr, um sich auf den beiden rechten Spuren ihre Rennen zu liefern. Bei Braunschweig war der erste Stau, ohne dass Tabori einen Grund dafür erkennen konnte. Aber die Laster standen bereits in langer Kolonne, auch die mittlere Fahrspur war dicht, links krochen die Wagen im Schneckentempo voran.

Tabori schaltete den CD-Player ein. Augenblicklich dröhnte wüster Punk aus den Lautsprechern. Er griff nach der leeren Hülle, die auf dem Beifahrersitz lag. Ein Sampler, Punk aus Hannover. Bärchen und die Milchbubis sagten ihm etwas, auch Abstürzende Brieftauben mit dem Sohn von Dietrich Kittner. An Hans-A-Plast konnte er sich ebenfalls erinnern, weil da eine Frau Schlagzeug gespielt hatte, und an Kaltwetterfront – der Bassmann war bei ihm auf der Schule gewesen, und entweder hat man da vom ersten bis zum letzten Tag einfach nur Angst gehabt, dachte Tabori, oder man hatte wahrscheinlich aus lauter Verzweiflung Punker werden müssen. Psychologe. Polizist ...

Während er sich Wagenlänge für Wagenlänge weiterschob, nahm er den Schuhkarton hoch, der im Fußraum vor dem Beifahrersitz stand und in dem Ulrike ihre übrigen CDs aufbewahrte, viele ohne Hüllen, die meisten selbstgebrannt und mit Filzstift beschriftet.

Und wieder waren es ausnahmslos hannoversche Bands, angefangen bei Dull Knife von 1970 über die ersten Platten von Jane und Eloy bis zu Mythen in Tüten und weiter zu Fury in the Slaughterhouse und Terry Hoax. Nur die Scorpions fehlten, und auch Heinz Rudolf Kunze war nicht dabei, was Tabori irgendwie beruhigte.

Bereits zum zweiten Mal an diesem Morgen dachte er, dass er

sich nie gefragt hatte, was für ein Mensch sich eigentlich hinter der Kollegin verbarg, die er bis auf den einen Abend im Kanapee immer nur als Pendant zu Carlos erlebt hatte und die er sich ohne Computer-Tastatur kaum vorstellen konnte.

Hinter Braunschweig war die Autobahn gesperrt, in den Verkehrsnachrichten war die Rede von starker Rauchentwicklung aufgrund eines Brandes auf dem Mittelstreifen. Als Tabori scharf bremsen musste, weil ihn ein mattschwarzes SUV nicht einfädeln ließ, rutschte ein mobiles Blaulicht unter dem Beifahrersitz hervor in den Fußraum. Kurz entschlossen öffnete Tabori das Fenster und setzte das Blaulicht aufs Dach. Er nickte den beiden uniformierten Kollegen in ihren Warnwesten einen flüchtigen Gruß zu, dann umkurvte er die Absperrung und gab Gas. Als er die Löschzüge der Feuerwehr erreichte, wechselte er auf den Standstreifen, ohne das Tempo zu verringern.

Hinter Helmstedt stoppte er an dem alten Grenzkontrollpunkt, um zu pinkeln. Kurz darauf war er schon an der Abzweigung nach Leipzig, im Dunst sah er linker Hand den Magdeburger Dom aufragen. Das letzte Mal war er als Kind in Magdeburg gewesen, sein Großvater hatte dort gelebt, Tabori erinnerte sich plötzlich sogar wieder an den Namen der Straße: Albert-Vater-Straße. Der Großvater wohnte in einer Gartenlaube und hatte eine Dackelzucht, Zwergdackel, die er für die Fuchsjagd abrichtete und für die es im Garten einen umzäunten Bereich mit einem aufgeschütteten Erdhaufen gab, der nur aus Löchern, Tunneln und Höhlen zu bestehen schien. Die Dackel waren übersät mit Hundeflöhen gewesen, nach jedem Besuch hatte Tabori tagelang gerötete und juckende Stiche an Armen und Beinen gehabt.

Von der Gartenlaube des Großvaters schweiften seine Gedanken zu Ritters Oma in Leipzig. Er wusste nicht, warum er sich Ritter als kleinen Jungen vorstellte, wie er um ungefähr diese Zeit im Herbst zu Besuch bei seiner Oma war und mit kurzen Hosen und einem Spankorb bewaffnet die Walnüsse aus dem feuchten Gras im Garten auflas. Bei Taboris Großvater hatte es keinen Walnussbaum gegeben. Und auch keine Oma mehr.

Was muss passieren, dachte Tabori, um jemanden so weit zu bringen, dass er sich über alle Tabus hinwegsetzt? Was ist da wann schief gelaufen? Wie viel Gefühlskälte braucht jemand, um solche kranken Ideen nicht nur auszubrüten, sondern auch noch in die Tat umzusetzen? Wie viel Frustration und Enttäuschung verbirgt sich hinter diesen Taten, wie viel Elend, Einsamkeit, fehlende Zuneigung?

Und war es wirklich möglich, dass es irgendwo noch weitere Opfer gab? Ritter musste seine Sachen an irgendeinen Ort geschafft haben, als er aus der Walter-Ballhause-Straße verschwunden war! Seine Bücher, seinen Computer, alles, was er im Laufe der Jahre über Haarmann gesammelt hatte. Seine Arbeit über Haarmann, die angeblichen Tagebücher, die er gerade noch drucken lassen wollte. Eine Gartenlaube, für die es noch nicht mal eine genaue Anschrift gab, wäre ein gutes Versteck, überlegte Tabori, und noch dazu weit genug weg von Hannover, so dass ihn niemand erkennen würde ... Ihm fiel plötzlich wieder ein, dass Michael Thomas erzählt hatte, wie er seinen Schrebergarten am Lindener Berg fast an Ritter verkauft hätte. Er wusste nicht, wann das gewesen war, tippte aber auf einen Zeitpunkt, bevor Ritters Großmutter verstorben war und ihm ihre Laube vermacht hatte.

Aber konnte diese Laube in Leipzig jetzt auch ein Versteck für ein weiteres Opfer sein, das eventuell noch am Leben war? Weil Ritter es nicht mehr geschafft hatte, auch diesen Menschen brutal zu zerstückeln? Hatte er Onno Behrends tatsächlich in seiner Gewalt?

Für den Bruchteil einer Sekunde meinte Tabori plötzlich zu erkennen, was ihm an der Geschichte der Staatsanwältin merkwürdig vorgekommen war. Aber er bekam den Gedanken nicht zu fassen.

Kurz nach neun war er in Markkleeberg. Das Fotomuseum war in einem postmodernen Glas- und Betonbau untergebracht, der sich in dem weitläufigen Parkgelände mehr versteckte, als auf sich aufmerksam machte. Einer Hinweistafel entnahm Tabori, dass das Gebäude ursprünglich als Landwirtschaftsmuseum schwere Ackermaschinen beherbergt hatte und die Architektur dem Guggenheim-

Museum in New York nachempfunden war. Jetzt begrüßte ein großformatiges Banner die neuen Besucher, mit dem berühmten Schwarzweiß-Foto von Marylin Monroe, auf dem sie mit hochgewehtem Kleid über dem U-Bahnschacht stand. Prompt fiel Tabori wieder sein Traum mit der Staatsanwältin ein.

Aber ihr Wagen war nirgends zu sehen, auf dem Parkplatz standen nur ein Kombi und ein Lieferwagen, beide mit Leipziger Kennzeichen. Überhaupt war es wahrscheinlich noch zu früh, das Museum war noch nicht für Besucher geöffnet. Allerdings konnte er hinter den großen Glasscheiben mehrere Personen ausmachen, die damit beschäftigt waren, transportable Ausstellungswände aufzubauen.

Die Tür war nicht verschlossen. Tabori betrat eine Art zentrale Halle, an deren runden Wänden sich spiralförmig ein offener Gang bis unter die Lichtkuppel schraubte. Rechts von Tabori waren historische Plattenkameras auf hölzernen Dreibein-Stativen ausgestellt, die ihn augenblicklich an die Aufnahme von Haarmann in Handschellen erinnerten, das Bild kurz nach dem Todesurteil, mit dem Gefängnisdirektor und zwei Kriminalbeamten neben ihm und dem Fotografen im Vordergrund, von dem nur die Schulter zu sehen war, während er den Kopf bereits unter dem Tuch der Kamera hatte.

Eine blonde Frau in kurzem Kleid und hohen Stiefeln kam auf ihn zu.

»Es tut mir leid, wir haben noch nicht geöffnet. Wir sind gerade dabei, eine Ausstellung vorzubereiten, heute Abend ist die Vernissage.«

»Ich suche einen Herrn Mueller, Mueller mit ue. Ich müsste ihn nur kurz sprechen, dann bin ich schon wieder weg.«

Mueller war Tabori vom ersten Moment an sympathisch, auch wenn er ein bisschen fahrig wirkte, nervös, aber das schob Tabori auf die bevorstehende Ausstellungseröffnung.

»Er war schon da«, berichtete Mueller, kaum dass sie sich vorgestellt hatten. »Er stand vor der Tür, als wir gerade ankamen, und wartete auf uns. Es hat wirklich nicht besonders gut gepasst, es ist immer ein bisschen Stress, wenn wir eine Ausstellung aufbauen. Und er war ziemlich ungehalten, dass ich keine Zeit für ein längeres Gespräch hatte, allerdings erschienen mir seine Fragen auch eher so, als wäre ich da der falsche Ansprechpartner.«

Tabori blickte ihn irritiert an. »Ich dachte, es würde um diese eine Kamera gehen, die ...«

»Ja, geht es ja auch! Aber was soll ich antworten, wenn jemand wissen will, ob eine Kamera so was wie eine Seele besitzt? Also ob die Aufnahmen, die mit ihr gemacht worden sind, irgendwelche Spuren hinterlassen haben – und er meinte dabei nicht die Platte oder den Film, sondern ... Aber das habe ich ja alles schon Ihrer Kollegin erzählt, und sie hat mich ähnlich verständnislos angeguckt wie Sie gerade.« Mueller lachte entschuldigend. »So leid es mir tut, mehr kann ich Ihnen nicht sagen, und ich muss mich um die Ausstellung kümmern.«

»Einen Moment bitte noch«, hakte Tabori ein. »Von was für einer Kollegin sprechen Sie?«

»Dunkle Locken, Lederjacke, kurzer Rock«, war die leicht genervte Antwort. »Nicht mehr ganz jung, aber ...«

»Wann war sie da?«

»Vielleicht eine halbe Stunde, nachdem dieser Herr Ritter gegangen war. Ich musste ihn wegen seiner Fragen auf ein anderes Mal vertrösten, es ging wirklich nicht. Er wird sich irgendwann in den nächsten Tagen wieder melden, nehme ich an.«

»Und ... meine Kollegin, was wollte sie genau von Ihnen wissen? Worüber haben Sie mit ihr sonst noch gesprochen, außer dieser Sache mit der Seele einer Kamera?«

»Sie hat nach einer Adresse von Herrn Ritter gefragt. Aber woher soll ich die haben? Ich helfe wirklich gerne, wenn es irgendwie möglich ist, aber ich kenne ihn ja überhaupt nicht!«

»Und das war's? Dann ist sie wieder weg? Meine Kollegin, meine ich ...«

Mueller holte tief Luft, bevor er ungeduldig erwiderte: »Sie hat sich noch ein paar Kataloge angesehen, die wir da drüben liegen haben.« Er zeigte zum Tresen hinüber. »Und dann kam sie mit dem Programm der Baumwollspinnerei in Leipzig. Da läuft auch gerade eine Fotoausstellung, und die Fotos dazu schienen sie sehr zu interessieren. Jedenfalls wollte sie unbedingt wissen, wo die Aufnahmen gemacht worden sind.«

»Was für Aufnahmen?«, fragte Tabori. »Kann ich das Programm mal sehen? Bitte, es ist vielleicht wichtig!«

Mueller zuckte resigniert mit den Schultern, als wäre es jetzt auch egal, wenn er noch mehr Zeit vertrödelte. Er führte Tabori zum Tresen hinüber und schob ihm ein Faltblatt hin.

»Darum ging es.« Er tippte auf ein paar Fotos, die die Ausstellung ankündigten.

Noch bevor Tabori den Titel gelesen hatte, stellte sein Gehirn bereits den Zusammenhang her. Er merkte, wie sich sein Puls beschleunigte. Die Fotografin hieß Sylvia Schade und kam ebenfalls aus Markkleeberg. Der Titel der Ausstellung lautete »Wintergärten«. Es waren vier Fotos abgebildet, die alle das gleiche Motiv zeigten – im harten und kalten Winterlicht wie erstarrt wirkende Gartenlauben!

»War es ein bestimmtes Foto, das meine Kollegin interessiert hat?«, fragte Tabori, während er das Faltblatt hochnahm, um sich die Aufnahmen genauer anzusehen.

»Nein, sie wollte nur wissen, wo die Kolonie ist ...«

»Und das hier? Sehen Sie das?« Tabori deutete auf das letzte Foto in der Reihe.

Ein verschneiter Gartenweg, ein paar kahle Obstbäume, eine grellgrün gestrichene Laube, nichts, was auf den ersten Blick einen Unterschied zu den anderen Lauben auszumachen schien. Bis auf das Fenster, das als gelbliches Viereck von einer Schreibtischlampe erhellt wurde! Der Mann hinter dem Computer saß vornübergebeugt und war halb verdeckt vom Schirm der Lampe, aber der schwache Widerschein des Monitors reichte, um Tabori einen Schauer über den Rücken zu jagen.

Hinter sich hörte er Mueller im gleichen Moment verblüfft sagen: »Sie haben recht, das könnte er sein. Aber das hieße ja, dass er hier wohnt! Haben Sie nicht gesagt, er käme aus Hannover?«

»Wo?«, stieß Tabori hervor. »Wo ist diese Gartenkolonie?«

Einmal, als es plötzlich anfing zu regnen, ist er mitten in eine Vernissage geplatzt. Er erinnert sich noch, dass der Maler Titus Schade hieß. Seine wie abgezirkelt wirkenden Bilder haben ihn mehr verstört, als er sich eingestehen wollte. Das hat ihn geärgert. Er mag es nicht, wenn die Kunst anderer Leute ihn länger als fünf Minuten beschäftigt.

Er hat laut bemerkt, dass es ja wohl »schade« sei, dass der Künstler so offensichtlich nur ein einziges Grundmotiv variiert. Aber niemand schien sein kleines, aber treffsicheres Wortspiel witzig zu finden, womöglich ist es ihnen noch nicht mal aufgefallen. Auf die Frage, ob die Preise für die ausgestellten Bilder wirklich angemessen seien, hat er verzichtet. Obwohl er hinterher dachte, dass es feige gewesen ist.

Den Fehler, sich unter Leute zu mischen, hat er danach nur noch ein einziges Mal gemacht. Als er ein Modeatelier entdeckt hat, das von außen gut sichtbar eine lange Reihe selbstgefertigter Damenhüte in allen Formen und Farben ausstellte, ist er kurzentschlossen eingetreten. Er liebt solche Hüte, die ihn an die Fotos aus dem Berlin der zwanziger Jahre erinnern. Eine zügellose Zeit, in der alles möglich gewesen ist. Selbst im provinziellen Hannover hat es entsprechende Amüsierviertel gegeben, unweit vom Ballhof, wo sich auch heute wieder das Rotlichtmilieu befindet.

Aber damals ist es anders gewesen, davon ist er überzeugt, damals sind es nicht die kaltherzigen Dienstleistungen professioneller Huren und Stricher gewesen, die kaum Deutsch sprechen! Stattdessen hat in den engen Gassen und Winkeln jenseits aller kleinbürgerlichen Normen ganz offen auch ein unverfälschtes schwul-lesbisches Leben stattgefunden – von dem er sich gerne in leuchtenden Farben ausmalt, wie er selber mittendrin unterwegs ist. Wie er sich vor der »Schwulen Guste« herumtreibt, genauso wie Haarmann es getan hat! Und wie er auf die Anzüglichkeiten, die ihm von allen Seiten zugeflüstert werden, nur mit freundlichem Kopfschütteln reagiert, weil er seine Bedürfnisse längst auf ganz andere Weise gestillt hat. Wie er nur unterwegs ist, weil er alles sehen, alles hören, alles in sich aufsaugen will, um etwas Großes daraus zu schaffen, etwas Ungewöhnliches, etwas, das es bis dahin nicht gegeben hat …

In Gedanken versunken ist er von den Hüten weggetreten und hat mit der Hand über die ausgebreiteten Stoffe auf dem Tisch mit den Mustern getastet. Eine junge Frau hat sich neben ihn gestellt.

Er hat nicht gewusst, ob sie ihn schon länger beobachtet hat. Und im ersten Moment hat er auch gar nicht verstanden, was sie von ihm wollte. Es war ihm peinlich, er hat gemerkt, wie er rot wurde, er fühlte sich ertappt und hat schnell die Finger von dem weichen Tuch zurückgezogen.

»Mir geht es genauso«, hat sie lächelnd gesagt. »Ich kann die Wolle nicht oft genug ... einfach nur anfassen.«

Als ob sie ihn verstehen würde! Dabei hat sie ihm bestimmt etwas vorgemacht. Sie hat ihn für einen Fetischisten gehalten, einen Perversen.

»Ich finde es schön, dass es auch Männer gibt, die ein Gespür für so etwas haben. Aber es ist wirklich eine ganz besondere Wolle. Genau deshalb habe ich mein Label ›Saxony Ducks‹ genannt! Das sind alles handverlesene Tweeds von Webern der schottischen Inseln Harris und Lewis, aber schon im 18. Jahrhundert hatten wir hier in Sachsen genau die gleichen Merinoschafe ...«

Mit immer noch hochrotem Kopf ist er aus dem Atelier gestürzt. Auf den Treppenstufen ist er gestolpert, zum Glück hat ihn niemand gesehen. Er muss geradezu lächerlich gewirkt haben, wie er da mit rudernden Armen versucht hat, sein Gleichgewicht wiederzufinden.

Als er die junge Frau ein paar Tage später auf der Straße noch einmal wiedergetroffen hat, hat sie ihn nicht erkannt.

Aber es wird nicht mehr lange dauern, denkt er, während er auf den Bildschirm vor sich starrt. Es wird nicht mehr lange dauern und auch in Leipzig werden die Leute wissen, wer er ist. Er darf jetzt nur keinen Fehler mehr machen. Noch hat er alle Trumpfkarten in seiner Hand. Auch wenn Tabori offensichtlich cleverer ist, als er erwartet hat, und er einen Moment gebraucht hat, um seinen Plan den veränderten Bedingungen anzupassen.

Er schiebt die Brille zurecht und fängt wieder an zu tippen:

Ich habe ein Ziel. Ein zusammenhängendes Gedichtwerk in dramatischer Form. Ein großes Epos, das die Welt in Worte zwingt.

Ich bin ein Lebensschreier, der mit Lava-Glut alles in einen einzigen wellenden, schwellenden Wirbel reißt ...

So hätte Haarmann es formuliert. Genau so. Und so werden sie auch endlich begreifen, wie sehr sie ihn verkannt haben.

Donnerstag, 1. Oktober. 10.05 Uhr.

Gudrun ten Bergs Wagen war auf der Spinnereistraße gegenüber der Einfahrt zu dem alten Fabrikgelände geparkt. Nur ein paar Meter weiter stand ein verbeulter Mercedes Vito mit hannoverschem Kennzeichen, den Namen der Autovermietung hatte Tabori noch nie gehört.

Er ging davon aus, dass es sich bei der Gartenkolonie um frühere Betriebskleingärten handelte, die angelegt worden waren, um den Arbeitern die Chance auf frische Luft und ein bisschen selbstgezogenes Gemüse zu ermöglichen. Ein schmaler Gang führte zwischen mannshohen Bretterzäunen hindurch, manche waren von wildem Wein und Knöterich überwuchert. Die erste Laube, auf die er freie Sicht hatte, wirkte trotz des gelben, aus Holz ausgesägten Gänseküken auf der Tür so trist, dass er sich kaum vorstellen konnte, wie die Besitzer unter dem grob gezimmerten Vordach ihr Bier tranken – oder womit auch immer Schrebergärtner sich ihre Zeit vertrieben. Die nächste Laube war nicht anders, weiße Plastikstühle stapelten sich vor der ehemals hellblau gestrichenen Holzwand, eine verblichene Spitzengardine verdeckte den unteren Teil des Fensters. Nichts erweckte den Anschein, dass es hier so etwas wie Leben gab, allerdings blühten auf den Beeten Astern und verspätete Rosen, die mit Steinplatten oder umgedrehten Flaschen begrenzten Rasenflächen waren frisch gemäht.

Er hörte den Lärm bereits, bevor er die grellgrüne Laube, die er auf dem Foto gesehen hatte, erreichte. Ein rasselndes Geräusch, das unvermittelt in ein hohes Jaulen überging, bevor es wieder erstarb – und von neuem einsetzte. Ein Laubbläser oder ein Rasentrimmer. Nein, das war eine Kettensäge! Nur dass da niemand zu sehen war, der Feuerholz machte oder seine Hütte ausbesserte. Der Lärm kam direkt aus der Laube!

Ohne noch lange zu zögern drückte Tabori die Gartenpforte auf, das Quietschen wurde vom erneuten Jaulen der Säge übertönt. So schnell es ging, schlich er geduckt auf die Laube zu, unbewusst nahm er noch den großen Walnussbaum wahr, dessen Äste bis weit über das Dach reichten, dann sah er den Spaten neben der Tür. Das Blatt war blutverschmiert, auch auf den rissigen Steinplatten war Blut.

Das Jaulen der Säge schrillte in seinen Ohren, als er sich suchend umblickte und dann nach dem blutigen Spaten griff. Er wollte sich bereits mit aller Kraft gegen die Tür werfen – und registrierte im letzten Moment, dass sie nach außen aufging. Die Säge jaulte immer noch, er meinte, jetzt auch eine Stimme zu hören. Eine Frauenstimme. Außer Atem und am Ende ihrer Kraft, aber nicht panisch oder flehend, sondern wütend.

Mit einer Hand griff er den Spaten so, dass das Blatt nach oben zeigte, und riss die Tür auf.

Er wusste nicht, was er erwartet hatte, und er brauchte einen Moment, bis sich seine Augen an das Dämmerlicht in der Hütte gewöhnt hatten ...

Ein Stuhl lag umgestürzt mitten im Raum. Der wie von einem Kampf zusammengeschobene, blumengemusterte Teppich war mit Blut gesprenkelt. Ritter drängte sich zusammengekrümmt gegen die Wand und hielt sich wimmernd mit beiden Händen das Knie. Zwischen seinen Fingern quoll Blut hervor, der Verband an seiner linken Hand hing in Fetzen, deutlich konnte Tabori den verkrusteten Stumpf eines abgetrennten Mittelfingers sehen.

Gudrun ten Berg stand gebückt über ihm, die rasselnde Kette der Motorsäge war nur Zentimeter von Ritters Knöcheln entfernt. Ritter trug grüne Socken, die Farbe ähnelte dem Anstrich der Gartenlaube.

Gudrun ten Berg warf einen kurzen Blick auf Tabori, ohne ihre Haltung zu verändern. Als die Kette rasselnd zum Stehen kam, war ihre Stimme kalt und ohne jede Emotion.

»Ich bin noch nicht fertig mit ihm. Und wenn du einen Schritt auf mich zumachst, trenne ich ihm den Fuß ab. Ich weiß, wie man mit einer Motorsäge umgeht, ich komme von einem Bauernhof, wir hatten ein Stück Wald hinterm Haus.«

»Mach keinen Scheiß jetzt«, flüsterte Tabori und ließ langsam den Spaten sinken. »Hör auf. Leg das Ding weg.«

Ritter schluchzte auf. »Sie ist reingekommen und hat mir sofort ins Knie geschossen ...«

»Sei still!«, herrschte ihn die Staatsanwältin an.

Jetzt sah Tabori auch den Griff von Lepckes Waffe in der linken Tasche ihrer Jacke.

»Leg die Säge weg«, wiederholte er lauter.

»Sonst? – Kapierst du es nicht? Ich muss das hier zu Ende bringen!«

»Lass uns in Ruhe darüber reden, wie wir das zusammen ...«

»Nein!«

Ihre Bewegung war so schnell, dass Tabori erst reagierte, als die Motorsäge sich kreischend in die Holzplatte des Tischs fraß, der Ritter als Arbeitsplatz diente. Tabori machte einen schnellen Schritt und warf sich nach vorne. Gudrun ten Berg hatte mit seinem Angriff gerechnet, sie duckte sich zur Seite, Tabori griff ins Leere, als sie bereits die Säge aus dem Holz riss und schon wieder über Ritter stand.

Hinter ihr splitterte es, dann brach der Tisch in zwei Hälften auseinander, mit einer merkwürdig kreiselnden Bewegung krachte Ritters Computer zu Boden.

Taumelnd kam Tabori hoch. »Okay, ich hab's kapiert!«, schrie er gegen den Lärm der Säge an.

Ritter hatte sich nicht gerührt, mit panisch aufgerissenen Augen starrte er auf die schnell drehende Kette. Auf seiner Jeans breitete sich ein dunkler Fleck zwischen seinen Beinen aus.

»Noch so ein Versuch und das war's«, drohte Gudrun ten Berg. Ohne Tabori aus den Augen zu lassen, stellte sie die Säge ab.

»Ich hab's kapiert«, wiederholte Tabori. »Es ist dein Spiel. Aber überleg dir gut, ob du das wirklich tun willst.«

Sie gab keine Antwort.

Ich muss ihr beweisen, dass ich auf ihrer Seite bin, dachte Tabori. Mir muss irgendwas einfallen, wie ich sie überzeugen kann, dass es mir gar nicht darum geht, Ritter vor ihr schützen zu wollen. Er wies auf den Spaten.

»Was ist das für Blut?«

»Angeblich hat er heute Morgen eine Ratte erschlagen.«

»Aber du glaubst ihm nicht?«

»Ich weiß nicht, was ich glauben soll. Ich weiß nur, dass das da drüben Onnos T-Shirt ist.«

Sie zeigte mit dem Kopf zu dem schwarzen T-Shirt, das halb aus einer Plastiktüte herausgezogen auf dem Boden vor dem gusseisernen Ofen lag. Die Ofenklappe stand offen, Tabori konnte zusammengeknülltes Zeitungspapier und ein paar Holzscheite erkennen.

»Er wollte es gerade verbrennen, als ich kam.«

Tabori griff nach der Ecke der Tüte und ließ das T-Shirt herausrutschen. Er brauchte einen Moment, bis er das aufgedruckte Foto zuordnen konnte. Jake Gyllenhaal und Heath Ledger, die beiden Cowboys aus »Brokeback Mountain«. Die beiden schwulen Cowboys.

»Das ist mein Shirt«, winselte Ritter. »Ich habe es auf einem Country-Konzert gekauft. Aber da gab es ganze Stapel von den Dingern, ich war nicht der Einzige, der ...«

Er brach mitten im Satz ab, als sich Gudrun ten Berg erneut über ihn beugte.

»Nein, du hättest dir nie so ein Shirt gekauft. Du hast etwas gegen Schwule. Du hältst sie für Abschaum, für minderwertig, für pervers«, schleuderte sie ihm entgegen. »Genau wie Haarmann, der sich seine sexuelle Orientierung nicht eingestehen wollte und deshalb ...«

»Aber Haarmann war nicht schwul, das ist alles eine einzige Lüge! Sie haben ihn mit schmutzigen Tricks dazu gebracht, dass er ... mit Männern verkehrt, um etwas gegen ihn in der Hand zu haben. Ich habe Beweise dafür, dass er auch Frauen ...«

Ohne Vorwarnung schlug sie ihn mit der flachen Hand links und rechts ins Gesicht, dass sein Hinterkopf gegen die Wand knallte. »Wo ist Onno? Was hast du mit ihm gemacht? Lebt er noch?«

»Ich kenne keinen Onno ...«

»Warte, Gudrun!«, mischte sich Tabori ein, als sie erneut die Hand hob. »Was ist, wenn du dich irrst? Er hat nichts mehr zu verlieren, er weiß, dass du ihn ohnehin nicht davonkommen lassen wirst. Er hat also auch keinen Grund mehr, um noch zu lügen!«

»Selbst wenn es so wäre«, keuchte die Staatsanwältin, »dann hat er immer noch drei andere Menschen auf dem Gewissen! Drei junge Männer, deren einziges Vergehen darin bestand, dass sie homosexuell waren!«

Der Drucker war nicht schwul, wollte Tabori gerade einwenden, als er plötzlich mit völliger Klarheit erkannte, was an Gudrun ten Bergs Geschichte von Anfang an nicht gestimmt hatte. Onno Behrends war nicht der Sohn ihrer besten Freundin ...

Er trat einen Schritt vor, drohend griff sie wieder nach der Kettensäge.

»Du bist die Mutter«, sagte Tabori leise. »Onno Behrends ist dein eigener Sohn.«

Für einen Moment war es vollkommen still im Raum.

Auch Ritter hatte aufgehört zu wimmern. Irgendwo draußen im Garten gurrte eine Taube. Tabori meinte, sein eigenes Herz so laut zu hören, als wollte es ihm jeden Augenblick die Brust sprengen.

Gudrun ten Berg richtete sich langsam auf. Es schien, als hätte Taboris Schlussfolgerung jeden Widerstand in ihr gebrochen.

Als er ihr die Säge aus der Hand nahm, sagte sie fast unhörbar: »Onno ist von einem anderen Mann, mit dem ich vor meiner Heirat zusammen war. Und er hat immer den Namen seines Vaters gehabt, deshalb konntet ihr es nicht herausfinden.«

Tabori nickte und bückte sich zu Ritter, um die Schusswunde zu untersuchen. Er griff nach einem schmutzigen Handtuch und legte einen notdürftigen Druckverband an, der die Blutung stoppen würde, bis er von einem Arzt versorgt werden konnte.

»Du wirst nicht daran sterben«, sagte er, ohne Ritter dabei anzublicken. Er verzichtete darauf, »leider« hinzuzusetzen. Ebenso wenig gab er mit irgendeiner Reaktion zu verstehen, dass er genau wusste, wer Ritter war, oder sich an ihre gemeinsame Vergangenheit erinnerte. Mit einer schnellen Bewegung löste er die Handschellen vom Gürtel und fesselte Ritter an ein freiliegendes Wasserrohr. Aus welchem Grund auch immer er bisher das Bein nachgezogen hat, dachte er noch, in Zukunft wird er erst recht hinken.

Gudrun ten Berg ließ sich wie willenlos zur Tür ziehen. Als sie in den Garten traten, flog die Taube flatternd auf, das Geräusch erschien Tabori viel zu laut.

Er nahm der Staatsanwältin die Waffe ab und schob sie in seine Tasche, dann strich er mit einer flüchtigen Bewegung über ihren Arm, bevor er ihr die Hand auf die Schulter legte und darauf wartete, dass das Zittern, das ihren Körper durchlief, allmählich nachließ.

»Ich rufe jetzt die Notrufzentrale an, du kennst die Prozedur, die dann abläuft. Ich gehe davon aus, dass du selber entscheiden wirst, was du sagen musst oder willst. Aber die Motorsäge hat es nie gegeben. Und wenn die Sprache auf die Waffe kommt, behauptest du bitte, dass ich sie gezogen habe. Als ich in die Laube gestürmt bin, weil Ritter dich bedroht hat. – Was er selber erzählt, ist egal, es wird ihm ohnehin niemand glauben. Nicht nach dem, was wir ihm beweisen können.«

Tabori wählte die Gartenlaube mit dem überdachten Sitzplatz, um die Motorsäge hinter den Rasenmäher im unverschlossenen Geräteschuppen zu schieben. Wenn die Besitzer der Laube sie irgendwann fanden, würden sie sich zweifellos wundern, aber wohl kaum ein Interesse an ihrer Herkunft zeigen.

Als er zurück zu Gudrun ten Berg kam, hörte er in der Ferne bereits das Martinshorn gellen.

Nachspiel

Nachdem Ritter unter Bewachung ins Krankenhaus gebracht worden war und Gudrun ten Berg zum Präsidium, hatte Tabori zusammen mit dem Leiter der Leipziger Mordkommission noch gewartet, bis auch die Spurensicherung eingetroffen war. Ein Schnelltest hatte ergeben, dass das Blut auf dem Spaten tatsächlich von einem Tier stammte, die tote Ratte hatte auf dem Kompost hinter der Laube gelegen.

Ritters Aufzeichnungen befanden sich zu einem großen Teil in den Umzugskartons, die ungeöffnet in der engen Schlafkammer gestapelt waren. Auch die Filme, die sie in der Druckerei nicht gefunden hatten, waren anscheinend vollzählig vorhanden, ebenso wie die angeblichen Originale dazu. Haarmanns Tagebuch. Auf einer alten Schreibmaschine getippt, bei der das kleine »e«, das kleine »a« und das »o« farbbandverschmierte Löcher in das Papier gestanzt hatten. Die schwarze Olympia aus den zwanziger Jahren fanden sie hinter einem gemusterten Plastikvorhang unter der Küchenspüle.

Von Ritters »Theorie zur Neu-Bestimmung des Phänomens Fritz Haarmann« gab es verschiedene Versionen, angefangen bei dem Referat aus dem Historischen Seminar der Uni Hannover, bei dem Pausts Name mit Tipp-ex entfernt worden war. Tabori war sich noch nicht sicher, ob er jemals einen Blick in diese Arbeiten wagen würde, zunächst würde sich ohnehin der psychiatrische Gutachter damit beschäftigen müssen.

»Ich brauche dringend einen Kaffee und irgendwas zu essen«, hatte er sich bei seinem Leipziger Kollegen entschuldigt. »Ich komme später nach aufs Präsidium, um meine Aussage zu machen. Übrigens ist auch Hauptkommissar Lepcke, der den Fall mit mir bearbeitet hat, bereits unterwegs hierher, so dass wir dann im Einzelnen klären können, wie wir weiterhin verfahren, was die verschiedenen Zuständigkeiten angeht.«

»Das griechen mer schon hin, Gumbel«, hatte der Kommissar genickt. »Offn Gelende gibds doch de Vesorschung, da gommsde bei ener Glaspraline glei e bissl nunder.« Als er Taboris irritierten Blick sah, setzte er erklärend hinzu: »Ein scheenes Bier, meine ich. Isses ja nie zu früh für.«

Vom Auto aus telefonierte Tabori mit dem Polizeidirektor, Gallus kochte vor Wut. Erst als Tabori keinerlei Anstrengungen unternahm, überhaupt irgendetwas zu erwidern, mäßigte sich sein Ton: »Okay, Tabori, Entschuldigung, aber das musste jetzt mal sein. Und glauben Sie bloß nicht, dass Ihr eigenmächtiges Vorgehen keine Konsequenzen haben wird! Aber das steht auf einem ganz anderen Blatt. Zunächst mal haben Sie unterm Strich natürlich gute Arbeit geleistet, Sie haben den Fall in weniger als einer Woche gelöst, gerade mal fünf Tage haben Sie gebraucht, meinen Respekt! Das wird sich gut machen gegenüber den Journalisten, damit können wir doch endlich mal wieder Pluspunkte sammeln. Ich habe die Pressekonferenz jetzt auf heute Nachmittag um fünf verschoben, das sollte ja wohl reichen für Sie, um bis dahin wieder hier zu sein.«

»Eher nicht«, erwiderte Tabori. »Lepcke und ich werden hier noch eine ganze Weile zu tun haben. Aber holen Sie sich doch Carlos und Ulrike dazu, die sind über alle Einzelheiten informiert.«

»Ist das Ihr Ernst? Ich soll die Pressekonferenz mit ...«

»Carlos und Ulrike, ja. Sie können Carlos ja sicherheitshalber vorher bitten, nicht gerade in seinem Antifa-T-Shirt aufzutauchen. Ach ja, und noch etwas fällt mir gerade ein: Informieren Sie doch Heinisch ruhig schon mal darüber, dass er seine Kontakte nach Leipzig auffrischen muss, die er bestimmt noch hat. Das wäre auch in Ihrem eigenen Interesse, sonst könnte es sein, dass ein paar unangenehme Fragen betreffs der neuen Staatsanwältin auftauchen ...«

»Ich verstehe nicht ...«

»Doch, ich glaube, Sie verstehen mich ganz genau. Reden Sie mit Heinisch! Ich melde mich, wenn ich wieder in Hannover bin.«

Als er die Verbindung unterbrach, war er sich sicher, dass seine kryptischen Bemerkungen dem Polizeidirektor wenigstens ein paar unangenehme Stunden bereiten würden. Ihm und Heinisch. Es war eine billige Genugtuung, dachte er, und es würde auch nicht das Geringste ändern, aber etwas anderes fiel ihm im Moment nicht ein. Und Gudrun ten Berg würde jede denkbare Unterstützung brauchen, um aus der Schusslinie zu kommen ...

Der Fall war gelöst, hatte Gallus gesagt, aber Tabori empfand keine Erleichterung. Und da war damals noch mehr gewesen, schoss es ihm plötzlich durch den Kopf. Sie hatten Ritter nicht nur an diesen verdammten Baum gebunden! Mit völliger Klarheit erinnerte er sich jetzt wieder, wie sie unter Ritters Namen mehrmals hintereinander dem Schulleiter eine Pizza ins Haus hatten liefern lassen. Und einmal einen Tanklaster mit Heizöl. Niemand hatte Ritter damals geglaubt, dass er gar nichts damit zu tun hatte. Und die mieseste Nummer hatte sich Heinisch geleistet, als er einen Sarg für Ritter bestellte. Tabori hatte nie kapiert, wie Heinisch das eigentlich gelungen war, aber Ritters Mutter hatte einen Nervenzusammenbruch bekommen, kaum dass die Typen vom Bestattungsinstitut vor ihrer Tür standen, um den angeblich verschiedenen Sohn abzutransportieren.

Natürlich waren sie nur dummdreiste Halbwüchsige gewesen, aber das konnte keine Entschuldigung sein. Sie hatten sehr wohl gewusst, was sie da taten, auch wenn ihnen die Konsequenzen vielleicht nicht klar gewesen waren.

Vielleicht ist das der Anfang gewesen, dachte Tabori, was immer dann danach mit Ritter passiert ist. Nein, das war zu einfach, das klang zu sehr nach billiger Briefkastenonkel-Psychologie. Und er fühlte sich auch nicht wirklich schuldig, seine plötzliche Erinnerung ließ nur so etwas wie einen schlechten Geschmack im Mund zurück. Und unterm Strich blieb es dabei, dass drei Menschen auf grausame Weise hatten sterben müssen! Es reichte nicht, sich jetzt einzureden, dass sie keine Chance gehabt hatten, Ritter schneller zu überführen. Oder dass es ohne die Arbeit seines Teams mit großer Wahrscheinlichkeit zu weiteren Opfern gekommen wäre.

Polizisten sind Jäger, dachte er, sie arbeiten nach bestimmten Mustern, sie folgen einem klaren Beuteschema. Aber auch wenn es uns zum Glück immer wieder gelingt, einen Täter in die Enge zu treiben, ihn zu überführen und wegzusperren, um unschuldige

Menschen vor weiteren Gräueltaten zu schützen, bleiben doch die Motive nur allzu oft im Unklaren ...

Es gelingt uns weder, Zusammenhänge zu begreifen und Handlungen nach ihren Ursachen zu durchleuchten, noch die hinter irgendwelchen verzerrten Interessen verborgenen Strukturen zu erkennen. Wir kratzen nur an der Oberfläche, und wir werden immer wieder am gleichen Punkt anlangen.

Machen wir uns nichts vor, wenn wir eine Akte schließen, bedeutet das kaum mehr als einen Erfolg für die Statistik.

Auch diesmal gibt es keinen Anlass, um sich befriedigt zurückzulehnen, dachte er, während er die Straße überquerte und das Gelände der alten Baumwollspinnerei betrat. Onno Behrends war nach wie vor verschwunden, das war das Nächste, worauf sie sich konzentrieren mussten. Es gab keine Atempause, es war noch lange nicht vorbei.

Das Café »Versorgung«, von dem der Leipziger Kollege gesprochen hatte, war geschlossen. Während Tabori noch verärgert auf das Schild mit den Öffnungszeiten starrte, trat eine junge Frau auf ihn zu und fragte, ob sie helfen könnte.

»Ich wollte nur einen Kaffee trinken und vielleicht ein belegtes Brötchen essen, ohne dafür extra in die Stadt zu fahren.«

»Keine Chance«, sagte die junge Frau. »Nicht jetzt hier auf dem Gelände. Aber wenn Sie wollen ...« Sie hielt eine Brötchentüte hoch. »Sind noch warm, gerade eben gekauft. Ein bisschen Käse ist auch noch da. Und die Kaffeemaschine läuft sowieso schon. Sie dürfen sich nur nicht an dem Chaos stören, das bei mir im Atelier herrscht.«

Tabori nahm das Angebot dankend an. Sie überquerten den Hof mit den buckligen Basaltsteinen und den schon lange nicht mehr benutzten Schienensträngen, Tabori verdrängte gewaltsam die Erinnerung an Timm Ulrichs Kopf-Stein-Pflaster und versuchte sich darauf zu konzentrieren, was die junge Frau gerade erzählte, hatte aber bereits den Anschluss verloren. Irgendetwas mit handgefertigter Damenmode aus einer ganz besonderen Wolle, die früher von

Schafen aus Sachsen stammte und jetzt aus Schottland importiert wurde. Oder umgekehrt.

Aus dem geöffneten Fenster im Obergeschoss eines der alten Backsteingebäude war laute Musik zu hören, Tabori blieb irritiert stehen. »Was ist das? Das klingt wie Rio, aber den Song kenne ich nicht …«

»Rio?«

»Rio Reiser, Ton Steine Scherben, ist schon eine Weile her, lange vor Ihrer Zeit.«

Sie lachte. »Das ist ein Song von Stefan Schober, hier aus Leipzig. Hat was, oder?«

Tabori nickte und schloss kurz die Augen. Fast meinte er, Rio vor sich zu sehen, barfuß und weit über das Mikrofon gebeugt.

»Diese Welt ist nichts für mich«, sang Schober, »nicht in diesen Tagen, ich habe keine Lust, das goldene Kalb zu jagen, ich bin zu müde für die Revolution, und auch die Nachrichten, die kenn ich schon …«

Sein Handy vibrierte in der Tasche. Tabori blickte auf das Display. »'tschuldigung«, sagte er zu der Modedesignerin und signalisierte ihr, dass sie schon vorgehen sollte, während er gleichzeitig das Gespräch annahm.

»Lisa? – Verdammt, bin ich froh, dich zu hören!« Wenn sie nach Hause gekommen ist, dachte er, dann bleibe ich keine Minute länger hier als unbedingt nötig, und fahre noch heute zurück! Sie müssten miteinander reden, irgendeine Lösung würden sie finden, wie es weitergehen soll. Alles andere schien plötzlich nebensächlich.

»Wo bist du, Lisa?«

»In Hannover, bei uns im Haus. Ich wollte schon viel eher da sein und dich überraschen, aber die Fahrt hat ewig gedauert, ich bin gerade erst angekommen.« Tabori merkte, wie er vor Freude die Faust ballte und in die Luft hieb.

»Und du hast die Kühlschranklampe repariert, ich danke dir.«

»War ja keine große Sache, und wurde auch langsam mal Zeit. Aber apropos Zeit, Lisa, pass auf, ich …«

»Warte! Bevor du irgendwelche Pläne machst, das Problem ist, dass ich schon gleich wieder los muss. Es könnte höchstens noch für einen Kaffee reichen, falls du nicht gerade dringend die Welt vor irgendwelchen Schwerverbrechern retten musst.«

Tabori presste die Lippen aufeinander, die Enttäuschung in seiner Stimme war nicht zu überhören.

»Es geht nicht, Lisa. So gerne ich möchte, aber ... ich bin in Leipzig, ich könnte frühestens ...«

»Leipzig? Wieso das? Hast du irgendwas mit dieser Sache da an dem See zu tun?«

»Was? Wovon redest du?«

»Also nicht, ich dachte schon. – Irgendein Naherholungsgebiet in den alten Braunkohlegruben südlich von ... warte, ich hab's aufgeschrieben, hier! Südlich von Markkleeberg, Zwenkauer See. Da will ich gerade hin. Ich habe einen Einsatz mit den Hunden, fürs THW beziehungsweise deine Kollegen vom LKA. Die haben mich jedenfalls angefordert, nachdem sie weder mit den Tauchern noch mit dem Sonarboot etwas gefunden haben. Jetzt sind wir dran.«

Tabori hielt unwillkürlich den Atem an. Zwei von Lisas Hunden waren speziell für die Leichensuche im Wasser ausgebildet und hatten eine Trefferquote, die bundesweit bekannt war.

»Worum geht es bei dem Einsatz?«, fragte er, obwohl er die Antwort bereits zu kennen glaubte – und sich gleichzeitig vor der Bestätigung fürchtete. Die verstümmelte Leiche eines jungen Mannes, dachte er. Oder sein Arm, sein Bein, ein einzelner Fuß ...

»Ein Frauentorso«, berichtete Lisa. »Gliedmaßen und Kopf sind abgetrennt und bisher nirgends woanders aufgetaucht. Allerdings hat der See bis zu dreißig Meter Tiefe, die Hunde werden Schwerstarbeit leisten müssen.«

»Ganz sicher eine Frau?«

»Haben sie gesagt.«

Für einen kurzen Moment spürte Tabori fast so etwas wie Erleichterung, der Schock kam kurz danach. Haarmann war nicht schwul, hatte Ritter behauptet, er hat auch Frauen ermordet, ich kann es beweisen ...

»Tabori? Was ist los, was hast du?«

Das Blut in seinen Ohren rauschte so laut, dass er Lisa kaum verstand. Auch die Musik aus dem offenen Fenster schien nur noch wie durch Watte zu ihm zu dringen. Sein Blick blieb an einer Birke hängen, die hoch oben auf der Dachkante des gegenüberliegenden Fabrikgebäudes aus einem Mauerspalt wuchs. Ein plötzlicher Windstoß riss die letzten gelben Blätter von den Zweigen und ließ sie durch die Luft wirbeln.

Tabori hatte sich nicht geirrt. Es war noch lange nicht vorbei.

Ende

Jeder Krimi ist ein Regionalkrimi
Ein Nachwort

Die Krimis von Sjöwall/Wahlöö spielen größtenteils in Stockholm, bei van de Wetering ist es Amsterdam, Rankin lässt in Edinburgh morden, Bruen in Galway. Mankell hat sich mit Ystad bereits ein verschlafenes Städtchen an der schwedischen Südküste ausgesucht, und auch solche Orte jenseits des Dschungels der Großstädte tauchen mittlerweile zunehmend als »Tatorte« auf – auch die Provinz ist mörderisch, egal ob das Böse nun irgendwo auf Fünen, in der Bretagne oder im Allgäu, in der Eifel oder im Leinebergland Einzug in die scheinbar friedliche Idylle hält.

Immer aber geht es darum, die besondere Atmosphäre eines bestimmten Ortes einzufangen, die Landschaft, die Straßen, die Häuser. Dazu muss der Autor aus eigener Erfahrung wissen, wie es da aussieht, wie die Luft riecht, das Essen schmeckt, die Leute ticken. Das entscheidende i-Tüpfelchen kann dann schließlich die Verknüpfung des Handlungsortes mit dem zu lösenden Fall sein, wenn ein ganz bestimmtes Verbrechen eben nur dort und nirgendwo anders hat passieren können.

Somit war es einfach zwingend, dass wir uns für Hannover als Tatort entschieden haben – und für einen Fall, der sich auf Hannovers »mörderischsten Einwohner« bezieht, eben Fritz Haarmann.

Aber wir haben natürlich keine Dokumentation über den »Fall Haarmann« geschrieben, sondern einen Kriminalroman. Die Geschichte, die wir schildern, ist so nie passiert, wir haben uns bei der Handlung aller Freiheiten bedient, die in der Fiktion möglich sind. Haarmann hat nie ein Tagebuch geschrieben, es gibt unseres Wissens auch niemanden, der ernsthaft zu belegen versucht hat, dass Haarmann in Wirklichkeit ein verkannter Künstler gewesen wäre.

Und auch wenn wir darauf geachtet haben, dass unsere Ortsbeschreibungen möglichst präzise und »wahr« sind, gibt es doch genügend Stellen, an denen wir kleine Veränderungen vornehmen mussten – Häuser umstreichen, Straßen verlegen, Mauern und

Zäune erfinden, wo keine sind, damit unsere Geschichte funktioniert. Das Gleiche gilt auch für die Personen, die in unserem Roman agieren.

Die Idee, dass sich die Leser der hannoverschen Zeitungen selbst als handelnde Personen einbringen und in Teilen den Fortgang der Handlung mitbestimmen konnten, ist auch für uns neu und ein Experiment gewesen. Wir haben uns dabei redlich bemüht, ihnen allen gerecht zu werden, sollte sich dennoch jemand nicht ganz treffend geschildert fühlen, war das nicht unsere Absicht und wir bitten um Entschuldigung.

Das Ermittlungsteam um Kommissar Tabori ist im Übrigen vollständig erfunden, ebenso verhält es sich mit den geschilderten Strukturen des Polizeiapparates und der Ermittlungsarbeit. Für alle eventuellen sachlichen Unstimmigkeiten übernehmen wir ganz allein die Verantwortung.

Als Letztes möchten wir noch darauf hinweisen, dass wir keine Ahnung haben, ob es bei Carsten Maschmeyer und seiner Villa an der Eilenriede wirklich einen Verwalter gibt oder die Sicherungsanlage des Grundstücks jemals ausgefallen ist – aber für die Situation in unserem Roman war das nun mal notwendig. Und dass Carsten Maschmeyer mit Veronika Ferres auf dem Oktoberfest in München war, ist zumindest verbürgt.

Und nein, wir haben gar nichts gegen Autos der Marke Saab, auch wenn es vielleicht so klingen mag. Wir haben auch nichts gegen (ehemalige) Straßenbahnfahrer, Stadtführer, Lehrer im Allgemeinen und Geschichtslehrer im Besonderen oder ganz und gar Historiker oder Journalisten. Aber jeder Verdächtige und jeder Täter braucht ein Profil, einen Lebenslauf, so einfach ist das.

Für die Zeilen auf Seite 226/7 aus Haarmanns angeblichem Tagebuch haben wir uns bei Gerrit Engelke (1890–1918) bedient – was gegenüber diesem von uns sehr geschätzten hannoverschen »Arbeiterdichter« zweifellos nicht ganz fair ist.

Danken möchten wir selbstverständlich allen aufmerksamen Lesern der HAZ, der NP, des Göttinger Tageblattes und der Leipziger Volkszeitung, vor allem aber den Personen, die in unserem Roman namentlich vorkommen – ganz gleich ob sie nun wirklich existieren oder von uns frei erfunden sind. Wir hoffen, ihnen mit diesem Krimi eine große Freude gemacht zu haben.

Und wir danken dem Team von Madsack Medien, Sandhya Wilde-Gupta, Susann Heller und Annett Wagenknecht sowie insbesondere Jan Sedelies. Die Zusammenarbeit war uns ein großes Vergnügen!

Keinesfalls vergessen möchten wir auch noch Arndt Schulz, der uns als Musiker auch mit diesem Titel wieder bei unseren Lesereisen begleiten wird, Achim Uhlenhut, der eine Unmenge Hannover-Wissen beigesteuert hat, Katja Schulz, die das inoffizielle Korrektur-Lesen übernommen hat sowie Dietmar Bär für das Zitat auf dem Buchumschlag, Timm Ulrichs für seine Neugier und Offenheit diesem Projekt gegenüber, Yasir Khalaila vom Kanapee, Elke Oberheide vom Kulturbüro und Oberbürgermeister Stefan Schostok für ihre Unterstützung. Und nicht zuletzt allen Freunden, die uns und Tabori während der Arbeit wieder mal geduldig ertragen haben!

U.G. und W.H.

Die Autoren

Ulrike Gerold und Wolfram Hänel leben mit kurzer Unterbrechung seit 1959 in Hannover. Beide haben Germanistik an der FU Berlin studiert und an verschiedenen Theatern gearbeitet, bevor sie 1986 zu schreiben begannen. Mittlerweile haben sie über 100 Bücher veröffentlicht, die in insgesamt 25 Sprachen übersetzt sind. Unter dem Pseudonym Freda Wolff verfassen sie auch Skandinavien-Thriller, gleich der erste Band wurde von Dietmar Bär als Hörbuch eingelesen.

»Haarmanns Erbe« ist ihr zweiter Kriminalroman bei zu Klampen.

Mehr über die Autoren und ihre Bücher unter
www.haenel-buecher.de und www.freda-wolff.de